著 阿井りいあ
イラスト にもし

TOブックス

## メグ

気付けば美幼女エルフに憑依していた元日本人アラサー社畜の女性。前向きな性格と見た目の愛らしさで周囲を癒す。頑張り屋さん。

## ギルナンディオ

特級ギルドオルトゥス内で一、二を争う実力者で影鷲の亜人。寡黙で無表情。仕事中にメグを見つけて保護する。親バカになりがち。

## シュリエレツィーノ

穏やかで真面目な男性エルフ。腹黒な一面も。メグの自然魔術の師匠となる。その笑顔でたくさんの人を魅了している。

## サウラディーテ

オルトゥスの統括を務めるサバサバした小人族の女性。存在感はピカイチ。えげつないトラップを得意とする。

## ユージン

オルトゥスの頭領。仲間を家族のように思い、ギルドを我が家と呼ぶ、変わり者と言われる懐の深い年配の男性。

## ザハリアーシュ

魔大陸で実質最強と言われる魔王。まるで彫刻のような美しさを持ち、威圧感を放つが、素直過ぎる性格が故にやや残念な一面も。

# キャラクター紹介

Welcome to
the Special Guild

## リヒト

魔王城に住み込みで修行をする日本人の転移者。人間であるため、周囲の人たちよりも成長が早い。面倒見が良く、目標に向かって真っ直ぐに突き進む性格。

## ロナウド

通称ロニー。オルトゥス所属となり、日々鍛錬に勤しんでいる。いつか世界中を自分の足で旅をするのが夢。

## ルーン

アニュラス頭の娘。明るく強気な性格で向上心に溢れる。人懐っこい。すぐにメグと友達になる。グートとは双子。

## グート

アニュラス頭の息子。押しに弱い部分があるものの、負けず嫌いな性格。メグに一目惚れする。ルーンとは双子。

## シェルメルホルン

強力な自然魔術と人の思考を読む特殊体質を持つハイエルフ族長。悲願を果たそうと暗躍していたがすでにその意欲はなく、郷で隠居生活を送っている。

## フィルジュピピィ

通称ピピィ。小柄で十代半ばの見た目のハイエルフ。絶対防御の特殊体質を持ち、いつもニコニコしている可愛らしい女性。

## リュアスカティウス

通称アスカ。天真爛漫で無邪気なエルフの少年。自分が可愛いことを自覚している、真っ直ぐで憎めない性格。いつかオルトゥスの仲間になるのが夢。

## ウルバノ

巨人族の少年。引っ込み思案で人とあまり接することが出来ないが、メグとの出会いをきっかけに少しずつ克服しようと頑張っている。

# 目次

Welcome to the Special Guild

イラスト：にもし Nimoshi　デザイン：ヴェイア Veia

# 第1章◆想定外の遠征

# 1　年下エルフ

ギルド対抗闘技大会が開かれることが決定した。

それはほんの数日前のことだ。闘技大会を開くらしいことは聞いていたけど、まだどうなるかはわからなかったんだよね。それが正式に決まった、ということである。それもこれも、以前行われた合同会議があったからこそ。特級ギルド三つと上級ギルド一つ、それから魔王城の代表が集まっての会議だ。私もその様子を最初の方だけ聞かせてもらったんだけど、上級ギルドシュトルのリーダーであるマーラさんの手腕が本当にお見事だった。それぞれを納得させる案を出して、一つ一つ攻略していく様子が見られたのはとても貴重な体験だったと思う。

「未成年部門？」

決定を受け、オルトゥスでもバタバタと慌ただしくなり始めた頃、お父さんに呼び出された私はとある提案をされていた。

「そうだ。闘技大会で未成年部門を作って、子どもたちにも雰囲気を味わってもらおうか、って話が出ているんだ。ただでさえ子どもの少ない魔大陸で、戦える子どもってのはさらに少ないからこその提案だな。ま、お遊びみたいなもんだが良い経験になる。メグもどうだ？」

「わ、私も戦うの⁉」

闘技大会はルンルンと観戦を楽しむ気でいたから驚きで声が裏返ってしまう。それを見てクックッと笑うお父さんは、絶対に私の反応を予想していたに違いない。もうっ！

「将来、仲間になってもらえそうな人材に目をつける、という意味もあるのですよ、メグ。子どもの頃から才能を見出し、その子に合った援助が出来ればと大人たちは考えているのです」

そこへシュリエさんからの補足説明が入る。なるほど、子どもの数が少ないんだから、有能な人材は早めに確保しておきたいところだよね。子どもとしても、やる気があるのなら将来の安定した仕事が保障されたようなものだし。うんうん、いいかも。

「たぶん、アニュラスの双子も参加するんじゃねぇか？」

「！　ルーンとグートも!?」

「あの二人は将来、アニュラスに入ると意気込んでいますからね。間違いないでしょう」

そうなると、私が参加したらあの二人と戦う可能性も出てくるのかぁ。楽しみなような緊張するような。

「他の子どもも、ギルドに縁のある子がメインになると思うぜ。戦闘訓練を受けている子どもなんて、ギルドに馴染(なじ)みがあるに決まってるし。あー、魔王城のウルバノ？　アイツは無理かもしれねぇが」

「ウルバノには、無理させたくないしね」

巨人族のウルバノが出場したなら、優勝候補になったかもしれないよね。そう思う理由は単に種族柄、身体が大きく力が強いからってだけなんだけど。でも、文通してわかった彼の性格はとにかく優しい。戦いには性格的に向いてなさそうとも思う。それに、まだ心の傷が癒えていないだろうから無理はさせちゃダメだ。

「でも、観に来たりしないかな？」

「アーシュが誘うだろ。お前も出場するってんなら余計にな。来てほしけりゃメグもそう手紙に書けばいいだろ」

「元々誘うつもりではあったんだけど……」

まさか出場側になるとは思わないじゃん？　そうなると無様な姿を友達に晒すのは気がひけるじゃん？　だって私、基本的には運動は苦手で鈍臭いのだから。魔術でどうにかこうにか誤魔化しているだけなのだ。ぐすっ。

「……今の身体の方がスペックは高いんだから、そこまで無様にはならねぇよ。心配すんな」

「フォローになってないよ、お父さん!?」

要するに、今も昔も鈍臭いと言っているようなものじゃないか。酷い！　でもそれは正直、事実だから何も言えない。私、本当に大会に出ても大丈夫なわけ？　私の武器といったら、自然魔術と予知夢くらいだし。……そう、予知夢。括弧書きで「仮」ってつけようかと思い始めている私の特殊体質だ。だってこの前に視た父様の夢は、明らかに過去の出来事だった。父様が、力に呑み込まれて苦しむ夢。だから特殊体質は過去夢なのかな、とも思ったんだけど、未来のことも視るからそれも違う。じゃあなんなのだろう、と目覚めてから小一時間ほど考えてはいたんだよね。結論としては、よくわからないで終わった。だって！　考えたってわからないんだもん！　でも、一つだけ気付いたこともあったんだ。それは、この過去夢が初めてのことではなかったってことだ。私はすでに、過去夢を視たことがあったのだ。お母さんであるイェンナさんが出てきた時の夢。あれは過去の出来事だったのだから。それと、もう一つの方はあまり思い出したくはないけど、環が死んだ後の、会社の同僚が会話している夢。二つめの方は過去夢と言えるのかは怪しいけど、予知夢ではないことは確かだ。こうして思い返してみたら気付けたけれど、当時の私は色々と存在が不安定だったし、魂の記憶を夢として視ているのかなって気にもしていなかったんだよね。もしかすると、あれらも魂の記憶とか、不思議な繋がりかなんかで偶然視た夢ではなく、私の特殊体質が正しく働いたからこその夢だったのかもしれない。

　考えていてもわからないことなんだけど、焦ったりはしないよ。だって、そのうちハイエルフの郷で療養するっていうし、その時にハイエルフさんたちに聞いてみようかな、って思っているから。あの人たちは長く生きているから、何か知っているかもしれないもんね。他力本願？　人に話を聞くことも調査の一つなのっ。……一応、自分でも図書館で調べてみますとも。本当だよ？

「ああ、そうそう。リュアスカティウスにも声をかけているのですよ」

「えっ、アスカにも？　だ、だってアスカはまだ……」

　ぼんやりと考えに耽っていると、シュリエさんから久しぶりに聞く名前が飛び出したので我に返る。リュアスカティウス、これまた長くて複雑な名前の人物は、エルフの郷に住んでいるエルフの男の子だ。お父さんとわかりあえた後、すぐくらいだったかな。みんなで家族旅行という体で、エルフの郷に行ったことがあったんだよね。そこで知り合って、なんやかんやありつつ、結局仲良しになった子なんだけど……。この子、なんと私よりも年下なのだ！　私の方がお姉さん！　とはいっても数年くらいの差なんだけどね。あの時は見た目年齢が三歳くらいで、小さくて可愛かったんだぁ。エルフだから美幼児で！

「あれから二十年ほど過ぎているのですよ？　今はメグと同じくらいに成長していますよ」

「えっ、そうなの……？」

エルフも、確か普通の亜人(あじん)よりは成長が遅いって聞いたことがある。だから、まだまだ私の方が年上っぽく見えると思っていたのに……！

「確かに他の亜人に比べれば成長は遅いですが、エルフもハイエルフも、成人までの成長スピードはそんなに変わりません。成長期が終われば、そこで身体の成長も止まりますからね。その後の生の長さが違うくらいです。なので……」

「単純にお前の成長が遅いってだけだな。要は個体差ってやつだ。メグはただでさえちっこいからなー」

「頭領(ドン)、そんなハッキリと……」

わ、私が、普通よりも幼いってこと？　つまり、チビ？　遠回しにチビだって言っているよね？

「ち、違うもん！　ハイエルフだから、エルフよりも遅いだけだもん!!」

「いや、だから変わらねーって今……」

「うわぁぁんっ!!」

ポカスカとお父さんをグーで殴(なぐ)りながら猛抗議する私。うっすら涙が滲(にじ)んでいるのは内緒だ。だって、本当に幼い子どもみたいで恥ずかしいじゃないかっ！

「頭領、メグのプライドを傷つけましたね……」

「わ、ま、待て……悪かったって！」

許さないんだからねーっだ！　べーっ、とお父さんに向けて舌を出していると、シュリエさんの下にネフリーちゃんがふわりと舞い降りた。

「……おや、そうですか。頭領、ちょうど今話していたアスカですが、闘技大会に参加したいと言っているそうですよ」

「お、そうか！　だってよメグ。どうする？」

なんてことだ。私より年下のアスカが即決してしまったとは。私の心は揺れている。えー、でも闘技大会でしょ？　戦うんだよね？　どうしよう。そこへ、お父さんからのダメ押しの一言。

「お前、実戦経験がないだろ？　闘技大会は安全に対人戦の実戦が出来るんだぞ？　魔物狩りよりずっと気が楽なんじゃねぇか？」

「！　そっか、やる！　やります！」

言われてみればその通りだ。そうだよ、だって未成年部門だもん。いい修行になるじゃないか。大会って聞いたから思わず身構えてしまったけど、修行だと思えばむしろやる気が出る。胸をお借りする気持ちでやればいいのでは？

「……ぶっちゃけ、メグに勝てるヤツの方が稀だけどな」

「え？　何？　おとーさん」

聞き取れないくらいの小声で何かをボソッと呟くから、何て言ったのかわからなかった。首を傾げて聞いてみたけど、お父さんがなんでもねーよ、せいぜい頑張れ、と乱暴に頭を撫でてくる。な、なんだよぅ、もうー！

「っと、話には続きがあるみたいですよ」

「ん？　なんだ」

再びネフリーちゃんが伝言を運んできたのだろう、シュリエさんが少し驚いたように報告している。なんだろう？

「大会が終わるまでの間、アスカをオルトゥスで預かってほしいそうです。本人の希望もあって、修行がしたいそうですよ」

「アスカに会えるの!?」

会うのはかなり久しぶりだから思わず両手を上げて喜んでしまう。だって本当に久しぶりなんだもん！

「……こんだけ喜ばれちゃあ」

「断るわけにもいきませんよね」

そのせいで、受け入れることがあっさり決まってしまったようだ。え、責任重大？

「ま、元より断る理由もないけどな。強くなりてぇって子どもの意欲を奪うなんてこたぁしねぇよ」

「そうですね。では、いつでも受け入れると返事をしましょう。おそらく私が港まで迎えに行くことになると思います」

「おー、頼むわ。サウラには俺から言っとく」

　私のあんな一言であっさりとアスカの受け入れが決まってしまったようだ。い、いいのかな？

でも、幼い頃に一度会ったきりだからとても嬉しい！　きっと美少年に成長しているのだろう。そうだ、どんな精霊と契約したのかなぁ。ウキウキと会った時のことをあれこれ考えてしまう。

「ね！　アスカが来たら、私が街を案内してもいい？」

「子ども二人になるといつも以上に目立つからなぁ……しかも二人ともエルフだろ？　メグは自分の身は守れてもアスカまでは守れねぇだろ」

　そ、そういえばそうでした。私もエルフなんだよね。ついついそのことが頭から抜け落ちてしまう。わかってはいるんだけど自覚が足りなかった。反省。

「だから、付き添いさえ誰かに頼めたら許可する。自分で誰かに頼めよ」

「いいの？　やったー！　ちゃんとみなさんのスケジュールを確認してから頼みに行くね！　最後にサウラさんにも聞くっ」

「……なんつーか、完璧すぎる返答でそれ以上何も言うことはねぇよ」

「……本当に優秀ですよね、メグは」

　そうかな？　先に先方の予定を確認するのは当たり前だと思うんだけど。ただの子どもじゃないことくらい、この二人だって知っているじゃないか。よぉし、そうと決まれば早速準備しよう！

どこを案内しようかなぁ？　その日から、私はアスカが来る日をいまかいまかと待ち続けるのでした。

そうしてやってきたアスカが来る当日。私は朝からソワソワしていた。

「ふふっ、メグちゃんたら。そんなにすぐには来ないわよ？」

「わ、わかってるけどぉ」

朝ご飯を食べ終えてからずっと私がホールでウロウロしていたため、ついにサウラさんに笑われてしまった。だって、だって……！　アスカに会えると思ったらつい！　これまでずっと一番小さい子として扱われてきた私にとって、弟みたいな存在のアスカを愛でるのは楽しみに決まっている。けど、大きくなっているんだよね？　それなら弟というよりは友達感覚になったりするのかな？　それはそれで、同年代の友達が増えてすごく嬉しい。どのみちハッピーである！

アスカが来るという話を聞いてから一週間ほど。うちからの許可が下りたその日のうちにアスカはこちらに向かって出発したらしいのだ。行動が早い。どうやら、返事を聞く前からすぐにでも発てる準備をしていたみたいなんだよね。アスカったら相変わらず自分に正直で可愛いなぁ。数日前に、シュリエさんが港まで迎えに行くと言って出発したから、予定通りなら今日、アスカが到着するはず。だからこうしてずっと入口付近で待っているわけなんだけども。サウラさんの言うように、さすがに朝一で来るわけもない。私のウキウキは空回りしていた。

「そんな調子だと、明日、街を案内する時、心配」

「だ、大丈夫だもん！」

これから修行に向かうのだろう、ロニーがすれ違いざまにクスッと笑いながらからかってくる。

「大丈夫だぞ、ロニー。俺も行くしな」

「オーウェンさん！　明日はよろしくお願いします！」

　そこへ、また通りすがりのオーウェンさんが、ロニーの頭をくしゃりと撫でながら会話に入ってきた。そう、街の案内をする時の付き添いはオーウェンさんに頼むことにしたのだ。最初はギルさんやニカさん、もしくはジュマ兄に頼もうとしたんだけどね。でも、その相談をした時にサウラさんに言われたのだ。

『もしよかったら、でいいんだけど。重鎮メンバー以外に頼んでもらえる？　ギルド外で主に働く人なら基本的に強いし、安全面での問題はないから』

　なんでも、私が自分の身を守れるようになってきたから、そろそろ他のメンバーにもこういう仕事を任せたいんだって。これまでは、私は狙われやすい上にただ守られるだけの存在だった。でも近頃はちゃんと対応出来るってことを、実績を伴いながら証明してる。だからこその判断だってサウラさんは言ってくれた。

『それに、次代を担う他のメンバー達には、もっともっと上を目指してもらいたいから。メグちゃんの護衛任務はオルトゥスで最も重大な任務。責任感を持ってもらいたいのよね！』

　続いたその言葉には待ったをかけたかったけど、言いたいことはわかったよ。もう、なんで最も重大な任務になっちゃっているのか。そこさえスルーすればわかるよ？　要は若手の育成ってことだよね。そこで、今のうちに話を持ちかけて心構えを作ってもらいましょう、とサウラさんが数人候補を挙げてくれて、その中から私がオーウェンさんにお願いします、って頼むことにしたのだ。挙げてくれた人の中から五十音順の最初にいたからっていう理由である。私とお父さんにしかわからない決め方だし、何も言わなきゃきっとバレないからいいのだ！　次からは他の人たちにも順番で頼もうかなって思っている。もちろん、依頼は私からもオーウェンさんに言いに行ったよ！　その時すでにサウラさんから話がいっていたからか、オーウェンさんは特に驚くこともなく了承してくれたけど、どこか緊張した様子は見られた。やっぱり護衛って緊張するものなんだな、って思ったっけ。

「じゃ、明日はここで待ち合わせな！　朝食後でいいんだろ？」

「うん！　アスカと一緒にここで待ってます！　今日はお仕事ですよね？　気を付けて！」

「おう、ありがとな。じゃ、行ってくる」

ニッと笑って私の頭にポンと手を乗せたオーウェンさんは、そのまま後ろ手に軽く手を振って去って行く。ワイルド系イケメンの悪そうな笑みは、なかなかの破壊力だ。メアリーラさんはこの笑顔に弱いっぽいんだよね。ハートを撃ち抜かれているのだろう。だというのに相変わらずオーウェンさんからの求愛は断り続けているみたいなんだよね。素直になれないものなのかなぁ？　私にはよくわかりません！

「メグちゃんおはよー！」

「あ、メグ！　もうここで待ってんのか。気が早ぇな！」

「おはようメグちゃん。行ってくるねー！」

この時間のこの場所は人通りが多い。これから仕事って人がギルドでの朝食を終えて出発する頃だし、外から通う人たちはギルドにやって来るし。通勤時間だもんね！　そして、私を見かけて皆さんがこうして声をかけてくれるのだ。それが嬉しいからこの場所にいるっていうのもあったりして。

「おはよーございます！　お仕事、頑張ってください！」

だから、私もたとえ今日がお休みの日であっても、こうして挨拶を元気に返す。ニコニコしながらホールのソファーに座り、暫し行き交う人の流れを眺めて過ごした。

もうそろそろお昼の時間になる、という頃、ついに待ちわびていた人がオルトゥスにやってきた。

「ただいま戻りました。あ、アスカ、メグがいますよ」

「おかえりなさい、シュリエさん！　それに……」

オルトゥスの入口に立つ人影が二つ。一人はシュリエさんで、もう一人は当然……。

「え、あれ？　あ、アスカ⁉」

アスカ、その人物のはずなんだけど、そのあまりの成長ぶりに思わず立ち止まって目を丸くしてしまう。サラサラとした金髪はあの頃より少し伸びて肩にかからないくらいの長さになっていたけど、明るい水色の瞳といい、くりっとした大きな目といい、やんちゃそうな口元といい、あの時の面影はしっかり残っている。うん、間違いなくアスカだ。でも、でも、思っていたよりもずっと背が高いし、少年っぽくなってる！　見た目年齢はひょっとして私の方が下じゃない？　心中複雑である。

「メグお姉ちゃん！」

「わっ」

だというのに、相変わらずのこの呼び方。そう、アスカは私のことを「メグお姉ちゃん」と呼ぶのだ。でも今そう呼ばれるのは微妙な心境三割増しである。背も私より大きくなっているのに、あの頃と同じように抱きついてきたので危うく後ろにひっくり返りそうになった。

「おっとっと。ごめんね、メグお姉ちゃん。……小さくなった？」

あの頃は耐えきれずに毎度ひっくり返っていたんだけど、今回はそうはならなかった。アスカがすぐに気付いて慌てて背中を支えてくれたのだ。ふぅ、危なかった。というか！

「私が小さくなったんじゃなくて、アスカが大きくなったの！」

「あれ？　そう？」

もー、と頬を膨らませて文句を言ってはみたものの、アスカは首を傾げてキョトンとしている。

くそぅ、エルフめ。可愛いじゃないか！　私もエルフだけど。

「アスカ、貴方は成長とともに力も強くなっているのですから、女の子には特に優しくしないといけませんよ」

「ぼく、別にいじめてないよ？　それにすぐごめんねってしたもん。ぼくはただ……」

苦笑を浮かべながら注意をするシュリエさんに、アスカは飄々と言い返す。それから今度は勢いはつけずにギューっと私に抱きついてきた。あう。

「こうしてメグお姉ちゃんにギュッってしたかっただ、け！」

「アスカー、くるしーよー！」

久しぶりだから戸惑ったりするかな？　ってちょっと心配だったけど、特に変わることなく会ってすぐこうして懐いてくれるのは嬉しい。でも、ちょぉっと苦しいかもぉ!!

「おい」

「わっ」

突然、身体が軽くなるのを感じた。アスカが急に離れたのだ。いや、正確には剥がされたというか。

「メグが苦しんでいる。加減しろ」

「え？　あ、ギル！　ギルだー！」

「む。お、おい」

自分を掴んでいるのがギルさんだと気付いたアスカは大はしゃぎ！　そうだ、アスカはギルさんのことも大好きだったよね！　亡くなったアスカのお父さんが闇熊の亜人さんで、髪と目の色がギルさんと同じだからと一目見た瞬間から懐いていたっけ。この世界、髪も目の色もカラフルだから黒だけっていうのが実はそんなにいなかったりするんだよね。元日本人としてはなんだか不思議だし、私の周りには黒髪の人がそれなりにいるから、あんまりそんな気はしないんだけど。でも、エルフの郷育ちのアスカにとっては珍しいと言える。だって、エルフは輝く髪に青系統の瞳だから。

「随分、大きくなったんだな」

「そりゃーねー！　ギルは変わらないね？」

「成人済みなんだから当たり前だろう」

くしゃりとギルさんに頭を撫でられたアスカはご機嫌な様子だ。いいなぁいいなぁ、頭撫でられて。そう思って二人をじっと見つめていたらアスカと目が合った。アスカはニコッと笑うと、再び私の下へやってきて手を伸ばす。ん？　何？

「メグお姉ちゃんも、いい子いい子。羨ましかったんでしょ？」

「あう、アスカぁ」

そうだけどそうじゃない。いや、アスカに撫でられるのが嫌なんじゃなくて、お姉ちゃんとしての威厳がぁ。ついつい口を尖らせてしまった。その時、チュッというリップ音と共に頬に柔らかな感触を感じた。一瞬、何をされたのか理解が出来なくてフリーズしてしまった私は悪くない。

「……へ？」

だから、間抜けな声を出しつつ、頬に手を当てて顔が真っ赤になってしまうのも仕方がないのだ。よ、よよよよ予想外過ぎて！　い、今！　ほっぺにちゅーされたぁぁぁ!?

「アスカ!?」

「…………」

慌てて声をかけるシュリエさんに、絶句するギルさん。一人あわあわと挙動不審な私。なにこの図。だというのに当のアスカはニコニコとしたご機嫌な様子を崩すことはない。後ろで手を組んで、イタズラが成功したみたいな笑みを浮かべてこう言ったのだ。

「ふふふー、メグお姉ちゃんたらかぁわいい！　でも……ぼくも、可愛いでしょ？」

お、おおおおお姉ちゃんはそんな風に育てた覚えはありませんっ!!　口をパクパクさせてしまうだけで声も出なかったので、私は脳内で絶叫するしかなかった。そもそも育てた事実がないのだけど、動揺のためのおかしな思考ってことで放っておいてほしい。ふおぉぉぉっ!?

「もうっ、ビックリさせないでーっ」

「え？　ビックリさせちゃった？　ごめんね、メグお姉ちゃん」

腰に手を当ててアスカに抗議をすると、シュンと見るからに悲しそうな顔で謝られてしまったのでもう何も言えない。くっ、可愛い！　許す！　私たちのそんなやり取りを見て、周囲でざわついていた大人たちも落ち着きを取り戻し始めた。そうだよね、この可愛さの前にはまぁいっか、ってなるよね、わかる。でも、続くアスカの一言に再びギルド内が凍りついた。

「けどさ。ぼく、メグお姉ちゃんとは番同士になりたいから。いいでしょ？」

「え？　つがい……？」

番っていうと、あれでしょ？　夫婦みたいな、そういう関係ってこと、だよね？　いやいやいやいや、何を言っているんだ、アスカは。まぁ年の近いエルフ同士だし、まだ子どもだしね。と、頭ではわかっているんだけど……。こう、ストレートに好意を告げられるのは慣れてなさすぎてね？えっと、つまりね？

「あはは、メグお姉ちゃん真っ赤になってる！　嬉しかった？　ねぇ、嬉しかったんだよね？」

「あう……」

耐性がなさすぎてこれですよ。ごめんなさいね！　人間として生きてきた日々もこんな扱いされたことがなかったから、すぐ顔が赤くなっちゃうんだよ！　うわぁ、本当に熱い。大丈夫か私。相手は子どもだよ？　私も子どもだけど。

「アスカ、そこまでですよ。メグが困っています。久しぶりに会えたのですから、もっと他に話すことはないのですか？」

そこへついに助け船がやってきた。エルフの師匠、シュリエさんである。確かに今、私は困っている。た、助かった。

「えー。久しぶりだからこそ言ったんじゃん。だって、メグお姉ちゃんはこんなに可愛いんだよ？　色んな人が狙うでしょ？　早めにぼくと番になってもらわないと、取られちゃう」

「……一体誰にそんなことを教わったのでしょうね」

わぁ、子どもとはいえ本気だ。さながら一つしかないオモチャだ、私は。早くしないと取られちゃうって、早い遅いの問題じゃないと思うんだけどなぁ。それにしても、シュリエさん相手にこんなにも言い返せる人、始めて見た。曲者になる予感しかしないよ……。アスカ、なぜそうなった。

ふと、ギルさんと目が合った。ギルさん、と声をかけようと口を開きかけて、止まる。

「え……？」

なぜなら、ふいっと目を逸らされてしまったから。え？　何？　こんなことは初めてで、心臓がドクンと大きく脈打つのを感じた。どうしたんだろう。調子が悪い？　いや、ギルさんに限ってそんなことはない。何か怒らせることをした？　いや、割と何をしても呆れた顔をして許してくれるはず。うーん、なんだろう。モヤモヤする。……うん、聞きに行こう。私は元々、何か変だと思ったら自分から行動を起こすタイプなのだ。怖がって聞きに行かない、という選択肢はない。とはいえ、こういう感覚はものすごく久しぶりだ。メグになってからは常にチヤホヤされていたから、誰かに拒絶って本当に久しぶり。そう、だからそのせい。手や足が震えてしまうのは、そのせいなんだから。

「ギルさ……」

「ね、メグお姉ちゃん！　今日はご飯一緒に食べるんだよね？」

いざ、と思ったところでアスカに声をかけられる。シュリエさんとの話は終わったのかな？　いや、シュリエさんがため息を吐いているから、根負けしたっぽい。め、珍しい。ギルさんのことは気になるけど、今日明日は、アスカのことは私が案内するって約束だった。だからまずはこっちを優先するべきだよね。それに、私だってやっぱりアスカと久しぶりに会えて嬉しいし。気に病んでいたら、せっかくアスカが遠くから来てくれたのに失礼だし、心配させちゃうかもしれないもん。

「うん、一緒に食べよ！　アスカ、もうお腹空いちゃった？」

「えへへ、実はそうなんだ。なんでかなー、お昼にもご飯食べたのに」

「大人と違って子どもはすぐお腹が空くっていうし、長い間移動していたから疲れたんじゃないかな？　まだ早いけど、食堂に案内するよ」

「そうかも。うん、連れてって！」

ニパッと音がしそうな勢いで笑うアスカはやっぱり可愛い。男の子ではあるんだけど、まだ子どもで声も高いのとエルフで美形なのもあって女の子みたいに見える。でもこれは男の子にとっては言われたくないことかもしれないので、心の中だけに留めておこう。可愛いけど。すごく可愛いけど。じゃあこっちだよ、と私はそっとアスカの手を引き、食堂へ案内した。なんか、ギルドの皆さんがこっちに注目している。そんなに目立つかな？

食堂にはまだ人がそんなにいない。昼食にはまだ早い時間だから当たり前だけどね。せっかくなのでのんびりとご飯を食べつつ、私たちは精霊の紹介をし合うことにした。契約精霊は多いから、最初の契約精霊だけだけど。

「声の精霊って珍しいね。ぼく、初めて見た！」

「えへへ。一目見た時から気になっていた子なの。とっても有能なんだよ！」

「能力のことは想像がつかないけど、メグお姉ちゃんが言うならすごいんだね」

やはりというべきか、声の精霊は珍しいようだ。エルフの郷でも契約している人を見たことがないんだって。

『声の精霊は、数も少ないのよー』

「そうなの？」

そこへショーちゃんのお言葉。それは初耳かも！　そう思って聞き返すとショーちゃんはくるくる飛び回って教えてくれた。

『まず、人の多いところじゃないと生まれないのよ？　嘘偽りのない言葉の中から生まれるから』

「そうなんだ？　でも、人の声じゃなくても声なら聞き取れるんだよね？　人の多い所じゃないとダメなの？」

『よくわからないけどー、たっくさんの言葉が飛び交うのは人だからだと思うのよ？』

「なるほどー」

しかも嘘偽りのない言葉の中から生まれるってことは……。うん、確かに数が少なくて当然だ。

ちなみにショーちゃんはオルトゥスで生まれたって言うから、オルトゥスの人たちがどれほど正直者なのかがわかるよね。誇らしさに笑みが溢れる。

「それなら、今度エルフの郷でぼくも探してみようかな。声の精霊」

「エルフの郷の人たちも嘘偽りなさそうだし、きっといると思う！」

私たちはうふふと笑い合う。平和だ。美少年と穏やかな時を過ごせるこの幸せ。プライスレスである。

「じゃあ次はぼくだね。ぼくの契約精霊はこの子！　シャイオ！」

「金色？　じゃあ、もしかして光の精霊さん？」

名前を呼ばれた精霊は金色に輝いていたから、すぐに言い当てる。すると光の精霊はその姿を変えていき、瞬く間に金色の手のひらサイズのゾウへと変化した。か、かっわいいー！

『シャイオである。よろしくである』

「シャイオくんね。私、メグ。どうぞよろしくね」

長い鼻をゆらりと動かして私と握手？　握鼻？　してくれるシャイオくん。そう、光の精霊ってゾウの姿なんだよね。初めて見た時はその意外さに驚いたものである。

「メグお姉ちゃんは、光の精霊とは契約してる？　連絡を取り合える精霊がいたらいいなって思ったんだけど」

「んー、ごめん。光の子はまだ契約してないの。風、火、水、雷、蔦（つた）の子がいるよ」

「多くない!?　すごいなぁ。ぼくはまだこの子と土の子だけだよ」

どことなくしょんぼりした様子のアスカ。まぁ、精霊は相性もあるみたいだからね。それに、数が多ければいいということでもないのだ。

「ぼくも、もっと仲良しの精霊増やしたいなー」

　それには同意！　だって、精霊はかわいいもんね。人生長いんだからこれから増えていくよ、と声をかければ、そうだねと笑顔で答えるアスカ。うん、可愛い。

「でも、そうなると精霊同士での連絡が取れないね。メグお姉ちゃんとは住んでいる場所が遠いから、精霊で連絡出来たらなって思ったんだけど」

「あ、そっか。同じ属性の精霊がいないもんね」

　属性が同じなら、離れていても精霊が伝言を届けてくれるんだけど、あいにく私たちの契約精霊は属性がバラバラだ。むむ、と少し考えて一つ閃いた。それならば、契約してしまうのはどうか、と。

「風の精霊と契約、しない？　風の子なら私ともシュリエさんとも連絡が取れるし」

「それはもちろんしたいけど……。そう上手く相性のいい子と出会えるかな？」

　風の精霊であればどの子でもいいってわけじゃないもんね。私の場合は精霊たちが紹介してくれたからすんなりいったってだけだし。

「フウちゃんや、シュリエさんの契約精霊のネフリーちゃんにも聞いてみようよ。アスカはしばらくここにいるんだし、もしかしたらいい出会いがあるかもしれないよ」

「いい出会い……。うん、出会いたいな。そしたら、メグお姉ちゃんともお揃いだし！」

　お揃いって。その言葉のチョイスが可愛くて思わずクスッと笑う。よし、あとでフウちゃんに頼んでみよう、と心のメモに記す。

「それにしてもメグお姉ちゃん、食べるの遅いね？」

「うっ、ご、ごめんね」

相変わらず遅いし食べる量もそんなに多くない私。アスカはすでに食べ終わっていて、私だけがモグモグと口を動かしている。わかっているけどこればかりはなかなか直らない。だからまだ小さいのかな？　って純粋な目で聞いてこないで！　悪気がないのがわかるだけにお姉さん、大ダメージ。ぐはっ。

「急がなくていいよ。メグお姉ちゃんが食べるのをこうして見てるの、楽しいし」

お、おかしい。なんだかアスカの方が年上みたいな態度じゃない？　頬杖（ほおづえ）なんかついて、余裕を見せてくれちゃって！　キラキラとした大きな目は純粋な輝きを放っているけど！　そうしていると絵になるというか、顔がいいから将来はモテモテだろうな、とかつい考えちゃうな。人懐っこいし。うん、モテるな。っと、そんなことはいい。とりあえず、ずっと気になっていたことを提案させていただこう。

「あの、アスカ。メグお姉ちゃん、はやめない……？」

認めたくはないけど、どう見ても私の方が年下に見えるこの状況で、その呼び方はむしろ逆効果である。抉（えぐ）るわ抉るわ、私のお姉ちゃんとしてのプライドを！

「そ？　じゃあ遠慮なく。……メグ」

素直に言うことを聞いてくれてすぐに呼び方を変えてくれたのはいいんだけど、そ、その流し目どこで覚えてきたの？　少年が放っていい色気じゃなくない⁉　くっ、これだからエルフってやつは！　美形ってやつは‼

「う、はい……。それで、いーです」

美形に慣れてはいるけど、こういう不意打ちというか意外な一面にはドキッとさせられるよね。気恥ずかしいというかなんというか。なので、こんな情けない返事しか出来ないのであった。あぁ、年上の威厳がー！

## 2　街の散策

【ケイ】


「一緒に食べなくていいのかい？　ギルナンディオ」

たまたま。そう、たまたま見てしまったんだ。何をって？　そりゃあ、ギルナンディオの様子がおかしい瞬間を、だよ。普段だったら珍しいものを見たなー、ってだけで済ませるよ？　何か悩んでいたとしても、相談をされない限り干渉する気はないからね。冷たいかもしれないけど、触れてほしくないことだってあるじゃないか。これはボクだけでなく、オルトゥスのみんなが心掛けている暗黙のルールみたいなところもあるしね。もちろん、有事の際は全力で味方になるってスタンスだけど。でも、今回のこれは、ちょっと手助けが必要だろうなって思ったんだ。んー、なんでかって言われても、なんとなくとしか答えられないんだけど。だからお節介なのは承知で、つい声をかけちゃったんだよね。

「……別に俺は食事など必要ない」

「そうだろうけど、いつもはメグちゃんと一緒に食べるじゃないか」

ボクたちは大人だから、数日くらい食べたり寝たりしなくても問題はない。そりゃあ食べた方が力は出るけど、微々たる変化だしね。だから食事も睡眠もほぼ娯楽。オルトゥスに所属してからはボクもほぼ毎日食事を摂っているんだけど、これはいい習慣だと思うよ。美味しいものを食べるのは気分が上がるから。寝るのもなかなか気分がいいし。だけど、この男はオルトゥスに来てからも、それまでの生活スタイルを変えることはなかったんだ。食事も睡眠も数日に一回。それが自分のリズムなんだって、頑なに変えようとしなかった。それなのにメグちゃんが来てからというもの、あの子が気に病まないようにとちゃんと毎日食事も睡眠も取るようになったんだ。改めて、メグちゃんの影響力ってすごいなって思う。

「アスカが来ているんだ。別に俺がいなくてもいいだろう」

んー、やっぱりどこか様子がおかしい。いつも通り無表情で必要以上に喋らないけど。メグちゃんの方を見ようとしない時点でおかしいよね。

「少なくとも、咄嗟に目を逸らすなんてことはしない方がいいと思うけどね」

「っ……目敏いな」

否定しなかっただけよしとしようかな。一応、自覚はあったみたいだし。そう、さっきボクが見たのはその瞬間だったんだ。ギルナンディオはそれまでジッとメグちゃんを見つめていたというのに、メグちゃんがギルナンディオに気付いて目を向けた時に、サッと逸らしてその場から去ってしまったその瞬間を。

「オルトゥスのナンバーツーともあろう男が、逃げるなんてね」

思わずクスクスと笑ってしまう。あまりにも貴重な反応だったからね。おっと、そう睨まないでくれよ。ごめんってば。

「ねぇ。メグちゃんを見なくていいってことは、今夜暇だろう？　ちょっと付き合ってよ」

「……いや」

「メグちゃんのことで話があるんだよね」

断ろうとするギルナンディオに、先手を打つ。何だかんだ言って、メグちゃんのことなら聞いておきたいと思うに違いないからね。そしてその目論見通り、ギルナンディオは眉間にシワを寄せながらも了承してくれた。案外、扱いやすいんだな。新発見だ。

「そう時間は取らせないよ。ボクの行きつけのバーがあるんだ。そこに行こうよ」

「飲むのか」

「いーじゃない、たまにはさ。ちなみに、今日しかこのことについて話す気はないからね」

人前で顔を晒すのを嫌がるこの男は、外で食事をするのを極端に避ける。でも、この一言を付け加えればきっと来るって思ったんだ。なかなか卑怯な手を使ったなって自覚はあるし、ギルナンディオもそう思っていると思う。でも、こういう機会って必要だと思うんだ。ギルナンディオ、君は少しメグちゃんから離れた場所で、自分を見つめ直すのがいいと思うんだよ。常に一番近い場所にいるんだから。その保護者目線を、ほんの少しだけ崩してやりたいんだよね。さっさと先を歩くボクの後を、ギルナンディオが付いてくる気配を感じながら、ボクはそんなことを考えていた。

行きつけのバーは人気店なだけあってそれなりに賑わっていた。お客さんやマスターはボクらを見ると一瞬目を丸くしたけれどすぐに目を逸らしてそれぞれお酒を口にする。僕らはオルトゥスのメンバーとしてこの街では有名だからね。何か仕事の最中かもしれないと、みんな空気を読んで知らないフリをしてくれるんだ。こういうところ、好きなんだよなぁ。

「マスター、いつもの席空いてる？」

「もちろん空いていますよ、ケイさん。お飲み物は？」

いつも女の子と来る時に同じ席に座るから、そのあたりマスターも心得ているみたいで、この時間帯には出来るだけあの席に他のお客さんを案内しないようにしてくれている。本当にありがたいよ。バーの隅にあるボクの指定席。もちろん、混雑していて先に他の人がいたら譲るよ。ただ、ここは内緒の話をするのに向いているから、今日も空いていて良かったな。

「いつも通り。この店の人気のカクテルを二つ、よろしく頼むよ」

「かしこまりました」

最初は必ずこれを頼むんだ。美味しいし、この店を知ってもらうためにもこれは飲んでもらいたいしね。まぁ、今日は相手がギルナンディオだし、知ってもらったところで意味はないんだけど。だって、この男がまたこのお店に来るなんて想像がつかないから。ボクだって今回は強引に誘ったわけだし。

「俺は飲むつもりは……」

「バーに来といて何も飲まないのはナンセンスだよ。いいから座って」

それもそうだと思ったのだろう、ギルナンディオは運ばれてきたカクテルを一度眺めると、マスクだけを下げてから少し口に含んだ。うまいな、と呟いたその一言に、マスターと一緒に思わず顔をほころばせる。

「そうでしょ？　たまにはこういうところにも来た方がいいよ」

「む」

オルトゥスのカフェも夜はバーになるからお酒は飲めるけど、ここでしか飲めないお酒もあるんだから、とボクは続ける。ありがとうございますと嬉しそうにお礼を言ったマスターは、それ以上長居することなくカウンターへと去っていく。さすが、プロは違うね。それを見届けたギルナンディオはサッと軽く手を振ってボクらの周りに防音の結界を張った。この場ではボク以外それに気付いた人はいないだろうな。そのくらい、違和感のない魔術の発動だった。ま、いつものことだけどね。

「でも、ギルナンディオがこんなに素直にバーに来てくれるとは思わなかったな。もしかして初めてじゃない？」

ボクがそう問うと、肯定が戻ってきた。え、一体誰と？　と思ったんだけど、その答えを聞いてすぐに納得した。

「頭領と来たことがある。この店ではないし、かなり前だが」

「あー、頭領か。あの人はオルトゥスの仲間になったら必ずサシ飲みするからね」

ボクもオルトゥス設立の時、頭領に誘われたっけ。懐かしいなぁ。あの頃は本当に色んなことに自信が持てなくて。でも、二人で飲みながら色んな話をしてさ。そのおかげで今のボクがあるといっても過言じゃない。

『お前はお前を偽る必要なんかない。そうじゃないお前なんか、お前じゃねぇだろ』

ほんと、どれだけ救われたかしれないね。

「そんなことはいい。早く話せ」

「まったく、せっかちだな」

そう言うと思っていたよ。ボクも話し出すきっかけを探るのは面倒だと思っていたし、ちょうどいい。単刀直入にいかせてもらおうかな。

「……リュアスカティウスが気に入らないの？」

ギルナンディオの不機嫌な理由。要は、嫉妬だと思うんだ。そしてギルナンディオはその自覚がある。

「まぁ、少しな」

ほらね。隠す気もないみたいだ。その理由もわかっている。

「父親として？」

「……それ以外に何があるんだ」

はー、やっぱりか。面倒臭いなぁ、もう。ボクはあからさまにため息を吐く。

「親権はもう魔王にあるんだろう？　それでもまだ君は父親のつもりなのかい？」

「それは、そうだが……。ずっと親の目線で見てきたんだ。そう見えるのは仕方がないだろう。それはお前も同じだと思うが」

「ボクらはそうだけどね。でも、君はそれだけじゃないだろう？　……気付いていないとでも思ってる？」

ボクは頬杖をついてグラスを傾ける。店内のオレンジ色の照明が琥珀(こはく)の液体を照らしてキラキラと輝く、この光景がたまらなく好きなんだよね。それを眺めて少し癒されたところで、ボクは核心に迫った。

「……番なんだろう？　君にとって、メグちゃんは」

いつだったか。メグちゃんがギルナンディオの影の中を覗(のぞ)いたことがあった。ギルナンディオ本人以外が覗くと、とんでもない目に遭(あ)うって聞いたことがあったのに、メグちゃんはそうはならなかった。その理由は、ちょっと考えればすぐにわかることだったんだ。ギルナンディオの影はいわば彼の精神そのもの。だから干渉されればギルナンディオは気分が悪くなるし、覗いた者は彼の内面に触れて気がおかしくなるほどのダメージを受ける。この男の抱える闇も、なかなかのものだからね。影の魔術の効果も上乗せされてとんでもない目に遭う、そういう原理なんだと思う。でもその影響を受けない、ということはつまり……。ギルナンディオがメグちゃんを心から受け入れているからだ。それはいわば番と同義。

「まだ、一方的な想いだろうけどね」

とはいえ、メグちゃんはそこまで思ってないだろう。なんせまだ子ども。番とはどういうものか、ってことまでよく理解してないだろうことは、今日リュアスカティウスに言われた反応からもよくわかった。真っ赤になってはいたけどね。たぶん、なんとなくしかわかってないんじゃないかな。

「……それは」

しばらくの沈黙の後、ギルナンディオは静かに語り始めた。この男の心情をその口から聞かされたのは初めてだったと思う。だからこその重みを感じたし……葛藤(かっとう)も理解出来た。そうか、そんなことを考えていたのか。これはまたなんというか、厄介(やっかい)だな。話を全て聞いたボクの最初の感想はそれだった。

「じゃあ、今はまだ待つしかないんだね……」

「そういうことだ。……話は終わりでいいだろう？」

そう言って立ち上がったギルナンディオに、ボクは目を丸くした。

「まだ、ボクからメグちゃんの話について言ってないけど、いいの？」

「元々、これを聞き出したかっただけだろう」

「……わかっていたのかい？」

「まぁな」

なぁんだ。うまく彼を誘導出来たと思っていたのに、全部お見通しだったってわけか。お前も知っておいた方がいいと思ったから付き合ったまでだ、と言い捨てて、ギルナンディオはバーを去って行く。はぁ、やっぱりあの男には敵わないなぁ。悔(くや)しい気持ちを抱くことさえない。レベルが違いすぎて馬鹿馬鹿しいよね。

「ま、知りたいことは知れたし、いっか。……女の子でも誘って飲み直そっと」

ボクもまだまだだなぁ。可愛い女の子に癒されて、明日からも頑張ろう。そう思いながらグラスの中身を飲み干すと、ボクもまた席を立った。


【メグ】


「おはようございます！　オーウェンさん！」

「おはよーございまーす！」

さぁ、いよいよ今日はアスカに街を案内する日である！　意気揚々と私たちはギルドのホールへと辿り着く。今日は動きやすい服装と髪型で、気合も十分！　すでに入り口で待っていたオーウェンさんにアスカと二人で挨拶をした。

「おー。元気だな、子どもってのは。おはよう、メグにアスカだっけ？」

「うん、ぼくはリュアスカティウス。だからアスカでいいよ！」

「うん、長ぇな」

「エルフは名前が長いんだよねー。あれ、そういえばメグは短いね？」

確かめるように名前を聞くオーウェンさんに、答えるアスカ。確かにエルフって名前が長い人多いよね。というか、エルフでなくても長い名前の人は多いんだけど、特にエルフは長いイメージが確かにある。だからこそ、アスカの疑問も尤もだ。

「んー、私の名前はお母さんとお父さんで決めたらしいから……」

「あ、お父さんって魔王様なんだよね！　ふぅん、だから名前が短いのかなー？」

「そこが関係あるのかはよくわかんないけど……」

お父さんが魔王だから名前が短い、という子どもならではの発想で納得するアスカに思わず苦笑を浮かべてしまう。もっと正確に言うなら私の前世、環の名前からきているんだけど、ややこしいので割愛だ。

「ま、覚えやすくていーじゃん。さ、早く行こうぜ。朝食も外で食うんだろ？」

ニッとワイルドに笑うオーウェンさんが話を変えてくれたので私たちもハッとしてその話に乗る。

そう、いつもはギルドの食堂で食べるんだけど、せっかくの観光なんだから朝食も外で食べたら？といろんな人にアドバイスをもらっていたのだ。お腹も空いてきたことだし、早速出発だー！　と、その前に。

「オーウェンさん、今日は一日よろしくお願いします！」

「あっ、そーだね！　オーウェン、よろしくー！」

「アスカは呼び捨てかよ！　まーいいけどよ。任せとけ！　さ、行くぞー」

こうして私たちは元気いっぱいでギルドを後にした。……んー、振り返った先にもギルさんはいない。あれから、話を聞けてないんだよね。いやいや、今は他のことを考えちゃダメだ！　次に会えた時にギルさんには話を聞こうと心に決めて足を進める。

「アスカは、お魚の方が好きなんだよね？　お昼はお魚にして、朝はあったかスープとパンのお店に行くよ！」

「ほんと？　楽しみー！」

アスカがとてもいい反応をしてくれる。ワクワクを隠せないみたいで、目を輝かせているから私も嬉しくなってあれこれ説明しちゃう。

「とってもおいしーの！　これから行くとこはね、お野菜いっぱいのスープと焼きたてのパンが色々あってさいこーなのぉ！」

「えっ、それはさいこーだね！　ぼく、いっぱい食べちゃおーっと」

両拳を握りしめてプレゼンすれば、アスカはそのノリに合わせて一緒に目を輝かせてくれる。ああ、可愛い。朝から癒しの笑顔、ごちそうさまです！

「お、お前ら、本当に二人だけだと危険だな？」

「えっ、なにが？」

二人でキャッキャと話している背後から、オーウェンさんの焦ったような声が聞こえたので振り返る。アスカもよくわかっていないようで首を傾げていた。

「自覚ねぇのかよ。あー、もー何でもねーよ！　こっちはこっちで仕事をこなしとくから、気にせず続けて。邪魔して悪かったよ」

シッシッと手を払うように言いながらも、どことなく緊張感を漂わせている様子。オーウェンさんって結構、適当なイメージがあったけど、職務に忠実なんだぁと感心した。

「変なオーウェン」

だからそんなこと言っちゃメッなんだよ！　アスカ！

お店に到着した私たちは、オーウェンさんも含めて三人で早速朝食をいただく。三種類のスープと数十種類ものパンの中から値段に合わせた数のパンを選んで食べられるのだ。贅沢ぅ！　ちなみに私は一つずつ。し、仕方ないでしょ！　食べたい気持ちはあるけど胃が受け付けてくれないんだから！　それに、ここのパンはボリュームがあるのだ。特にこのタマゴサンドはガツンとくるので一つで十分。でも美味しいの。フワフワ卵焼きが挟んであって幸せなの。はふぅ。カボチャのクリーミーなスープも最高に合います。

「オーウェン、すごく食べるね。メグは食べなさすぎだけど」

「そーか？　大人になりゃアスカもこんくらい食えると思うぞ？」

「そうかな？　それなら、早く大人になりたいかも」

アスカの言うように、オーウェンさんのお皿には山盛りになったパンが積み上がっている。アスカの三つもだいぶ多いと思うんだけどなぁ。それぞれ、オニオンスープとクラムチャウダーをチョイスしている。そっちも美味しそうだ。

「それに、大人になったらメグと結婚できるもん」

「ぶふぉっ！　ごっほ、ごふっ……、あ、アスカ、い、今なん……!?」

「うわ、汚いなぁ、何やってんの、オーウェン」

いや、今回のそれはアスカが悪いと思うよ……。ほんと、何を言っているんですかねぇ、このませた子は！　昨日から目が合えば口説いてくるので私としてはだいぶ慣れてきたんだけど、それまではいちいち顔に熱が集まって大変だったんだから。

「結婚って言ったの！　ぼく、メグとは番になるんだもん。絶対メグはぼくの番だもん。そう、心が言っているから」

「なんつー野郎だ。アスカ、お前……」

　スッと真顔になったオーウェンさん。さすがにそういう話は早いって言う気なのかな？　そう思って黙って待っていたんだけど……。

「すげぇな！　自分に素直でよー。俺も最初からそうしとけば良かったってすげー後悔してんだよ！」

　まさかの賞賛に椅子から落ちそうになる。え、共感しちゃってる？

「オーウェンも番にしたい子がいるの？」

「おう。ずっと回りくどいことばっかりしていたんだけどな、それじゃいけないって最近気付いたんだ。それからはひたすら口説いてるんだけど、これまでのことがあったからか、なかなか振り向いてくれなくてなー」

「あー。素直が一番だよ、オーウェン。女の子は自分だけに特別、ってのが好きなんだから、他の子は眼中にないってことをもっとアピールしなきゃ！」

「今はずっとそうしてんだけどなー。脈はありそうなんだが素直になってくれないんだよな。そこがまた可愛いんだけど」

「あ、じゃあさ、こういうのはどう？」

お、おやぁ？　何やら意気投合しているぞ？　というか周囲にいた数人の男性客も聞き耳を立ててない？　すごいな、アスカ。女の子を口説く極意を講義し始めたよ。本当に子ども？　っていうか、それどこで覚えてきたの？　色々とツッコミどころ満載すぎて暫し遠い目になってしまった。

私、悪くない。結局その後、私がもう行こうよーと拗ね始めたことでようやく講義が終わり、やっとこさ街の散策へと向かうことになったのである。まったくもう！


さてさて、まずはやっぱりランちゃんのお店へ。お世話になっているし、せっかくだからアスカも紹介したいと思って。それに、ランちゃんならアスカを一目見て気に入ると思うんだよね。

「んまぁ！　可愛いエルフの子ねぇぇぇ！　ね、ね、服！　服を作らせてちょうだーい！」

「え？　いいの？　やったぁ！」

ほらね。こうなるだろうってわかっていた。予想通りすぎて面白いくらいだよ。ここで素直に喜べるのがアスカのいいところだよね。私はついつい遠慮しちゃうというか、申し訳なくなっちゃうから羨ましい。

「そういえばアスカ。お前、戦闘服は持ってんのか？」

「え？　訓練用の服なら持ってるけど……」

「ふむ。荷物も部屋か。収納魔道具とかも持ってないのか？」

「オルトゥスに来る時に必要だからって、母さんのを借りてきたけど、自分のじゃないよ」

あ、そうか。アスカも闘技大会に出るって言っていたもんね。戦闘服はあった方がいいのかもしれないけど、あれって作ろうと思うとかなりお金がかかるんだよね。一般的にはそうホイホイとは作れないのだ。収納魔道具も然りである。オルトゥスの基準がおかしいの！　ランちゃん曰く、一般的な訓練用の服は多少動きやすくて傷みにくい効果はあるものの、魔術に強いとかそういった効果を付与することはあまりないという。そう、これが世の中の基準なのだ。間違えてはいけない。

「ラン。俺が少し金出すからさ、ちょっとだけ付与魔術つけてくんねぇ？　今度こいつ、闘技大会出るんだよ」

「闘技大会？　そういえば噂で聞いたわ。特級ギルド合同で大きな大会をするんですってね。子どもが戦う部門でも作るのかしらぁ？　それなら必要よねぇ」

おや、闘技大会の話はすでに少し広まっているようだ。集客することで資金も集まるし、宣伝は必要だよね。でもここからは遠いから、この辺に住む人たちは行ける人も少ないだろうけど。

「えっ、オーウェンいいよ。ぼく、普通ので」

さすがに、付与魔術のついた服については遠慮の姿勢を見せたアスカ。その価値を正しく理解しているってことだよね。賢い！　えらい！

「でも、それなりの物は準備しとかねぇと。周囲との差がついちまうし、何よりお前の身を守るためでもあるからな」

曰く、闘技中に負った怪我は闘技場から出ればある程度は治るように魔術がかけられる予定なのだそう。なにそれ、すごい。それでも怪我をすれば痛いし、場合によっては完全に治りきらないこともある。そうなるリスクを減らすために戦闘服は必要なのだそう。それもそうか。それなら！

「ランちゃん！　私からもお願い！」

「えっ、メグまで？　さすがにメグはお金出すとか言わないでよぉ!?」

私が声を上げると、アスカは余計に焦り出した。同年代の私がお金を出す、ってなるとオーウェンさんに言われるより気がひけるだろうことはわかっている。だからもちろんそんなことはしないよ。

「言わないよ。ただ、ランちゃんのお店で私、たまにお手伝いもしているの。お店で働いたのはまだ一回だけだけどね？　ランちゃんのところのお洋服を着てお仕事して、街を歩いてってすることで、このお店の宣伝をしているんだ」

「あら。言いたいことがわかったわぁ。つまりメグちゃん、こういうことねん？」

ランちゃんが私たちのやり取りを聞いて察してくれたようだ。バチンと音がなりそうな勢いでウィンクをすると、私の代わりにアスカに提案してくれる。

「貴方も、メグちゃんと一緒に宣伝してくれなぁい？　うちの商品をかっこよく、可愛く着こなして街を歩いてほしいのよぉ。そうすればうちの売り上げも上がること間違いなし！　その分しっかり値下げしてからオーウェンに請求するわよぉ。貴方にピッタリの戦闘服を作ってあげるわぁ！」

「い、いいんですか？」

頬を上気させてアスカはやらせてください！　と元気に返事をした。オーウェンさんにも深々と頭を下げてお礼を言っている。こういう姿を見ると、やっぱりいい子だなぁって思うよ。それにあの頃からの成長を感じてお姉さんは感無量です……。口説くのさえやめてもらえたらいいんだけどね。

それから、アスカが注文するのと一緒に、私も戦闘服を一着注文することにした。もうあるじゃないかって？　甘い。何が甘いって、私のあの戦闘服はスペックが高すぎるのである！　とても子どもが持っていていいようなレベルではないのだ。過保護な大人たちの産物と言ってしまえばそれまでなんだけど、ほら、それなりに身の危険があるじゃない？　自分のことを守るためにも、このレベルの戦闘服は確かに必要ではあったのだ。よく考えてみればあのエルフの郷で父様である魔王とシェルメルホルンが戦っていた時も、戦闘服だったからこそ吹き飛ばされずに済んでいたのである。じゃなきゃ爆風で飛んでいるよね。いくらニカさんやギルさんが側にいたからって、擦り傷などの小さい怪我さえなかったのはひとえに戦闘服のおかげだったのだ。さらに言うならばあの時、私がえいやーっと宙から下りる時、フウちゃんの力を借りたとはいえ無事に着地出来たのも、ホムラくんの炎の熱を感じなかったのも戦闘服のおかげ。運動能力の補正みたいなのが働いていたんだと思うのよ。今でさえ運動能力に難があるのに、当時それが出来ていたのはそういうことだ。知らぬ間に助けられていたのである。あの服を着ていなかった人間の大陸では、そりゃもう情けない結果だったことからも明らかだ。とまぁ、そのくらいすごい性能の戦闘服しか持っていないので、一般的な子どもが持っていてもおかしくないスペックの戦闘服を作ろう、ということになったのである。大会で使うわけだし、他の選手との差がありすぎるのは良くないからね！

「あー、ラン。メグのはしっかり防護系の魔術をかけといてくれよ。結界が張れないのが痛いな……ギルさんたちがなんて言うか。あ、運動能力も少し……」

「ダメダメ！　スペックがおかしくなっちゃうから！　ランちゃん、みんなと同じでいいから！

あくまでも、一般的なものでお願いしますっ」

オーウェンさんでさえこれだ。今ここでこっそり注文しておかないと、ハイスペックな戦闘服が二着出来てしまうという結果になる。もちろん自費なので、その辺も加味して作っていただきたい。うっ、一気に貯金がなくなるけど仕方ない！　必要経費である。またお仕事頑張ろう。注文を受けたランちゃんは、大会までに間に合うように作るわ、と言ってくれた。ふふっ、出来上がりが楽しみ！

「自分のお小遣いで、初めてこんなに高い買い物した！」

「ふふ、ぼくも」

ちょっぴり大人になった気がして、私たちは笑い合う。人からもらうのも嬉しいけれど、自分で買うのってやっぱり嬉しいよね！

「あーーーー！　これ後で俺が、なんでお前が全額払わなかったんだよって責められるやつだ！」

一人、オーウェンさんだけは頭を抱えていたけどね。大丈夫、ちゃんと私たちも言うから……。

その後は、街を一通り回って歩いた。そんなに大きな街じゃないから、すぐに見て回れるんだよね。でも、もっと小さい頃の私はそれだけでもバテてしまって、一日じゃとても歩ききれなかったけど。そう考えると私も大きくなったなーって思うよ。しみじみ。こうして歩きながら色々と話している内に、話題が闘技大会のことになっていく。未成年部門が作られたのはビックリしたよねーとか、そんな話。

「でも未成年ってさぁ、もうすぐ大人っていう大きい参加者もいるってことだよね。ぼく、勝てるかなぁ」

アスカはそう言いながら腕を組んで考えている。自分の能力を考えながら戦略を練っているのかもしれない。確かにそうだよね。私、一回も勝てない気がしてきた。

『……っ！　メグ……っ！』

ふと、脳裏に映像と音声が流れる。あ、予知夢だ。いつもながら突然だなぁ。いや、もはや予知夢なのかどうかはわからないけど。えーと……。ええい、夢でいいや。

『……む、……から……』

あれは、ギルさん？　地面に膝を突いて倒れている誰かを抱えている。その倒れている誰かは、私……？

『……、…………てる』

ぐったりと、意識を失っている私を抱きしめながら、ギルさんが小さな声でずっと話しかけているみたい。なんだろう？

「ねぇ！　メグ聞いてる⁉」

「え？　あ……」

アスカの拗ねたような声で我に返る。うーん、やっぱり今のは予知夢かな？　そんな風にぼんやりしていると、ちょっと怒っていたアスカが今度は心配そうに顔を覗き込んできた。

「……どーしたの？　疲れちゃった？」

至近距離で見る美少年の悲しげな顔の破壊力よ。キューン！　可愛いっ！

「ううん！　ちょっと考えごとしてただけ！　ごめんね」

「そう？　ならいいんだけど」

心配させちゃダメだよね。こういう夢はよく視るし、その度にぼんやりしちゃうけど、元気なのは変わりないから平気だってアピール。両腕で力こぶを作ってみせてみた。……こぶはない。

それにしても、今のはなんだったんだろう。多分予知夢だと思う。だって、過去にあんな状況はなかったし。大怪我して抱かれていることはあったけど、さっきの夢の中の私は怪我なんかしてなかった。でも夢という曖昧なものだから絶対に違うとは言い切れないんだけど……。

「じゃ、もう一回言うね？　メグは大会でどのくらい勝ち上がりたいの？」

「勝ち上がり……あ」

考えている時に告げられたアスカの質問によって思い付いた。あれって、闘技大会の時の夢だったのかもしれない。そうだよ、そう。で、私負けちゃうんじゃないかな？　気を失うかなんかして、ギルさんが心配していたんだ。闘技大会での出来事なら、大怪我の心配もないから安心だよね。気を失ったとしてもすぐに回復するだろう。それにしてはギルさんがものすごく必死に心配していたような気もするけど、過保護だしあり得る。

「なーに、メグ？」

「う、ううん。ただ、闘技大会ってトーナメント式だったなーって思って。私、鈍臭いから、一回しか戦えなさそうだなぁ」

訝しげにこちらを見るアスカの視線が痛い。ので、慌てて誤魔化す。あははと笑ってみせるとアスカは頬を膨らませた。あれ？

「ダメだよ、そんなんじゃ！　優勝してやるくらいの気持ちで挑まなきゃ！」

あ、そっちか。誤魔化したのがバレたかと思ってヒヤッとした。別に隠してはいないけれど、なんとなくね。

「せっかく参加出来るんだもん。全力で戦わないと、相手にもしつれーでしょ！」

「う、そうだよね。ごめんなさい。私も精一杯頑張る！」

そして正論。弱気でいたら対戦相手に失礼だもんね。ちゃんと自分のベストを尽くそう。それで負けたならそれはそれ。悔しい思いをして、また訓練に励めばいいのである！

「おーおー。やる気に満ち溢れた子どもってのはいーもんだなー」

背後から付いてくるオーウェンさんが頭の後ろで手を組んで微笑ましげにこちらを見ていた。ま、大人からしたら遊びみたいなものかもしれないけどさ！　子どもは子どもなりに頑張るもんねー！

「あとぼく、大人の戦いも楽しみなんだ。みんながどんな風に戦って、誰が勝ち抜くのか……すごく気になる！」

「あ、それは私も気になる！　魔物と戦うのとはわけが違うだろうし、あくまで力試しの大会だし、強いからってだけで勝ち抜けるとも限らないもんね」

そうなのだ。普通に考えて、優勝するのはギルさんだと思う。対魔物だろうが人だろうがなんでもソツなくこなしそうだし、強さも揺るがない気がする。贔屓目かもしれないけど。でも、ルールのある大会だから何がどう作用するかわからないよね。みんなの戦闘を間近で見られるチャンスでもあるし、むしろ私的には自分の戦いより、闘技大会はそっちの方がメインだったりする。

「同じエルフとしては、シュリエに勝ってほしいなぁ」

目を輝かせながらそう語るアスカは、なんだかんだで同族が好きなんだろうと思う。あと、シュリエさんにすごく憧れているのが伝わってきた。私ももちろん憧れている。

「私は他の特級ギルドのメンバーも気になるなぁ。オルトゥスのメンバーしか知らないし……。あ、そういえばね！　アスカに紹介したい子たちがいるんだよ」

他のギルドのことを考えていたら思い出した。アニュラスにいるルーンとグートの双子と、魔王城にいるウルバノのことだ。せっかく年も近いんだし、アスカとも仲良しになってもらいたいと思って。

「ぼくたちと同じ年齢の子かぁ。メグの友達なんでしょ？　じゃあぼくも友達になる」

「うん、仲良くしてくれたら嬉しいな。それに、未成年部門を開くなら、もっと友達も増えるかもしれないよね！　えへへ、楽しみ！」

魔王城ではちょっとアレな理由で捗（はかど）らなかった友達作りも、大会を機に出来るかもしれない。新たな出会いに期待である。

「でも、そしたらライバルも増えそうだなー」

「ライバル？　うーん、まぁ、でも闘技大会だし……」

ふと、難しい顔でアスカがそう言うので、大会を開くんだからみんなライバルなのは当たり前だということを告げると変な顔をされた。え？　なんで？　変なこと言った？

「アスカ、双子のグートは手強いかもしれないぞ」

「えっ、グートもなの⁉」

「たぶんな」

「うー、油断できない……！」

オーウェンさんからの言葉を聞いてぐぬぬ、と唸るアスカ。そっか、グートって強いんだなぁ、私も頑張ろう、と思っていると、オーウェンさんに頭を撫でられる。

「たぶん、メグが思ってるのとは方向性が違うけどな。俺らが言ってるのは」

「え？　え？」

「そそ、メグは気にしなくてい－の！」

なんだか私だけ話についていけてないぞー？　脳内疑問符だらけの私を差し置いて、アスカとオーウェンさんはあーだこーだと作戦会議をしている。ちょ、ちょっとー！　置いてかないでー！

## 3　無意識下の異変

「あ、おかえりなさいメグちゃん！　それにアスカも！　オーウェンもご苦労様。ね、どうだった？　仕留め甲斐があったでしょう？」

その後、お昼ご飯を食べて街のメイン通りを散策した私たちは夕方、オルトゥスに帰還。おやつの食べ歩きとか初めて！　と喜ぶアスカは可愛かったです。そんな私たちを出迎えてくれたのはサウラさん。受付カウンターからわざわざ出てきて入り口までとっとこ小走りでやってきてくれたのである。サウラさんも可愛いし、本日の私は可愛いに囲まれて幸せです。

「そりゃあね。ギルさんたちと違って俺だと甘く見てんだろうな、ってのがよくわかったよ。ま、当然、全部蹴散（けち）らしたけど」

「え？　そんなに変な人、いたの？」

　オーウェンさんの報告に驚いて目を見開くと、サウラさんは苦笑しながら当然よ、と口を開く。

「こんなに可愛いメグちゃんが街を歩いているんだもの。手を出そうとしてくる人は跡を絶たないわ。それに今日はアスカだっている。可愛い子どもが二人もいるのよ？　いつもより変なことを考えるヤツは多いだろうなって予想がついていたの」

「でも、マジで多いんだな。直接何かをしてくるわけじゃねーけどひたすら凝視してくるヤツらの多いこと多いこと」

「き、気付かなかった……！」

　そんなにいたんだ……。あれ？　私、普段は何も考えないで過ごしすぎなのかな？　街を一人で歩くことも多くなってきたけど、そんなの全然知らなかった。たまに変な人が絡（から）んでくるけど外部の人だし、なんとか自分で対処出来ているし。気を張っていれば多少はわからなくもないんだけど、うーん。まだまだオルトゥスのメンバーとしての自覚が足りないってことだよね。手を出されたら対処しようって思っていただけだった。反省。

「いいのよ、メグちゃんは気付かなくて。むしろ気付いたら怖くて外に出られなくなっちゃうわよ」

「ひえっ」

それはそれで嫌だ！　思わず自分の身体を抱きしめて身震いした。その横でポンポンと背中をさすってくれるアスカの優しさが沁みる。

「慣れちゃえば、どーってことないよ？」

「アスカも気付いていたの⁉」

「うん。ぼく、人からの視線に敏感だから。注目浴びるのは好きだしー」

そういえば昔から甘えん坊だったよね、アスカは。自分の可愛さを自覚していて、可愛いって褒められたり、注目を浴びるのが好きなのだ。でもさ、それが不審者だったら嫌じゃないのかな？あ、どうでもいい？　そ、そうですか。強い。

「あ、そうそうメグちゃん。手紙が届いているわよ。これを渡そうと思っていたの。はい、これ」

「えっ、もうお返事が？　ありがとーございます！　あ、ルーンとグートからだ！　それに、ウルバノのも！」

手紙は合わせて三通。みんな私が送るとすぐに返事を書いて送ってくれるから、届くのもこうして同じタイミングであることが多いんだよね。でも今回の返事はやたら早い。あれかな？　私が闘技大会について書いたからかな？

「メグ、手紙が読みたいんじゃない？　部屋に戻っていーよ。返事も書きたいでしょ？　ぼくのことは気にしなくていーからさ！　でも、夕飯は一緒に食べよーね？」

私ったら手紙を見つめながらソワソワしていたのかもしれない、察したアスカが私の顔を覗き込みながらそんな提案をしてくれた。くっ、気遣いの出来る子じゃないか！　あとその上目遣い反則！

「う、そんなに顔に出てたかな？　でもアスカは？　この後の予定って……」

当然、夕食の約束を断ることはないんだけど、その間アスカはどうするのかな？　心配になったので聞いてみる。

「うん？　ぼくはギルドの中を少し回ってみるからへーき」

「お、じゃあそれに付き合ってやるよ、アスカ」

「ほんと？　やったぁ！　オーウェンありがとー！」

ギルド内探検か。そういえば私もここに来たばかりの時にやったなぁ。レキと。……うん、あれはあれで楽しかったよ！　レキのことも知れたいい機会だったし、懐かしい思い出である。

「えっと、じゃあお願いしてもいいですか？」

「ははっ、メグは真面目だな。任せとけ。俺はどのみち今日は一日お前らといるつもりだったから気にすんな」

「もー、ぼくのこと心配しすぎだよ？」

えー、だってアスカの面倒を見るって約束したのは私だもん。ここはきちんと挨拶するのが筋ってものでしょ。過保護だと拗ねるアスカは可愛かったけど。今ならギルさんたちが過保護になる気持ちが理解出来る気がした。うん、これは仕方ないね！

「二人ともありがとうっ！　じゃあ、あとでね！」
ここはお言葉に甘えちゃおう。快(こころよ)く承諾(しょうだく)してくれた二人に手を振り、私は早速部屋へと向かう。チラッと振り返ると、すでに二人は楽しそうに会話しながら歩いて行ったのでホッと一安心。なんだか相性良さそうだよね、アスカとオーウェンさん。年も離れているのに友人のような感覚である。不思議だ。でも、おかげで安心して手紙が読めそう。私は三通の手紙をギュッと胸に抱いて、再び前を向いて歩き始めた。

部屋に着くと、まずミニソファーに座ってローテーブルに手紙を置く。読む順番は決まっていないので、一番上にあった手紙から手に取った。毎回この瞬間はウキウキである。前に街で買ったお花を象(かたど)った可愛いペーパーナイフで丁寧に封を開けた。

「これはルーンからだね。相変わらず元気そう」

字からもその明るい性格が伝わるような気がする。読みやすくて大きなはっきりとした字。私はこのルーンの字が大好きだ。手紙には、闘技大会に参加するってことなどが書いてあった。おー、やっぱり参加するんだね！

「将来アニュラスの一員になるためにも、負けないいんだからね、か。夢のために突き進むルーンはかっこいいなぁ」

ベッドの上にゴロンと仰向(あおむ)けになって手紙を読む。ちょっとお行儀(ぎょうぎ)が悪いけどこうやってゴロゴロしながら読むのが至福の時間なのだ。誰もいないから許して。あ、精霊ちゃんたちも黙っているよーに！　大人になったら素敵なレディになっている予定なので！　さて、続きましてグートのお手紙。グートも大会への意気込みと、今はそのために修行をしているってことが書かれている。そして最後に……。

「大会のあと、二人で一緒に出かけないか、かぁ。あれ？　二人で？　あ、ルーンは先約があるから一緒に行けないって書いてある。ふむふむ。一人で出かけるのも味気ないもんね。もちろんいいよって返事に書かなきゃ」

セインスレイのことはあんまり知らないから、散策するのも楽しみだ。砂漠があるって何かで読んだことがあるなぁ。ついガンマンとかサボテンとかそういう風景を思い浮かべてしまうのは日本人ならでは、だろうか。治安があまり良くないって聞くから、まず間違いなく保護者が付くんだろうなぁ。それに、アスカも行きたいって言うかもしれない。お互いに友達になれるかもしれない、いい機会になりそう。

さて、最後はウルバノからの手紙だ。ウルバノはまだ、文字を書く練習をしているところだから、いつも二文ほど書いてある程度なんだけど、一生懸命書いてくれたのが伝わるからすごく嬉しい気持ちになる。最初の手紙を貰(もら)った時は感動したなぁ。宝物として大事にとってあるよ。それを読み返すと、どんどん字が上手になっていて成長を感じられる。あ、涙がっ。

「たいかい、がんばって。おうえんに、いくよ、か。ウルバノ、来てくれるんだ！」

ウルバノは人見知りが激しいから来ないかもしれないなって思っていたから、手紙にも無理はしないでねって書いておいたのだ。だけど来てくれるという。これを喜ばずにいられるだろうか。

「嬉しい！」

思わずベッドの上でゴロゴロと転げ回る。闘技大会ではみんなに会えるのだ。楽しみすぎる。アスカのことも紹介しなきゃ。ウルバノとも友達になれたらいいなぁ。きっと仲良くなれるとは思うんだけど、こればっかりは相性もあるからわからないよね。でも、紹介出来たら一歩前進だ！　それにしても、ウルバノは誰と来るのかなぁ？　そんなことを心配しながら手紙を片付けていると、封筒にもう一枚紙が入っていることに気付いた。差出人は、リヒト？　危ない、危ない。読み逃すところだった。えーと、何だろう？

「ウルバノのことは俺と魔王様、あとクロンや大会に出るヤツらで連れて行くから心配すんなよ！か。あ、あれ、なんだか私の考えが見透かされてない？」

簡潔なその一文に苦笑を漏らす。自分のわかりやすさ具合になんとも言えない微妙な心境になってしまう。まぁ、いい。ウルバノが安全に大会会場まで行けるのならそれでいいのだ。父様もいるのならなんの問題もないしね。

「そういえばリヒトは大会に出るって言っていたけど、クロンさんは出るのかな。父様の付き添い？　他にも知っている人が誰か出たりするのかなぁ？　ふふっ、楽しみ」

他のギルドや魔王城からの出場者は当日まで知ることは出来ない。聞けばわかるだろうけど、忙しい中そんなことのために時間を割いてしまうのも申し訳ないしね。というか、そもそもオルトゥスからも誰が出るのかさえまだ知らないのだ。他所のところより自分のところである。……ギルさんは、予知夢で見た限りリヒトと戦うだろうから出るよね、きっと。ケイさんはロニーが出るから師匠としての付き添いになるかもしれない。ロニーは成人部門に出るって言っていたのを聞いたもん。そうなると、シュリエさんやニカさん、ジュマ兄も出るかも。ルド医師やレキ、メアリーラさんは救護の方にいそうだ。ま、あれこれ予想したところでまだわからないことだけど、それも当日の楽しみにするっていうのもアリだよね！

「よしっ。早くお返事を書いて食堂に行かなきゃ！」

手紙も読み終えたことだし、と私はガバッと身体を起こしてベッドから下りる。手紙を大事にしまって引き出しのお手紙ボックスにしっかりしまう。だんだんいっぱいになってきたなぁ。もっと大きな箱を今度探しに行こうかな？　いくらでも入る魔道具付与のものはお高いからね……。欲しいと言えば誰かが贈ってくれそうではあるけど、それはなんか違う気がするから言いません。さて、さっそく自分の机に向かってペンを執り、いろんな種類の便箋の中からそれぞれに合いそうなものを一つずつ選んでペンを走らせていく。アスカたちも待たせていることだし、とキリのいいところでペンを置き、続きはまた後で。書きたいことのメモはしたのでこれで大丈夫だ。お手紙セットも引き出しにしまい、私は急ぎ足で食堂へと向かい、オーウェンさんとアスカの三人で夕飯を食べた。オルトゥスのご飯は美味しいね、とアスカが喜んでくれたのが嬉しかったな。そうでしょう、チオ姉はすごいんだから！　楽しい時間を過ごしたおかげで、その日の夜はぐっすり眠れた。ギルさんのことで少し気になることはあったけど、聞くチャンスはいくらでもあるしって前向きになれたよ。ありがたや。アスカと過ごすオルトゥスでの生活、明日からも楽しみだな。

アスカがオルトゥスにやって来て早十日。三日目あたりから、もはやオルトゥスの一員では？

っていうくらい馴染みっぷりがすごいんだよね。それもこれも、アスカの人懐っこさが原因だろう。誰にでもニコニコと気さくに接するアスカは、無邪気な可愛い子どもとして受け入れられているようだ。そして私はこの十日間、四六時中アスカと一緒にいる気がする。さすがに一緒にお風呂に入ろうとか、一緒に寝ようと言われた時は断ったけど。だって私はレディですからね！　ほんと、甘えん坊だよねぇ、アスカは。そして、今は二人で訓練場に来ています。昨日も少し来て軽い運動は一緒にしたんだけどね。今日は闘技大会に向けてしっかりと訓練する日なのである。そんな私たちに付き合ってくれる本日の先生はこちら！

「おや、二人ともいい戦闘服ですね。お揃いですか？」

我らがエルフの師匠、シュリエさんである！　早速、戦闘服について褒められちゃった。そう、あの時に注文した戦闘服が五日前に完成していたのである。もっと時間がかかる予定だったはずなのに、配達してきてくれたお店のお姉さんからの伝言曰く、「あまりにも可愛くて仕事が捗っちゃったわ」だそう。子どもも服ってだけで確かに可愛いもんね。それはわかるけど無理はしないでいただきたい。ありがたいけどっ！

「アスカが来た日に一緒に注文したの。あの、私のはあるんだけど……。その、性能が……」

「ああ、確かにあれは性能が良すぎますね。いい判断だと思いますよ、メグ。ですが、言ってくだされば二人の分くらい私が用意したというのに」

苦笑を浮かべながらシュリエさんはそう言ってくれたけど、私とアスカは声を揃えて自分で用意するからいいの、と主張した。そうですか、とクスクス笑っていたのでその主張は予想していた通りだったのかな？　続けて普通は子どものお小遣い程度では買えないのですけどね、とも言われちゃった。いやはや、ごもっともです。ちなみにそんな戦闘服ですが、私とアスカは色違いのお揃い風デザインに仕上げられていました。アスカは淡い水色、私は淡いオレンジ色で、動きやすい素材の五分丈袖のチュニックに膝丈のパンツスタイル。シンプルながら所々にお花模様が描かれている。アスカは蔦模様かな？　それに、バルーンスカートみたいな形の私と違って、アスカはキュロット風。でも一目でお揃いとわかるお洒落なデザインにランちゃんの腕前を見た。相変わらずいい仕事ぶりである。

「二人ともとてもよく似合っていますよ。性能もなかなかいいですね。耐久性もありますし、ダメージの吸収率も高いです」

そんなに性能がいいの？　なんだかそうなるとちょっと心配になってくる。私、もっとランちゃんのお店に貢献しなきゃ。絶対払いきれてない気がする。のらりくらりと話をかわされそうだけど、いつか絶対にお礼するんだから！

「さ、時間も惜しいことですし、訓練をしましょうか」

「はいっ」

「よろしくね、シュリエ！」

スッと雰囲気を先生のそれに変えたシュリエさんに、背筋を伸ばして返事をする私。それに対してアスカは相変わらずである。緊張とかをあまりしなさそうで大変羨ましい。

「二人は別メニューにしましょう。メグはひたすら体力作りと瞬発力を鍛えましょうか」

「は、はいぃ」

要は、私のメニューはアスレチックを使って身体を動かすこと。その際、自然魔術も使って、自ら障害を作り出すのだ。シズクちゃんやリョクくんに頼んで、時々水鉄砲を飛ばしてもらったり、蔦の罠（わな）を張ってもらったりする。しかもそのタイミングを私に教えないように、と指示を出す必要があるのだ。これ、実はかなり難しいことなんだって。自然魔術に関しては、あんまり難しいって感覚がないんだよねぇ。だってショーちゃんがいるからわざわざ伝えようと努力しなくても正確に伝えてくれるんだもん。頼りになる最初の契約精霊である！

「アスカはまず、風の精霊と契約しましょうか。ネフリーが貴方に合いそうな風の子を探し出してくれましたから」

「ほんとっ⁉」

「ええ。ですので、今日はその風の精霊との魔術の訓練ですね」

どうやら、アスカはついに風の精霊と契約出来るようだ。二日前に思い立ってすぐに伝えていたことを、シュリエさんもネフリーちゃんも覚えていてくれたんだね。そして仕事が早い。さすがである。アスカは新しい契約精霊が嬉しいのか飛び跳（は）ねている。ふふ、可愛い。

「よーし。私も頑張ろうっと。みんな、よろしくね！」

『任せるのだ、主殿（あるじどの）』

『任せてねぇ、メグ様ぁ』

私が声をかければ、今呼びたかった二体の精霊が名前を呼ばれなくてもすぐに現れてくれる。これは私が脳内で呼んでいたのをショーちゃんが察して呼んでくれたお蔭である。有能オブ有能。

「ショーちゃんも、いつもありがと」

『このくらいお安いご用なのよー？　ご主人様からの魔力は貰いすぎってくらいだから、私、たくさん頑張るのよ！』

近頃は魔力が余りまくっているから、ついつい精霊たちにオヤツと称して渡してしまうんだよね。ダメな親化しているけど、可愛いのだから仕方ない。私も癒されるし、こうしてショーちゃんが先回りして動いてくれるから助かるし、精霊たちはいつでも元気いっぱいでいられるし、良いことばかりだから問題なっすぃん！

『でも、ご主人様、また魔力が増えているのよ？　契約精霊、もっと増やしてみたらどうかなって思うのよー』

「う、やっぱり増えているんだ。あの話を聞いた後だと、なんだか不安だな……」

いつか、この膨大(ぼうだい)な魔力に呑まれてしまうんじゃないかという恐怖。でも、魔力を使っていれば容量オーバーで破裂、みたいなことにはならないのよー、とショーちゃんは言う。破裂って。サラッと恐ろしいことをいう精霊である。悪気がないのは知っているけど！　で、自然魔術の使い手にとって手っ取り早い魔力消費方法はズバリ、契約精霊を増やすことなのである。みんなに等しく魔力を分け与えなければいけないから、保有魔力が少ないと契約出来る精霊も少なくなる。その逆も然り、というわけだ。私は持て余しているので精霊を増やせばその分、みんなに分け与えられるということである。でもあまり多くなりすぎても管理が出来るかなって不安なんだよね。まだそこまでの自信が持てない。必要に応じて少しずつ増やせたらな、とは思うけど。

『あとはー、つよーい魔術をたくさん使うのよ？』

「そ、それは使う場所がないかなーって……」

それはつまり、シェルメルホルンがやっていたように、遠慮なく高威力の魔術をぶっ放すことである。実は今の私なら、あの人が発動していた竜巻級の魔術も使うことが出来ちゃうんだ。もちろん危ないのでやらないけど。しかも連発しても平気ってくらい魔力はたくさんあるのだ。なんか、そう考えると本当にシャレにならないな、なんて今更思ってブルっと身震いしてしまう。あ、ショーちゃんは悪くないのよ？　私のことを思ってあれこれ提案してくれるの、嬉しいからね！　危うく、ショーちゃんがしょんぼりしてしまうところだった。フォローが間に合って良かったー。嬉しそうな笑顔を見せてくれたよ。可愛い。

『あとは、しょーかん魔術を使うのよ！　これはたっくさん魔力がいるから、ご主人様にもピッタリかもなのよ？』

「しょーかん……召喚（しょうかん）？」

なにそれ、なんだかすごそうな魔術だ。聞いてみたいような、聞くのが怖いような。でもとりあえずその話は後回しだ。あんまりお喋りばかりもしていられないからね。

「それ、あとで詳しく聞かせてくれる？　今は先に訓練しなきゃ！」

『わかったのよー！』

今はせっせと訓練、訓練。アスカの風の精霊との契約も気になるけど、私は私で頑張らなきゃ！

気合いを入れてアスレチックに飛び乗った私は、シズクちゃんやリョクくんの容赦ない妨害に苦戦することとなった。愛の鞭、厳しいーっ！

「ね、メグ！　見て見て！　ぼくの風の精霊リルフだよ！」

「わぁ！　風の精霊、リルフちゃん？」

訓練の合間の休憩中、フウちゃんとホムラくんの自然魔術によってびしょ濡れの全身を乾かしていると、アスカが嬉しそうに報告してきてくれたので私も喜んでリルフちゃんと呼んでみる。すると、アスカの横でフワフワ漂っていた黄緑色の光が小さな小鳥の姿へと変化していく。サイズ感といい、フウちゃんにそっくりだ。羽の色が微妙に違うので模様が違って見えるくらい。

『貴女はメグ様ですねー！　噂には聞いてたのー。ネフリー様とフウとは仲良くさせてもらってるのー。よろしくー！』

どことなくのんびりさんかなって雰囲気のリルフちゃんはふんわりと頭上を飛び回ってからアスカの肩に止まって毛繕いを始めた。

『んー、アタシの毛並み、キレイねー。キレイでしょー？』

「うん、リルフ。すっごくキレイ！」

うっとりと自分の羽を眺めるその様子に、ぼく可愛いでしょ？　とあざとく聞いてくるアスカの姿がダブって見えた。最初の契約精霊ではないけど、なんか術者に似ているなぁ、なんて思う。

『主様っ、これでこの子とも連絡が取れるねっ』

「うん。フウちゃん、その時はよろしくね。リルフちゃんも！」

バサッと羽を広げてそういうフウちゃんに微笑みながら告げると、リルフちゃんも対抗するように羽を広げた。……なんだか張り合ってない？　二人とも綺麗だよー！

「これで私とも連絡が取り合えますね。アスカが郷に戻った後も」

「郷に……」

微笑ましげにそう告げたシュリエさんの言葉に、アスカの表情が曇る。あー、わかるよ。帰る時のことをちょっと考えちゃったんだよね。私も寂しいもん。

「ぼく、ここにいたいな。オルトゥスの仲間になりたい」

ポツリと呟くアスカに、私は目を見開いた。それはとても嬉しいけど、私が決められることじゃないから黙ることしか出来ない。チラッとシュリエさんを見ると、相変わらず優しい微笑みでアスカを見つめていた。たぶん、こう言い出すことをわかっていたんだろうな。

「アスカ。貴方はメグとは境遇が違いますので、ここにいていいとは言えませんし、すぐに仲間に、とも言えません。ですが……」

スッとアスカの前に屈み、シュリエさんはアスカの顔を覗いて目を合わせた。

「貴方が成人した時、まだオルトゥスに来たいと願うのなら、頭領も考えてくれるでしょう。でも、それまで鍛錬を怠らず、成長し続けなければなりませんよ」

「成人した時……？」

「ええ。私もメグも、ここで貴方が来るのを待っています。アスカは、オルトゥスの名に恥じない成長を見せてくれるのでしょう？」

　ここが家である私とは違うもんね。一員となったのはなんだか反則な気もしないでもないけど……。でも、アスカがいつか来てくれるのなら、こんなに嬉しいことはないって思うよ。

「……うん。絶対、オルトゥスの仲間になってみせる！」

　力強い眼指しでそう宣言したアスカは、手紙で読んだルーンと同じように一歩先に進んだみたいで、なんだか置いていかれたような複雑な気持ちを私に残した。これは、あれだ。私が将来について不安でいっぱいだからだ。だから、二人みたいに目標に向かって真っ直ぐ頑張る姿が眩しいんだよ。わかってる。わかってるけどぉぉぉ！　どうしても私の不安が浮き彫りになってしまって純粋に応援出来ない。そんな自分がすごく……嫌だ。応援したい、二人には頑張ってほしいってすごく思ってる。それは本心なのに、胸がモヤモヤして苦しくなってしまう。大丈夫、落ち着いて私。未来を夢で視たじゃない。幸せそうに笑っている未来の私の姿を。その未来はきっとくる。だから今こうして悩んでいても、解決するってわかっているんだ。なのに、どうしたんだろう、私。いつもはこれを思い出したらすぐに前向きになれるのに。私らしくない。……私らしく、ない。


――私は今、どこにいるのだろうか。


「メグっ!!」

突如、耳元で私の名を叫ぶ声が聞こえた。かなり大きな声で、耳元だったのに私は驚くこともなかった。なんだか不思議。目が覚めた時のようなぼんやりとした感覚が残っている。も、もしかして寝ていたのかしら。立ったまま？　あれぇ？

「メグ！」

「ギル、さん……？」

また名前を呼ばれてようやく今の状況を理解した。どうやらギルさんに抱きしめられているようだ。あれ？　どうしてギルさんが訓練場に？　ぼんやりしながら返事をすると、ホッと息を吐いて抱きしめる力を緩めたのがわかった。私、何かやらかした？

「……一度、郷に行くか」

「！　お父さん」

気付けばお父さんも近くに来ていたようだ。いつの間にか私の周りに人も集まっていてビックリ。全然気が付かなかったよ。その中には何が起きたのかわからない、といった様子で戸惑うアスカもいた。みんな揃って心配そうな、不安そうな目をして私を見ている。……もしかして。

「暴走、しかけてた？　私……」

私の一言には、誰もが俯いて難しい顔をしていた。ああ、それが答えなんだなってすぐにわかったよ。とはいえ、当の本人である私には全く自覚症状がないんだよね。ただぼんやりしていただけ、という感覚だ。だから、みんながそんなにも心配そうに見てくるのが不思議でたまらない。

「あまりわかってないって顔だな。そういやアーシュも、最初は夢を見ているような寝起きのような、ぼんやりとした感覚が残っていただけで気に留めていなかった、って言ってたっけ」

それダメじゃん！　確実に私の暴走が始まっているじゃん！　え、そんなに進行しているの？　その話を聞いてからまだ日が浅いのに、もしかしてあの時すでにそんな兆候が出ていたってこと？

「ハイエルフの郷に行くってことだよね……？　それじゃ、私、大会には出られないのかな」

今の気掛かりはそれである。それどころじゃないのはわかっているんだけどっ！　だって、せっかく大会に出るって決めて、気持ちを高めて、修行していたのに。ルーンやグート、ウルバノにも行くって約束したのに……。それに、アスカだって。

「それはまだわからねぇだろ」

「え？」

しょんぼりしていると、お父さんが私の頭にポンと手を置いて困ったように笑う。なんでも、一度ハイエルフの仲間に相談してみよう、ということなのだそう。魔力の流れを調整すれば大会までには落ち着いて、出場だって出来るかもしれないって。そ、そっか。まだ諦めちゃダメってことだね。

「お前の気分が落ち込むのがたぶん、一番ダメなんだ。暴走を止めるには、心の安定が重要になってくるからな」

「心の、安定……」

そっか。気をしっかり持つことが、意識を力に乗っ取られない最も重要な対策なんだ。そう思ったら自然と、まだ近くで膝をついて私を支えていたギルさんを見上げてしまっていた。この前は、なんで目を逸らしたの？　何か嫌なことがあった？　私が何かしちゃったかなぁ。結局聞けずじまいで今に至る。……ううん、そんなことはどうでもいい。いや、どうでもよくはないけど、こうな

ったら自分の気持ちを優先させちゃうんだから。だってそれが一番の対処なんでしょ？　それなら少しくらい、ワガママを言ったっていいはずだ。私はキュッとギルさんの服の袖を握りしめた。

「ギルさんと、一緒がいい。ギルさん、一緒に来てくれる……？」

泣かないぞ。もうちっちゃい子どもじゃないんだから。でも涙目になっちゃったり、変な笑い方になっちゃうのは許してね。これでも我慢しているのだ。

「メグ……。ああ、もちろんだ」

あ、いつものギルさんだ。ほんのわずかに口角を上げて微笑んで、そしてふわりと抱きしめてくれる。涙がギルさんの服に吸い込まれていったから、証拠隠滅も完璧だ。さっきの焦ったような抱きしめ方とは違う、この感覚が私は大好きなのだ。

「ま、仕方ねぇな。ギル、三日あればいけるか」

「十分だ」

三日？　不思議に思って首を傾げていたらお父さんがブツブツと独り言を呟き始めた。あ、もしかして仕事の調整かな⁉　今更になって罪悪感が酷い。顔を青ざめさせていると、コツンと頭に小さな衝撃が。

「気にすることじゃない」

「あう。だ、だってぇ」

ギルさんには全てお見通しだったようだ。周囲を見回して味方を探してみたけど、誰もが苦笑を浮かべていて、皆さんもギルさんに賛同しているようだ。待って。私の考えがみんなにも筒抜けじゃない、これ？

「そ、それに、アスカのことも」

「ぼくは平気」

続いて目が合ったアスカのことを引き合いに出すものの、本人によって遮られてしまう。アスカにまで！

「ぼくは確かにお客様だけど、いつかオルトゥスの仲間になるんだよ？　甘えてばかりいられないの、わかってるもーん！」

アスカったらまだ子どもなのになんてしっかりした発言。初めて会った時はワガママで感情豊かな子どもだったのに、成長に驚きを隠せません！

「それにー、ぼくは可愛いからみんなが助けてくれるもん」

あ、でもそこは相変わらずだった！　その通りなんだけどね！　でも、なんだか安心した。オーウェンさんも、アスカには自分がついているから心配すんなって言ってくれたし、他のみなさんも優しく笑って頷いてくれている。う、嬉しくて泣きそうだ。泣かないけどっ！

「よし、それじゃギル。三日以内に仕事は全部片付けろ。その間メグは、しばらく俺の近くで過ごしてくれ。なんかあっても対処出来るからな」

お父さんの言葉に黙って頷く。ギルさんも軽く頷いていた。

「三日後にハイエルフの郷に出発だ。二人だけで行けるな？」

その質問は私ではなくギルさんに向けての言葉だろう。チラッとギルさんを見上げたらああ、と短く返事をする声。頼もしいなぁ。私？　私は連れて行ってもらう立場ですからね！　大丈夫かどうかなんて答える権利すらないですよ、ええ。荷物の準備だって収納ブレスレットがあるし、行こうと思えば今すぐにでも行けてしまうのだから。あえていうなら体調とか心構えだろうか。時々暴走はしてしまうみたいだけど、それ以外は元気だし。不安定なのはメンタルくらいである。……それが大事なんですけども！

「ね、じゃあそれまでは一緒に訓練も出来る？」

アスカが恐る恐るお父さんに聞いている。不安そうに上目遣いで訊ねるなんて反則である。ほら見なさい、お父さんもこの驚異的な可愛さにグッと息を詰まらせている。

「まぁ、そもそもそういう約束でもあったからな。よし、じゃあ明日と明後日の訓練は俺が見てやる」

「やったぁ！　オルトゥスの頭領に見てもらえるなんて贅沢ぅっ！」

お父さんがアスカの上目遣いに敗北するのはわかっていた。子ども好きだもんね……。でもそれは私にとってもありがたい提案だったので、アスカと一緒にピョンピョン飛び跳ねて喜ぶ。周囲からは咳き込む音が多数聞こえた。お、おかしかったかな？

「ただし午前中だけな。悪いがそれ以外は色々片付けなきゃなんねぇ」

「十分だよ、お父さん。……ありがと」

申し訳なさそうに頬を搔くお父さんに胸がいっぱいになる。ただでさえ今は忙しいの、わかるもん。オルトゥスの頭領だから、誰よりもやらなきゃいけない仕事があるのに、私のために時間を割いてくれるなんて。だから、ギュッと腰に抱きついてお礼を言った。

「ああ。その言葉があればもっと頑張れるな。よーし、みんなにもさらに仕事任せていくからなー」

続くお父さんの掛け声に、訓練場にいた人たちからは悲鳴が上がった。でもその声はどれも、言うと思ったー！　とか、まじかよ鬼畜ー！　とか言いながらも楽しそうなのが本当にもう、もう、好きっ！　でも実際にガチ目のキツさなの、私、知ってる。感謝の気持ちを忘れないようにしなきゃ。

「みなさんも、ありがとーございます」

だからしっかりと頭を下げてみんなにも伝えるんだ。オルトゥスのメンバーは私にとっても家族。みんなが私を家族と思ってくれているように。でも、親しき仲にも礼儀ありっていうからね。

「そういうとこが、お前が愛される理由なんだろうよ。子どもで、可愛いからってだけじゃねぇんだぞ？」

「そ、そう？」

お礼や謝罪って基本だと思うんだけどな。照れ屋さんだと難しいか。でもそういう気持ちってたとえ言わなかったとしても伝わればいいって思うんだ。レキみたいに不器用でも気遣いが出来ていたりとか、ウルバノみたいに人見知りでも一生懸命書いたのが伝わる字だったりとか、ギルさんみたいな、柔らかな眼指しだったりとか。私は言葉にして言えるから言っているだけ。みんなそれぞれ優しいし、気持ちを表に出しているんだと思う。伝わりやすいのが言葉ってだけなんだよね。私はみんなの伝わりにくい本心っていうのも、出来る限り見逃したくないなって思うんだ。

「さ、ご飯食べに行こーよ」

「アスカ……うん！　あ、ギルさんは……」

くしゃりと私の頭を撫でて去っていくお父さんを見送ってから、アスカにそう声をかけられたので元気に返事をする。そこでふと、ギルさんはどうするんだろうってことが気になった。前は目を逸らされてしまったから、恐る恐る見上げてしまう。

「ギルも！　一緒に食べよー！」

「お、俺もか」

途中で言葉を切ってしまった私の代わりに、アスカがグイグイと腕を引っ張ってギルさんを誘っている。ギルさんは戸惑っているみたい。さすがはアスカだ。

「今は、ぼくよりギルみたいだからー。けどいつか、ぼくが貰うんだからね」

でも、ほんのわずかに口を尖らせて拗ねたようにそう付け足した。貰う？　何か、欲しいものがあるのだろうか。私が首を傾げていたら、ギルさんがフッと笑うのが聞こえた。

「そうか」

「あ、本気にしてないでしょ⁉　絶対、絶対だからね！」

あ、あれ？　なんだかギルさんが楽しそう。アスカはムキになっているみたいだけど。もう、何がなんだかわからない。けど、にこやかな二人に手を取られるのはなんだか幸せだったから、考えるのやーめた！

# 4　出立前の三日間

【ギルナンディオ】

想定していたよりもずっと早い進行に、正直俺は焦っていた。
日に日にメグの纏う魔力が増えていく。俺がその域に達したのは成人してからだ。成長期は一気に魔力が増えるため、かなりキツい思いをしたのを覚えている。油断すれば魔力が暴走しかねないから、よく魔物型になって人のいない山奥で暴れ、発散していたものだ。だが、メグはまだ子ども。成長期も迎える前の、だ。ここからさらに一気に魔力が増えていくのかと思うと……。恐ろしかった。メグが、壊れてしまいやしないかと。俺や他の亜人たちのように魔物型になって発散することさえ出来ない。ハイエルフという種族柄、他の者たちよりも耐性があるのかもしれないが、時折ぼんやりとしていることから、魔力に呑み込まれつつあるのだということが手に取るようにわかるのだ。心配で仕方ない。だからこそ、メグが突然ギルドの訓練場で魔力を放出し始めた時は、心臓が止まる思いだった。なにが引き金になったのかはわからない。本人でさえわかっていない、突然起きたことなのかもしれない。ギルドにいた誰もがその異変に気付き、警戒しながらメグを見つめるほどに、先ほどのメグの状態は危険だった。これまでのぼんやりとした魔力の膨らみとは桁違いの魔力が外に漏れ出ていたからだ。約束を守らなければと思った。もしも自分が暴走を起こしたら、俺に止めてほしいとメグは言った。誰かを傷つける前に止めてくれと、悲しそうに微笑みながら言っていたメグとの約束を守らなければ。

「メグ！」

すぐに駆け寄ってメグの両肩を摑む。軽く揺さぶってはみたものの、目の焦点があっていない。おそらく、意識はないのだろう。

「メグ！　メグ!!」

いくら呼んでも反応がない。それどころか、魔力の放出が止まる気配さえなかった。心配と不安の気配がギルド内に広がったのを感じた。慌ててこちらに向かっているらしい、頭領の気配も。頼む。メグ、俺に気付いてくれ。俺はここにいる。何があってもお前を守るから。

「メグっ!!」

強く、メグを抱きしめた。あまり力を入れると潰れてしまいかねない小さな身体を、優しく、それでいて込められるだけの力を込めて。成長したとはいえ、まだまだメグは小さい。こうして抱きしめるとそれがよくわかった。こんなにも小さな身体に、大きすぎる重圧と運命がかかっているのか。その重荷を少しでも背負うことが出来ればいいのに。

「ギル、さん……？」

想いが通じたのか、抱きしめる力の強さで気付いたのか。とにかく、目に光を戻して俺を呼ぶその声に、心の底から安心した。ああ、良かった。戻ってきてくれた。ギルドのホール内でも、あちらこちらで安堵のため息が漏れていた。とはいえ、さすがに限界だろう。それを頭領も感じたらしい。三日後にハイエルフの郷へと向かうのは妥当な結論だと思った。

「俺には……何も出来ない」

ケイに誘われて飲みに行った帰り、珍しくもそう一人で呟いてしまうほどに、俺はあの時も冷静ではなかったと思う。番、か。……確かにそうなんだろう。メグは、俺にとっては唯一の番なのだと今では自覚している。一般的に番というのは夫婦、いわゆる男女の関係であることが多い。だが一概にそうとも言い切れない。同性同士であったり、恋人関係になかったりする例もあれば、その想いが一方通行になる例もある。互いに唯一の番であると認識していればそれに越したことはないが、残念ながらそうではない事例も多々あるのが現状だ。だが、番と認識したら、その者は生涯その相手を番として扱うし、その恩恵も与えることが出来る。居場所がなんとなくわかったり、死を悟ることが出来たり、だ。だが、一方通行な思いであればあるほど、その効力は弱まる。互いに認め合うことでより恩恵を受けることが出来るのは、ある意味当然ではあるが。……まぁ、つまり何が言いたいかというと、だな。俺にとってメグは番だが、それは親子関係であるのだろう、ということだ。なんとしても守りたい、庇護欲をこれ以上ないほど刺激される。だが夫婦だとか恋人だとか、そういった感情ではない、と思う。これまでそんな感情を抱いたこともないから、比較して考えることは出来ないが……。そんな考えに行き着かない、しっくりとこないのは確かだった。なんにせよ、それが俺のメグに対する在り方だ。その辺り、ケイをはじめ他のメンバーも勘違いしているところがあった。ケイに飲みにつれ出されたことを機に、ハッキリとそう告げはしたんだが。あの目はあまり信用していない目だったな。ケイは特に色恋に結びつけようとするところがある。仕方ないのかもしれない。

そんな具合に感情については普通とは少々違う、複雑なものではあるのだが、番であろう事実はほぼ確信している。メグに近寄る者たちに嫉妬という感情を抱くのも仕方のないことだと思う。初めての感覚に戸惑いはしているのだが、理解は出来ている。問題ない。それに、俺にとっての番がメグなのであって、メグはそうではない。将来、他の誰かと夫婦となり、互いに番となる可能性だってある。正直、想像だけで腸が煮え繰り返る思いだが、こればかりはメグ次第だからな。何も口出しする気はない。アスカ、お前もだぞ。まだ子どもだが、アスカの番認定は本物だろう。生涯メグを番と認識し、俺と同じように苦しみ、戸惑うことになる。年も近いし同じ種族だから、メグの相手としては最も可能性が高いと思うが、無理強いは許さない。その辺りは目を離さず見極めようと思っている。

「ギルさんと、一緒がいい」

だが俺は所詮、そうメグに涙目で訴えられて優越感を覚え、気分が良くなるような嫌なヤツだ。アスカ、一筋縄ではいかないと覚悟しておくといい。一緒に食べようと俺を誘ったその目に、絶対に負けないという光を見たのは勘違いではないのだろう？　だが、今は休戦といこうじゃないか。いつか、強敵として立ちはだかる日が来るのなら、受けて立とう。

メグの療養が決まったことで、俺は今抱えている仕事を急ピッチで終わらせる必要があった。普段の依頼は問題ない。今受けているものを終わらせれば、それ以上引き受けなければいいだけだ。大会準備の方も、今出来ることは大体終わっている。俺の担当は主に各ギルドとの連絡係だしな。それは影鳥（かげとり）を数羽置いておけば問題ないだろうが、俺はハイエルフの郷へと向かうことになる。あの場所なら各ギルドへの通信は距離的にギリギリ可能な範囲にあるが、肝心（かんじん）のオルトゥスには届かない。しかし、それはメグの一言で解決した。

「シュリエさんとの連絡なら精霊を通じて私が出来るよ？」

エルフ同士の連絡手段だ。しかもメグの声の精霊が間に入れば、難しい内容でもそのまま相手に伝えることが出来る。シュリエ曰く、他の精霊だったら簡単な伝言しかやりとり出来ないそうだ。

本当に、良い精霊と契約したものだ。ありがとう、と頭を撫でてやると、嬉しそうに目を細めるメグ。

「だって、私のワガママで付き合わせちゃうんだもん。出来ることならなんでもお手伝いしたいから」

そんなことなど、気にすることはないのに。だが、それがメグだ。いつも人のことを思いやる。その気持ちを少し自分に向ければいいのにといつも思うのだが、その分俺や周囲がメグを気遣えばいい。愛おしさが込み上げてくる。番とは、こうも心を乱されるものなのだと思い知らされるな。

だが、悪い気はしなかった。

「ほらメグ！　訓練の時間だよ！　時間が短いんだから早く行くよ！」

「あ、そうだね！　じゃあギルさん、また後で！」

そこへ横取りするようにアスカがメグに腕を絡ませて引っ張っていく。目だけはキッと俺を睨みつけているので、対抗心を燃やされているのだろうことがすぐにわかった。こういうところは子どもらしいな、と思いつつも、今はそこまで嫉妬の気持ちが湧かないことに気付いた。おそらく、余裕が生まれたのだろう。メグが将来どんな結論を出すにせよ、受け入れる覚悟が出来たからだ。

「ああ。二人とも、頑張れよ」

声をかけるとメグは嬉しそうに笑い、アスカは一瞬驚きに目を見開いて、悔しそうにしながらもどこか嬉しそうで。なんとも忙しい、正直な反応に思わず笑い声が漏れた。

「あら、ギルが笑うなんて珍しいわね。やっぱりメグちゃん効果かしら」

面白そうに声をかけてくるサウラに、いや、と否定する。

「あの二人が、面白くてな」

「……余計に珍しいわね」

わからなくもないけどねぇ、とサウラは肩をすくめる。まぁ、あまりわからないだろう。なぜなら俺が面白いと思ったのは、アスカが真っ向から俺に勝負をしかけてくるからだ。こんな感覚は久しぶりだしな。そういった点で、俺はアスカのことも好ましく思っている。

「それよりもギル。……あの噂は本当？」

「……どの噂だ」

サウラが声のトーンを低くして俺に問う。目線を合わせないから、周囲に気付かれないように見せかけたいということだろう。俺も応じてそのまま答える。

「リヒトのことよ」

その名が出た時、心臓が大きく脈打つのを感じた。ああ、アイツもいたな。

「本当に、決闘するの……？」

不安そうに訊ねるサウラの気持ちはわからないでもない。いまや、アイツの実力は俺に迫るものがあるのは、オルトゥス重鎮メンバーの中では周知の事実だったからな。

「ああ。……俺たちが納得するためにも、必要ならば」

「そう。それはリヒトにとっても、なのよね。きっと」

決闘することで、納得出来る。どんな結果になろうとも、互いに後悔せずにすむ。だからこそ決闘をするのだ。まだそれがいつになるのかもわからないことではあるが。

「悲観することはない。俺は楽しみでもあるんだからな」

それに、信じている。俺たちは誰もが、いい結果になると信じている。だから迷うことなど何もないんだ。暗にそう告げると、サウラはその意図を正確に汲み取った。

「ジュマみたいなことを言うじゃないの。でも、亜人なら強い相手との戦いに血が滾るのは本能だものね」

それ以上この話題には触れず、サウラはそう言い捨てて微笑みながら去っていく。さすがだな、うちの統括は。

そろそろだ。その時が近付いている。だからこそ慌ててはならない。俺自身も平常心を保たなければ。いつその日が来てもいいよう、しばらくはメグとともにハイエルフの郷で心を落ち着かせるとしよう。そう決意したところで、俺は残った仕事を一気に片付けるべくギルドの外に出た。

【メグ】

ハイエルフの郷へ出発する前日の朝を迎えた。あの時以来、ぼんやりすることもなかったと思う。気付いてないだけかもしれないけど、もしそういうことがあったら隠さずに言ってね、とお父さんに何度も釘を刺したので、本当に大丈夫だろう。今日は昨日とほぼ同じスケジュールである。朝起きて、お父さんが部屋に迎えに来てアスカを連れて朝食、その後休憩を挟んで訓練だ。お父さんの訓練もまた厳しいからかなり疲れるんだよねー。アスカも途中でしんどそうに息を荒げていたけど、弱音だけは吐かなかった。エライぞ！　でもこれ、ジュマ兄よりはずっと楽だから……。ジュマ兄は遠慮とか手加減という言葉を知らないからね。こちらがちゃんともう無理って言わないとやめてくれないのだ。こっちはこっちで無理って言うのが悔しいから、結局倒れるまでやることになるんだけど。

「よーし、じゃあ訓練はここまで。二日間、二人ともよく音をあげなかったな！」

「あ、ありがとー、ご、ございまし、た……」

「はぁー、疲れたよう」

昨日に引き続き、ヘロヘロになるまで訓練してもらえた私たちは、汗だくでその場に座り込む。その状態でお父さんからのアドバイスを聞いていた。

「アスカは成長途中だから、まだ変に筋トレはしない方がいい。それよりも基礎体力を上げるために今日みたいな動き続ける訓練をするんだ。力は成長とともに勝手につく。種族柄、幼い頃から鍛える方がいい場合もあるが、エルフの場合はむしろ逆効果になって、途中で身体に支障が出る場合があるからな」

「そ、そーなんだぁ……」

「今は魔術の扱いをひたすら練習するのと体力作り。身体が出来上がった時、初めて次のステップに進め。これまでのトレーニングもあって、グンと伸びるぞ」

「わ、わかり、ましたぁ！」

エルフの身体は人間とあんまり変わらないもんね。無理して鍛えて身長が伸びなくなったりとか、骨が歪(ゆが)んだりとか、筋を痛めたりしたら大変だもん。どこかがむしゃらに訓練していたアスカには、お父さんからの助言がよく効いたみたいだ。よかった。

「メグは……言われなくてもわかってるよな？」

「うっ……体力作り、だよねぇ」

「おう、それしかねぇ。普通の子どもよりかなり体力がないからなぁ……。魔力はアホみたいにあんのにな」

ううっ、ままならない！　どうにかこの有り余る魔力が体力にならないものか。質が違う？　ですよねー。楽しようとしちゃダメってことだ。くすん、頑張るよぅ。

息も整えて、生活魔術で汗だくな身体をスッキリさせつつ着替えもすませたところで、お昼ご飯の時間となる。本日のランチはハンバーグ定食！　デミグラスソースが美味しいんだー！　アスカはここへ来てお米にハマったみたい。目をキラキラさせて食べている。これ、郷に戻ったらお米が恋しくなるやつだ……！　というか本当によく食べるよね。羨ましい。

「ご飯ってどんなおかずにも合うよね。何杯でもいけちゃう」

「アスカは成長期なんだろーなぁ。めちゃくちゃ食うな」

クックッと笑いながら、お父さんが微笑ましげにアスカを眺めている。私は環の時もそんなに食べる方じゃなかったから、子どもが美味しそうにたくさん食べる様子は見ていて気持ちがいいのだろう。わ、私だって食べたい気持ちはあるんだもん。胃が追いつかないだけで……！

「お父さん、今日の午後の仕事は？　また事務仕事？」

やっと全部食べ終わったところでお父さんに聞いてみる。ここにいる間はお父さんの近くにいなきゃいけないって言われているからね。魔力の暴走が起こりそうになった時、すぐに対処が出来る様にだから仕方ないんだけど、なんだか申し訳ない。それでも仕事はこなさなきゃいけないので、私がお父さんについて回っているのだ。昨日は午後から執務室での事務作業だったから、今日も同じかと思って確認してみたんだけど……。

「いや、今日は少し外に行かなきゃいけねぇんだ。そう遠くもないからメグも付いてきてくれ」

「付いていくのは大丈夫だけど、どこへ行くの？」

聞いてみるとどうやら本当にそんなに遠くない場所だった。その場所とはズバリ、獣車乗り場である！　闘技大会を行う時、参加者は現地集合となる。その時依頼を受けている人もいるだろうし、みんなで集まっての移動は人数も多いため、なかなか厳しいだろうと判断したためだ。電車とか飛行機とかと違って、大量に人を運べる乗り物はないからね。最大で十五人が限界といったところかもしれない。そうなると、大会間近になった時に獣車が借りられなくなる、なんてことが起こりかねない。獣車の利用者は他にもいるし、それではいつも利用している人や他の用事で利用したい人の迷惑になってしまう。それを解消するための話し合いに行くんだって。ちなみに、オルトゥスの参加メンバーは「人に迷惑をかけない方法で行け」というなんともザックリとした指令がお父さんから出されている。具体例を挙げられずとも、それがあっさり出来てしまうあたりがオルトゥスなんだろうけど、街の人たちへの配慮が行き渡っているからこそ特級を名乗れるんだろうなぁ、なんて思って誇らしくもある。

「あ、じゃあミィナちゃんに会えるかな？」

「ミィナ？　ああ、あのラクディの子どもか」

そして獣車乗り場といえば、ミィナちゃんである。ルド医師とお墓参りに行った時も会えたんだよね。舌たらずながらもお店のお手伝いをしていてとっても可愛かった！

「それなら、退屈しないですみそうだな」

「うん！　今度はゆっくりお話出来そう。遊び道具も確認してみようかな」

お父さんと店主の女将さんが話している間は他の従業員さんが店番をするみたいだし、ミィナちゃんとも遊べるかもしれない。そう思って収納ブレスレットに入れてあるおもちゃを確認してみる。ボールやぬいぐるみ、積み木やおままごとセットが入っている。ちなみに全部、鍛冶や装飾担当の人たちからの贈り物である。大事にとっておいてよかった！　お気に入りのもの以外はもうほとんど使わないから、ミィナちゃんに譲ってもいいかもしれない。

「いいなぁ。楽しそう……」

そうでした。アスカは午後からの予定が特にないんだったよね。私がお父さんから離れられないばっかりに……！　するとお父さんはなんてことないように告げる。

「ん？　じゃあアスカも来るか？」

「えっ、いいの？」

「別にいいぞ。付いてきても楽しいことなんかないだろうからって留守番予定だったんだが、行きたいってんなら構わない。だが、勝手にどっか行ったりはすんなよ？」

「もちろん！　ちゃんとメグと一緒にいるよ！　やったー！」

両手を挙げて喜ぶアスカに、こっちまでなんだか嬉しくなる。こういうところをみるとやっぱりまだ子どもなんだなー、って思うよ。無邪気で可愛い！

「少しでも長く、メグと一緒にいたいもん」

ただ、こうして口説くようなセリフを言う時は、流し目がたいそう大人っぽくてちょっと反応に困っちゃうんだけどね！　顔がいいから、ドキッとはするんだけどねー。まだまだ子どもでいてよ、って思っちゃうのは私の思考がお子様なのかしら？

「うしっ、そうと決まればさっそく行くか！　メグ、サウラにアスカも行くって伝えてきてくんねーか？」

「はぁい！」

食器を下げて、ホールに向かう道すがらお父さんにそう言われたので手を挙げて返事をする。食器？　自分で下げられるよっ！　置く場所はまだちょっと背が届かないからお父さんに載せてもらったけどね。それはアスカも同じだったからいいのだ。仲間である。でもだいぶ危なげなく運べるようになったと思うの。たぶん。

「あ、ぼくも行くー！」

私が一足先に向かおうとすると、アスカが慌てて私についてきた。行き先は同じだからお父さんも後ろからついてきているんだけどね！　さりげなくアスカに手を取られたので二人で手を繋いで前を歩く。走ると人にぶつかっちゃうから、早歩きでね！

「ねぇ、メグ」

「ん？　なぁに？」

軽くブンブンと繋いだ手を振って遊んでいたら、少しだけ声を潜めたアスカが声をかけてきた。

「ぼくは、メグの事情をよくわかってないんだけど……。メグ、大丈夫なんだよ、ね？」

とても心配そうに、不安そうにアスカは聞いてきた。その話題に触れないでいてくれただけで、なんとなく察していたんだなぁ。突然ハイエルフの郷に療養に行くことになっちゃったから。昨日の私がどんな状態だったのかはわからないけど、やっぱり変な様子だったのかな、と思って申し訳なくなる。それなのにずっとニコニコして、変わらず接してくれたアスカには本当に感謝だ。

「ごめんね、心配かけて。でも、きっと大丈夫！」

「ほんと？」

空いている方の手で力コブを作りつつ笑顔で答えるも、相変わらずアスカは不安そう。コブ、ないもんね……。あ、そうじゃないって？　わかってる。わかってるよ、冗談を言っている場合じゃないって。でも、大丈夫かどうかなんて私にもわからないもん。だいぶ前に見た、幸せそうに笑っている大人になった私の予知夢だけが、きっと大丈夫と言い切れる要素だし。ただそれも、私の特殊体質が予知夢ではないのでは、って疑惑が出てきたことで、揺らいでしまっている。あの未来は、私の願望が見せたものなんじゃないかって。

「……信じているんだ」

「……信じてる？」

だから、私はそんな不確定なものに縋るのを、一時的にやめたのだ。聞き返すアスカに笑って頷いてみせた。

「オルトゥスのみんなを。みんながね、私を助けようとしてくれているの。そのために色んなことをしてくれてる。あのメンバーがだよ？　すごいと思わない？」

それを信じないのは、あまりにも不誠実だ。何より、素直に信じられるもん。無条件に信じられる。だって、家族だから。それもとびっきり頼りになるメンバーばかり！

「だからね、大丈夫。アスカも、信じて待っていてくれたら嬉しいな」

「……うん。そっか。うん、わかった。信じる！」

私たちは互いに微笑み合う。正直、アスカには私たちをまだ信じきれないところがあると思う。だって、オルトゥスに来てまだちょっとだし、信じられるほどみんなと関わっていないもんね。だからいつか、アスカとも本当の家族みたいな、オルトゥスの仲間になれたらいいな。私はアスカと微笑みながら、いつか来るかもしれない素敵な未来に思いを馳せた。

「いらっちゃいましぇ！」

サウラさんからの許可があっさりと下りたので、私とアスカはお父さんに連れられて獣車乗り場までやってきた。お店に顔を出すと、すぐに看板娘のミィナちゃんがとてとてとやってくる。相変わらず可愛いっ！

「んじゃ、俺は店主と話してくるから」

「うん！　私たちはここにいるね！」

ミィナちゃんの可愛さに癒されていると、お父さんがそう声をかけてきたので返事をする。ここなら店の中だしテーブルもあるから、ミィナちゃんとも一緒に遊べると思ったのだ。

「えっと、はじめまして。ミィナちゃん？」

「は、はじめましてぇ……」

お父さんの背を見送っている間、アスカが年上としてミィナちゃんに優しく声をかけていた。ニッコリと微笑むアスカの笑顔はやはりものすごい威力だ。なんの、ってトキメキ効果の。ミィナちゃんはボフッと音が鳴りそうな勢いで顔を真っ赤にさせてしまっている。私の後ろに隠れながらもきちんと挨拶を返したミィナちゃんの愛らしい姿に、今度は私がときめいたよ。トキメキの連鎖である。いやいや、キュン、としている場合ではない。ちゃんとアスカを紹介しなきゃね。

「ミィナちゃん、この人はアスカ。エルフの郷に住んでいるんだけど、今はオルトゥスに来ているんだよ」

「少しの間だけどねー。本当の名前はリュアスカティウスっていうんだー。でも長いからアスカって呼んでね」

「えっと、アしゅカおにーちゃん」

「お、お兄ちゃんだって！　ねぇ、メグ、聞いた⁉」

お兄ちゃんと呼ばれたことに衝撃を受けたアスカが、ニヤけながら興奮している。ああ、すごくわかる。呼ばれた瞬間、脳内でミィナちゃんの呼ぶ声がリフレインして聞こえるんだよね。経験したからよくわかるよ。嬉しいんだよね！　年下の存在って！

「ふふ、じゃあ一緒に遊ぼうか。色んなおもちゃを持ってきたんだよ！」

「いいの？」

「もちろん！　今日はお父さんの仕事が終わるまで、ちょっと暇なの」

一緒に遊べるとわかったミィナちゃんはパァッと顔を明るくさせて喜んだ。

「ありがとー、メグおねーちゃん！」

「ぼくもぼくもー！　ありがとう、メグお姉ちゃん！」

「も、もうアスカまで！」

ここ最近はずっとメグって呼んでいたから、その呼び方久しぶりだよ！　絶対面白がっているでしょ。私、アスカにまでからかわれるようになったんだなぁ。くすん。しかしそう落ち込んでもいられない。せっかくのお遊びタイムなのだ。精一杯遊んじゃうぞー！　私は早速、持ってきたおもちゃを一通りテーブルに並べてみた。木で出来たパズルやブロックも楽しいみたいだけど、ミィナちゃんはお人形遊びが気に入ったようだった。女の子だもんね。洋服を着せ替えたり髪を梳かしてみたり、小さなままごとセットで数メートルほど先の棚までピクニックにも行った。ちなみに私の持っている女の子のぬいぐるみは、ミィナちゃんの人形の妹ポジションだ。やっぱお姉ちゃんに憧れがあるのねって思って微笑ましい。

その横でアスカはブロックでせっせと障害物や建物を作ってくれていた。坂道を作って滑り台にしたり、庭付き一戸建てを作ってくれたり。ミィナちゃんと私でそれを使ってお人形遊びをする、という流れが出来ている。というか、アスカの建築技術が半端ない。ブロックとはいえなかなかのハイクオリティーである。

「ここのお店はいいふいいんきでしゅねー。あとであしょこの公園いきましょーねーメグちゃん」

「うわぁ、楽しみー！　ミィナおねーちゃん」

私がミィナお姉ちゃんと呼ぶたび、嬉しそうにくふくふ笑うのが本当に可愛くて、ついつい連呼してしまう。ほっこり癒されていると、いつの間にそこにいたのだろう、お父さんの小さな呟きが妙に耳に残るように聞こえてきた。

「違和感ねぇな……？　素だろ」

「ち、違いますぅぅぅっ！」

失礼しちゃう‼　どうやらもう仕事の話は済んだようだ。しばらく眺めさせてもらった、と言うお父さんは満足げに笑っている。くっ、渾身(こんしん)の演技を見られ続けていたのか……！　恥ずかしい。

それにしても、もう終わったの？　という気持ちである。けど、外を見ればもう夕焼け空だったから、午後の時間を目一杯使って全力で遊んでいたことになる。き、気付かなかった……！

「よっぽど楽しかったんだな」

「う、うん。なんか、夢中になって遊んじゃったかも」

やっぱり私は今、年相応の感性を持っているんだなぁって実感したよ。七十歳くらいだけど、年相応とはこれいかに。いつまでも日本人の感覚でいたらダメだね！

「メグおねーちゃん、アしゅカおにーちゃん。ま、またあしょぼ……？」

私でさえこうなんだから、普段同じように同年代と遊ぶことの少ないミィナちゃんは余計に寂しく感じたのかもしれない。目に涙をいっぱい溜めてそう声をかけてきてくれた。胸にくるものがある……っ！　ミィナちゃんのお母さんがそっと抱き上げて、泣かないで挨拶できてエライね、って褒めているのがまた胸にきた。むしろ私が泣きそうだよ！

「うん、また遊ぼうね。これ、ミィナちゃんが持っていてくれる？」

出そうになる涙をグッと堪(こら)えて、私は笑顔でおもちゃを指し示した。きちんと片付けたよ？　当然です。おままごとセットやパズルにブロック、今日使ったおもちゃ全部を二つの箱に入れて置いておいたのだ。

「い、いいの？」

「うん！　いつでもここに来た時に遊べるように。ね？」

ミィナちゃんのお母さんに、本当にいいんですか？　と聞かれてもちろんと笑顔で答える。

「私はもう一人では遊ばないし、ただ持っているだけなのはもったいないから。おもちゃも遊んでもらえた方が幸せかなって！　だからミィナちゃん、私たちがいない時でもおもちゃで遊んであげてね！」

これらは全部オルトゥスのみなさんが私に、ってプレゼントしてくれたものだ。常々、もったいないなって思っていたんだよね。一人で暇な時に結構遊ばせてもらったけど、ほら。中身は大人だったし、たぶん普通の子どもよりは遊べていなかったと思うのだ。捨てることは絶対に出来ないからどうしようって思っていたんだ。だから、ミィナちゃんが持っていてくれて、遊んでくれるならとっても嬉しい！

「ありがと、メグおねーちゃん！　わたし、大事にするね！」

「うん！　こちらこそ、ありがとうミィナちゃん」

えへへ、と笑い合って最後にヒシッと抱き合ってからようやく私たちはお店を出た。いつまでも手を振ってくれるミィナちゃんに答えるべく、私も手を振り返しながら歩いていたらうっかり躓いてアスカに支えてもらうハメになる。ご、ごめん。

「もー、気をつけて？　メグおねーちゃん？」

「うっ、わかってるもん！　アスカの意地悪ーっ」

アスカってばやっぱりちょっと意地悪に育ったよね！　ごめんごめんってすぐ謝るし、悪気もないし、可愛いから許しちゃうんだけど！

「そうだぞ、メグお姉ちゃん」

「お父さんまでー！　酷いっ」

お父さんまで笑いながらからかってくる。もー！　すぐ悪ノリするんだから！　これ以上からかわれたらたまらないので、私は話題を変えることにした。

「ね、獣車の件はどうなったの？」

そう、当初の目的はこれだったはず。闘技大会中、移動手段として別で獣車を用意したりするのかな？　参加メンバーは個人でどうにかするとして、応援に行くっていう人も少なからずいるだろうし、どうしても混雑はするはずだから。たぶん、その辺も含めて今日は話し合いに来たんだと思うんだよね。

「あー、実は大会に向けて大型の獣車を準備しててな。人が乗り込む部分を大きくしたのを、今オルトゥスで作ってるとこなんだよ。大型バスをイメージしてくれりゃいい。通常サイズだと獣一体で曳くんだが、それだとスピードも出ないし負担も大きい。だから獣二体か三体で曳けるように考えてんだよ」

「んーっと、馬車みたいな？」

「まぁそうだな」

陸上を走る獣なら馬車のようなタイプで、それの応用として空の便も考えているんだって。そうなると、それらを運ぶ獣が重要になってくるという。基本的に群れを作ることの少ないこの世界の大型の獣たちが、二体以上できちんと同じ方向に走らせたり飛ばせたり出来るのかが課題になるんだって。獣同士で喧嘩したり暴れたりしたら、乗っている人たちが大変なことになるもんね。

「最悪、魔道具を使っての乗り物を開発しようかとも思ったんだがな。飛行機とかさ。けどそれをすると……」

「うん、わかるよ。一気に獣車が廃れていくかもしれないもんね」

「コストの面でも、魔道具使用の乗り物はそう簡単に普及はしないだろうが……開発が進めばわからないしな。それに」

お父さんはフッと目元を和らげて空を見上げた。

「この世界にあの景色は似合わねぇよなって思うんだよ」

日本にいた頃はよく見かけた光景。高い建物が並び、車や電車がたくさん走って、飛行機が飛ぶ。それはとても便利だし、私だってよく利用していたけど……。たしかにこの世界はこのままがいいなって私も思う。遠い未来ではそんな考えが時代遅れだー、なんて言われる日が来るかもしれないけれど。

「うん。私も、今のままでいいって思うよ」

「だよなー」

わざわざ自分たちでそのきっかけを作ることもないかなって思う。なんの話ー？　とアスカが聞いてきたところで、この話はおしまい。少し大きな獣車が問題なく利用出来そうだって話だ、とお父さんが締めてくれた。口ぶりから察するに、心配していた獣同士の問題も解決出来そうだしね。

「よーし。これからどんどん忙しくなるぞ。群れを作る獣の捕縛とテイマーを探して仕込んでいかねぇと。あとはそろそろ景品とトーナメントやルールブックなんかも作ってかねぇとな。あとは……」

ググッと伸びをしてお父さんが気合を入れ直したようだ。本当にやることは山積みなんだな。ハイエルフの郷でも出来ることがあればいいんだけど……。元々、手伝えることがほとんどないんだから無理な話ではある。き、気持ちだけは……！

それよりも気にするべきは明日からのことだ。明日はいよいよハイエルフの郷に向かう日なのだから。特殊体質について調べられたらいいな。今の私の仕事は魔力の流れを整えて暴走を抑えることと、自分についての謎をしっかり調べることなんだから。私も心の中でやることを決めて、気合を入れ直した。

## 5　ハイエルフの郷へ

「じゃあギル、メグを頼んだぞ」

「ああ」

ついにやってきました、旅立ちの朝です。気持ち的には自分の調子がさっぱりわからない状態での療養だなんて不安でしかないんだけど、行き先がハイエルフの郷で、しかもギルさんと一緒だということで緊張はほとんどしていない。特にギルさんが一緒っていう点が重要。頼もしすぎるでしょ。

「メグ、闘技大会で会おうね」

「うん！　ごめんね、ずっと一緒にいられなくて」

アスカともしばしのお別れ。しばらく一緒に過ごせると思っていたからとても悲しいけど、アスカが眉根を寄せて両手を握ってくるからこれ以上心配させるわけにはいかない。謝った後は笑顔を見せます！

「今よりずっと強くなったアスカと会えるの、楽しみにしてる！　私も頑張るよ！」

「うっ、プレッシャーかけないでよー」

ここ最近ずっと口説かれて反応に困り続けていたので、このくらいの反撃は許されるはずである。ほんと、アスカの口説き文句は一体どこで覚えてきたのだろう。謎だ。クスクスと笑っていると、ポンと頭に大きな手が乗せられた。この温かさと触り方からいって、手の持ち主はきっとあの人。

「お父さん」

「心配すんな、メグ。ハイエルフの郷でしばらく大人しくしてりゃ、大会の日にはだいぶ落ち着いているだろうからよ。そんで大会が終わったら……」

軽い調子でそう言いながら頭を撫でてくれていたお父さんだったけど、そこで言葉を切ると私の目線に合わせて屈み、真剣な目で私を見つめた。

「……全部、話してやる。お前の暴走しがちな魔力の解決方法も、な」

その目と声色があまりにも真剣だったから、思わず背筋がピンと伸びた。とても大事な話なんだな、っていうのが伝わった。でもちょっぴり怖かったから、黙って頷くことしか出来なかったんだけど、それを察したのかお父さんはすぐに表情を綻ばせてまた私の頭を撫でてくれた。怖がらせて悪いな、とでも言うように。

「……そろそろ行こう。数日はかかるからな」

話の流れを変えてくれたのはギルさん。ハイエルフの郷って遠いんだもんね。距離だけならすぐだけど、山に入ったら徒歩じゃないと辿り着けない場所なのだ。お父さんの反則裏技ルートを使えばすぐかもしれないけど、お父さんは今すごく忙しくて、私たちがそのルートを使うための下準備にまで手が回らないんだって。それでもどうにか、と無茶しそうだったのを、元々そんなルート自体ないのが当たり前なんだから、と私が慌てて遠慮したのだ。ギルさんのコウノトリ便でも十分すぎるほど速く着くしね！　……それに、ギルさんとの二人旅も楽しみだし。チラッと横目でギルさんを見上げると、視線に気付いたのかギルさんもこちらを見下ろす。優しく細められた目に心が温まるのを感じていたのだけど。

「……早速だが、乗ってくれ」

目の前の籠に軽く脱力してしまう。いや、わかってた。わかってた。騎乗技術なんて私にはないし、ギルさんとの二人旅だしこうなることはわかってた。でもいつかはかっこよく影鷲姿のギルさんに乗って飛んでみたいな。地道に訓練を頑張るしかない。でも、なんだかんだでこの籠に乗るのも結構好きだったりして。揺り籠みたいで赤ちゃん気分なのが微妙な心境ではあるけど、乗り心地がすごくいいもん。初めてこの世界に来た時、これに乗った時はビクビクしてたものだけど、懐かしいなぁ。

私が籠に乗ったのを確認すると、ギルさんは魔物型へと変化し、すぐに飛び立った。今では籠のフチに手をかけてオルトゥスにいるみんなに手を振る余裕だってあるよ。それを心配せずにいるギルさんもまた慣れたと言えよう。あの頃は頼むからしっかり籠に入っていてくれ、って何度も懇願されたっけ。

「ギルさん、お仕事は大丈夫だった……？　あの、無理させてごめんなさい」

大会前のこの忙しい時に、って考えるとどうしても謝らずにはいられなくなる。その謝罪は何度も聞いただろう、とギルさんにも言われてしまった。だってぇ。

『抱えていた仕事はほぼ終わらせたし、残っている作業はハイエルフの郷でも出来るものだ。それに……大会よりメグが大事だ。気にするな』

イケメン発言は健在である。ナチュラルにイケメンですよ、完敗である。さて、しつこくしすぎて鬱陶しくなるのもよくないので、他のことを考えようと思う。すでに鬱陶しいくらい謝っているのは置いておく。考えることは、これから行くハイエルフの郷についてだ。実はこれまでも、何度か足は運んでいるんだよね。行く度に付き添ってくれる人は違ったりするんだけど。もちろん、ギルさんとも行ったことがある。目的は毎回、お母さんのお墓参りだ。お花とお菓子を持ってお墓参りをして、ハイエルフのみなさんとお茶をして帰る、というのがいつもの流れ。ちなみに、お母さんのお墓は一度破壊されたとは思えないほど綺麗になっている。ハイエルフの皆さんが約束をしっかり守ってくれた、っていうのもあるだろうけど、仲間のお墓だからしっかり直したっていうのが大きいかもしれないな。仲間を大事にするのは私たちオルトゥスと同じだから嬉しかったのを覚えている。ただ、いつもは日帰りなんだよね。だから、今回のように長期滞在となるとちょっと緊張してしまう。短い期間の滞在なら問題ないけど、長期間となるとハイエルフである私はともかく、ギルさんはずっと留まることは出来ない。郷の清浄な空気がどうしても乱れちゃうからって。その問題は解決したって聞いたけど、結局どう解決したのかまではまだわからないんだよね。着いたら教えてもらえるだろうか。

「俺は郷の外で待機でも構わないんだが……メグの近くにいられないっていうのはちょっとな」

あの時ギルさんはそう言っていたけど。ダメだよ！　付き添いで来てくれているのに、一人だけ外なんて！　と抗議をしたのは言うまでもない。その時は話がそこで終わってしまったから、ちょっと不安なのである。

心配事は他にもある。シェルメルホルン、私のお祖父ちゃんの存在だ。何度も足を運んでいると はいえ、実はその一度もシェルさんには会ったことがない。あの家に籠もっているよ、と家の場所は教えてもらったけど訪問したことはないし、その姿を確認したこともない。そう、幼女の時の騒動から一度も、だ。一時的な訪問とは違うから、今回の滞在中にもしかしたら顔を合わせることがあるかもしれないなぁ、って思うとドッキドキである。身の危険を心配しているわけじゃないよ？ ただ、どんな顔で会えばいいのかなっていう複雑な孫心である。ちなみに、その件に関してはお父さんたちもみんなが心配していることだそうで、ギルさんはみんなに、絶対に油断するな、って言われていたっけ。当然だ、と答えていたけど、ちゃんと休んでほしいと私は思ってしまう。

あとは、私の特殊体質についてかな。大会にはちゃんと出られるのかな、とか魔力暴走起こさないかな、とかそういった不安がある。……あれ、不安でいっぱいだな？　心の安定によろしくないよね？

『寝ていてもいいぞ』

落ち着け、と自分に言い聞かせながら深呼吸をしていると、ギルさんからそんな声がかかる。タイミングが良すぎてお見通しなのかな、って思うよね。私がわかりやすいんだろうけど。でも、おかげで安心した。さすがはギルさん。このまま起きていてもあれこれ考えちゃいそうだから、お言葉に甘えようかな？

「……じゃあ、少し眠るね。ありがとう、ギルさん」

『ああ。気にしなくていい』

本当に優しいなぁ。心配事も全部ひっくるめて包まれている気分だ。私は肩の力を抜いて、そっと目を閉じた。

次に気が付いた時には、まだ空の上だった。でもその目に映る景色はかなり変わっていたよ。雄大な北の山が聳(そび)え立っていて、どことなくそわそわする魔力に満ちている。これはハイエルフの血が騒いでいる証拠だね。

『む、起きたのか。適当な場所に降りるからもう少し待っていてくれ』

「はぁい」

気配で察知したのか、ギルさんが声をかけてくれたので目を擦(こす)りながら返事をした。寝起きなのでまだぼんやりしているのは許してほしい。しばらくして、適当な広さのある場所にギルさんはフワリと降り立った。籠をそっと降ろしてくれたので、私もフウちゃんの助けを借りて籠から降りる。

もう転げ落ちたりしないよ！　お姉ちゃんだもん。えへん。

「さて、ここから先は歩いて行くことになるが……。疲れるか？」

人型に戻ったギルさんが口角を上げてそう聞いてくる。お、軽く挑発されているぞ？　私は胸を張ってハッキリと答えた。

「大丈夫！　今日の分の訓練にちょうどいいから！　ね、ギルさん。訓練しながら行ってもいい？」

私がにんまり笑ってそう答えると、ギルさんもさらに笑みを深めた。どうやらこの答えは正解だったみたい。

「キツくなったら言え」

「わかりましたーっ！」

それだけのやり取りをした後、ギルさんはキュッとマスクを上げて走り出した。うう、やっぱり速いなぁ。私に合わせてくれているから、あれでもかなり、かーなーりー、手加減しているんだろうけど。というか、私が頑張ればギリギリ付いていける速さを維持していそう。

「よぉし、頑張る！」

ギルさんは、私のレベルをよーく理解しているのだ。すぐさま高性能な方の戦闘服に衣装チェンジした私は、軽く屈伸(くっしん)した後にギルさんの跡を追う。……もちろん！　精霊ちゃんたちの力を借りてね！　自分の運動能力だけなんて無理だもん！　いいの、自然魔術も実力のうち！　ギルさん待ってー！

「つ、ついたぁ……」

　ぜぇぜぇと息を切らしながら、私は今、あのふざけた看板の前で呼吸を整えています。お風呂にする？　ご飯にする？　っていうあの文字を見る度に、へんにゃりと力が抜けてしまうのでいい加減変えてほしいと思う。ほんと、これ誰が作ったの？

「……相変わらず何もないところだな。だが、魔力の流れで場所はわかるようになったが」

　だけど相変わらずこの看板は、ハイエルフにしか見えてないみたいなんだよね。一度でもこの郷に入ったことのある人は、二度目も内部に入ることは出来るらしいんだけど、看板は見えないままという変な仕様。作製者の意図を聞きたいところである。

「…………」

「？　なぁに、ギルさん？」

　変な顔で看板を見つめていたからだろうか、ギルさんからの視線にふと気付いて首を傾げる。ギルさんはいや、と呟いてからそっと私の頭を撫でた。

「ずいぶん、体力がついたと思っただけだ」

　そういえば、息が整うのも早くなったし、何より自分の足でちゃんとここまで辿り着くことが出来た。休憩も挟んだから一日半はかかったけどね。でも、これはあの幼女時代を思えばかなりの進歩ではなかろうか。ほとんど自然魔術のおかげだ、ということは置いておく。だって！　魔術なしで登っていたらもっと早くに力尽きているよ！　この無駄に多い魔力を惜しげもなく使っているからこそ為せる業なのだ。

「よし、行くぞ」

「はいっ」

ギルさんがそう言ってマスクを上げ直す。私はそれに返事をしてからギルさんと手を繋ぎ、郷へのアーチをくぐった。いつも通り一瞬で景色が変わり、美しい光景が目に飛び込んでくる。目を閉じてゆっくり深呼吸をすると、身体の内部から癒されていくような気がした。やっぱりここの空気は特別なんだなって実感する。

「ああ、来たね。話は聞いていたよ」

「あ、えっと。こんにちは。メグです。お世話になりますっ」

ぼんやりとしていると、ハイエルフの青年が声をかけて来た。青年と言っても見た目からしてそう思っただけで実際は数千年とか生きているからね。もちろん整いすぎた美形である。この青年に限らずだから、もはや美術館に来ていると思った方がいい。美形は眺めるもの……。心が潤います、ありがとうございます。

「私は今回、君たちの世話係ってことになるのかな。世話っていっても、困ったことがあった時や質問なんかを聞くだけってところだけどね。何度か顔を合わせたことはあったけど、まだ名乗っていなかったよね？　私はウィズディアベイサム。ウィズでいいよ」

「ウィズさん、よろしくお願いします」

ギルさんも私も改めて名乗り、きちんと挨拶をする。たしかに自己紹介はしていなかったな。お墓参りにちょっと顔を出す程度だったから、すれ違った時に挨拶をするくらいの間柄だったし。それに長すぎて本名を覚えられる気がしない。これを覚えて間違えずに呼ぶハイエルフさんたちはやっぱり頭がいいんだと思うんだ。頑張れ、私の記憶力。

「ギルナンディオはかなりの使い手であるとお見受けするけど……丸一日ここにいるのはやめておいた方がいい。時々外に出て、体調管理をするんだよ」

「ああ、そうさせてもらう。感謝する」

体調管理？　そう思って首を捻っていると、ウィズさんがそれを察して説明してくれた。

「ここの空気は清浄だろう？　我々にとっては薬だが、他の種族にとっては毒になり得る。少しの時間なら良い効果をもたらすが、これからしばらくはここに滞在することになる。彼にとっては厳しい環境になるってことだね」

そういえばエルフの郷でも、観光客が使える泉は効果が薄めてあるって聞いたことがあったな。エルフたちの住む村の、エルフと魔力の多いものだけが行ける場所に源泉があって、その効果はやっぱり段違いだった。ここはその倍は効果があるから、そりゃあ確かに他の人にとっては毒になるのも頷ける。そっか、他の種族が滞在するにあたっての問題は、郷の清浄な空気が乱れちゃうだけじゃなかったんだ。

「ギルさん、絶対に無理はしないでね？　心配だよ……」

私のために側にいようとしてくれるギルさんは、とっても優しいから無理をしないかが心配なのだ。それに、私の目ではギルさんが無理をしているかどうか、見極められる自信もない。

「大丈夫。私も見ておくから。そうだなぁ。半日に一度、外の空気に少しの間だけ触れていればまったく問題はないだろう」

「半日に一度ですね！　朝と、夕方って決めておきましょ、ギルさん！」

なるほど、これが解決策か。ちょっと面倒かもしれないけど、一日二回のお薬だと思えば覚えやすい。そう思って拳を握りしめて提案したら笑われてしまった。なぜぇ!?

「ああ、わかった。そうさせてもらう」

「約束だよ？」

何度も念を押す私は少ししつこいかもしれないけど、笑ってくれたのでまぁいっか。でも本当に、ギルさんがこれで体調を崩すなんてことになったらとっても大変なので注意して見てなきゃね！

けど、一つ目の不安が解消されてホッとしたよ。

「さ、着いた。ここがメグとギルナンディオに過ごしてもらう家だよ。昔はイェンナリエアルが使っていたんだけどもう随分使ってなくてね。掃除も済ませてあるから自由に使ってくれ」

「母様が？　……ありがとうございます！」

家に案内してくれたウィズさんは、何かあったら誰でもいいから声をかけてね、と言い残してその場から去っていった。きっと、私たちが気兼ねなく支度を済ませられるようにと気遣ってくれたのだろう。優しい。案内された家は、たぶん木とか植物系の自然魔術で作り上げただろう木造の小さな小屋。中に入ると、テーブルやベッドなど、家具も全て木造で温(ぬく)もりを感じる。布団もこれは糸から布を織り、その布から作り上げているっぽい。綿なんかも自分たちで調達しているんだろうな。フワフワで手触りも良く、まさに職人技である。部屋の中をゆっくり歩き、最後にポフンとべッドに倒れ込む。お布団からはお日様と木のいい香りがした。

「母様も、ここで寝てたのかなぁ」

そんなことを考えてちょっとだけしんみり。あ、そういえばベッドはこの一つしかないな。寝る時はどうしよう。私もギルさんもマイ寝具(しんぐ)は持っているけど……。

「ね、ギルさん。今日だけ、一緒に寝てもいい？」

「む」

甘えん坊になっているなぁ、私。やっぱり色々と不安なんだと思う。だってさ、大好きなオルトゥスから離れて、いつ爆発するかわからない魔力の爆弾を抱えていて、本当はずっと怖いんだもん。

「あっ、ダメならいいの！　ちょっと、言ってみただけで……」

でもなんだか恥ずかしくなってきた。もうお姉ちゃんなんだから、しっかりしなきゃダメだよね！　なんて思って慌てて誤魔化していたら、フッと笑う気配を感じた。恐る恐るギルさんを目だけで見上げてみると。

「今日だけ、でいいのか？」

そう言われて、絶句。何って、イケメンすぎて。ニヤッとちょっとだけ意地悪そうに微笑むイケメンの破壊力はやばいと思います！　顔に熱が集まるのを感じる。声にならない声というか、餌(えさ)を求める金魚状態ですよ。

「……お前は本当に甘えることをしないからな。そのくらい、毎日だって構わない。迷惑だなんて思うな。ちゃんと言ってくれた方が俺は……嬉しい」

「……っ」

そこへ追撃のこの発言！　もはや声を出すことを諦めた私は、ギルさんにダイブ！　ギュッと腰のあたりに抱きつけば、感謝の気持ちが伝わるかな？　むしろ抱きつくことで癒し効果が発動され、私の方が得をしている気がする。なんという安心感。はー、落ち着くー！

おかげで冷静さを取り戻した私はバッと上を向いてちゃんと声に出してギルさんに伝えることが出来た。

「ありがと、ギルさん！　じゃあ、毎日一緒に寝よ？」

「……ああ、わかった」

ギルさんが一緒でよかった！　あと、勇気を出して甘えてみてよかったよ！　えへへ。

部屋の確認を終えた私たちは、母様であるイェンナさんのお墓参りに行くことにした。まずは挨拶が大事だよね！　お墓に近付くに連れて空気もさらに清浄なものになっていく。そういえば、この辺りで父様とシェルさんが大暴れしたんだっけな。今にして思えばよくやったよねって思う。こんなに綺麗な場所で戦うなんて！　ハイエルフの郷には入ることさえ出来ないほどの結界があったのに、それすらも越えて魔物もたくさん入ってきたし。郷の内部に父様がいたからかもしれない。ほんと、ヤバかった。魔王の威圧は結界をも越えてしまうんだな……。怖い。絶対に制御出来るようにならなくちゃ。っと、ダメダメ不安になったら！　魔力が暴走しちゃうかもしれないからね。ほら、今は事件なんかなかったかのように元通りになっているし。……それはそれですごいよね。数十年経っているとはいえ、痕跡が跡形もなくなっているのはやっぱりすごい。ハイエルフ、すごい。

「相変わらず、美しい泉だな」

「うん。エルフの郷の源泉も綺麗だったけど、ここはもっと澄んでる」

なんて例えたらいいかな。えっと、エルフの郷の泉の方が親しみやすさを感じるんだよね。でもここの泉は高貴な感じというか、畏れ多さを感じるというか。そんな差があるのだ。どちらも魔力が整えられていく心地好さは変わらないけど、たぶんこっちの方が回復にかかる時間も短い気がする。なんとなくでしかないんだけど。そんな泉をゆっくり眺めつつ、私たちは墓石の並ぶ場所を通りすぎて少し離れた位置にある真っ白な墓石の前で立ち止まる。白さに濁りが一切なくて、イェンナさんの心の美しさが現れているな、って頬が緩んだ。

「こんにちは、母様」

静かに、墓石に向かって口を開いた。そして収納ブレスレットから、用意しておいた花束を出す。今回は黄色のガーベラに似たお花をメインに、淡いピンクのかすみ草のようなお花を合わせた花束。この花束は、私の持つイェンナさんのイメージにピッタリだなって思って。ちなみに、これはお花屋さんで買ったものだ。お出かけ先で摘んだお花の時もあるけど、毎回同じものになってしまうので、時々こうして変えるようにしているんだ!

「母様、しばらくお部屋を借りるね。母様はどんな風に過ごしていたのかなぁ……」

会ったこともない相手だから想像も難しい。いや、正確には会ったことはあるんだけど、私が身体に宿る前のことは何も覚えてないからね。だから、初めてここに来てイェンナさんの墓前で話した時は、かなり複雑な心境だった。だって私は環だったたし、大切な娘さんの身体をもらう感じになっちゃったから、なんとなく申し訳なさがあったんだ。父様の時も、もちろん同じ気持ちにはなったけど、あれだけ甘やかしてくれていたらそんなことを考える方が馬鹿らしいって思えたんだよね。事情を知った後も同じだったし、きっと受け入れてくれるんだなってわかったから。でも、イェンナさんにはもう会えない。気持ちを確認することも出来ないから、すごく戸惑った。人柄からいって、きっと父様のように受け入れてくれるだろうことはわかったよ？　でもさ、やっぱりこういうのって目の前にいないとわからないじゃない？　表情とか、声色とか、そういうのもあって伝わるものだったりするし。イェンナさんは、メグの母様。私の母親という感覚があまりないのは仕方のないことかもしれない。環の時も母親の記憶はほとんど覚えがなかったし、そもそも母親というものがどんなものかわかってないんだと思う。それがちょっぴり寂しくもある。

「ギルさん、私って母様に似ているんだって」

「……ああ、そういう話をよく頭領や魔王から聞くな」

黙ったまま私から少し離れた位置で待っていてくれるギルさんに、振り返らずに声をかけてみた。ギルさんもイェンナさんとは会ったことがないから知らないよね。

「嬉しいなって思うけど……母親ってどんな感じなのかなって寂しくもなっちゃう」

「……そうか」

別にギルさんに話す必要はない内容だ。けど、なんとなく聞いてほしくなって、私は言葉を続けた。

「母様が生きていたら、今の私を心配するかな……」

「それはそうだろう。命懸けでお前を守ろうとした人だ。心配だけでなく、助けようとするはずだ」

「やっぱりそうだよね。……うん。私、母様にあんまり心配をかけないように、頑張らなきゃ」

いつまでも守られてばっかり、助けてもらってばっかりじゃなくて、人を守ったり助けたり出来るような人になりたい。父様や、お父さん、ギルさんみたいに。そう言って振り返り、ギルさんを見つめる。すると、ギルさんは目元を緩めてこちらに歩み寄ってきた。

「メグなら、そうなれる。だから今は、助けられることも仕事だと思ってほしい」

「助けられることも、仕事……」

「そうだ。全てはメグが無事で、元気でいることが最低限の条件なんだからな」

たしかに。私が魔力を暴走させて、制御が出来なかったら元も子もない。人を助けるどころか多大なる迷惑をかけることになるんだもん。そうだよね。まずは自分のことに集中しよう。私はもっと、自分のことを知るべきなのだ。自分の持つ魔力や、能力のことを。

「ギルさん。その……少し、手伝ってほしいことが、あるの」

私がそう切り出すと、ギルさんは目を軽く見開いた。

「ここまでついて来てくれて、それだけでも無理を頼んでいるから申し訳ないなって、思ってるんだよ？　だけど……」

モゴモゴとハッキリとしない私に呆れるかな。ううん、ギルさんならきっと。

「断るわけがないだろう」

そう言ってくれると思ったよ。思わず苦笑を浮かべてしまう。

「まだ、何をしてほしいかも言ってないよ？」

「メグが俺に出来ないことを言うわけがないだろう」

ああ、心地好いなぁ。お互いに信用しあえるっていうのは。心がほんわかとあったかくなる。ギルさんは不思議。初めて会った日から無条件で信用出来ちゃったもん。今思えば全身真っ黒で不審人物だったのに、警戒心なさすぎじゃない？　なんて思ったりもするけど、あの時の選択は正しかったなって実感するよ。というか、あの時はついて行くしか道はなかったけどね！　嬉しくて、幸せで、私は照れ笑いをしながらギルさんの手を引く。家に戻ってから話すね、と言いながら。

帰ってきてから少しお茶休憩。ギルさんが影からサッとティーセットを取り出してくれたのだ。自分の影から取り出す様子は何度見ても不思議だなぁ。収納ブレスレットも十分不思議だけど、自分の影に荷物を出し入れするのってどんな感覚なんだろう？　って気になったりもする。温かなお茶をふぅふぅ冷ましながら飲みつつ、私は早速悩みごとを打ち明けた。以前、実際に父様の過去にあっただろう出来事の夢を視たこと。話には聞いたことがあったけど、見たこともない光景だったことからただの夢ではないんじゃないかって思ったこと。予知夢を視た時と同じ感覚だったから、きっと自分の特殊体質なんだろうってこと。そして。

「だから、私の特殊体質は『予知夢』ではないんじゃないかって思ったの」

「ふむ……。それは確かに気になるな」

私が全て話し終えると、ギルさんは腕を組んで考え始めた。

「過去夢だとしても、自分の過去ではない点も気になるな。父親とはいえ他人の過去夢を視るとは」

たしかに！　昔に視た過去夢は自分に関するものだったけど、誰かの過去を夢で視るっていうのはさらに不思議かもしれない。予知夢だって、自分の周囲に関することばかりだったのに。

「でも、私の不安の表れだったかもしれないとも思うの。その、父様が魔力を抑えられなくて、苦しんでいた時の夢だったから」

まさに今の私が悩んでいることだからね。その可能性もあるからただの勘違いって線もないわけではないのだ。

「つまり、自分の特殊体質がなんなのかを調べたい、ってことか」

「うん、そうなの。ここに来るって聞いた時に、ハイエルフなら何かを知っているかもしれないって」

まさかこんなに早く来ることになるとは思わなかったけどね。でも気になっていたから良しとする。

「特殊体質に関する文献(ぶんけん)とかを見せてもらえればいいんだけど……私、まだ子どもだし」

「わかった。交渉は俺がしよう」

察しが早くてとても助かるよ！　さすがである。しかも、文献以外にも郷の住人に聞くのも手伝ってくれるという。優しい！　ギルさんはオルトゥスにいる時以外はいつも顔を隠しているし、口数も少ないからこういう聞き込みは嫌かな？　とも思ったんだけど、顔を出さなければむしろ得意なんだって。それもそうか。仕事なら聞き込みも必要だもんね。影を伝って情報を集めるだけじゃどうにもならないことだってあるのだ。

「ギルさん、ありがとう。私ね、自分の力のことをちゃんと知っておきたいって思う！」

「ああ、自分の力量を知るのは重要なことでもある」

むしろ謝るのはこっちだな、とギルさんは付け加えた。え？　なんでギルさんが謝るの？

「メグを守ろうとするあまり、事情を知っていたのに黙っていた。力量を知ることが大事なのは当たり前のことだというのに」

「で、でもそれは、私を不安にさせないためって、わかるよ？」

それはそうだが違うんだ、とギルさんは首を振る。

「だいぶ実力をつけてきたし、時には突き放して訓練をしていこうとメンバーで話し合っていた。だが、俺たちはまだどこかお前を庇護対象として見ていたんだ。一人前になるには、自分の実力を把握(はあく)することが第一だと、それを理解しながらも黙っていたのは悪手(あくしゅ)だった。反省している」

心底申し訳なさそうに言うギルさんを見て、私の方こそ申し訳なくなってしまう。だって、私を思ってのことだってわかるもん。余計に不安定になるだろう、って配慮してくれたんでしょ？

「でも、知ったことで実際に暴走してしまったから、その方法は正しかったって思うよ？　だから、そんなこと言わないで」

「メグ……」

私はギルさんの手を両手で取り、ギュッと握りながら続ける。笑顔、笑顔。

「何が正解かなんてわかんないもん。その時そうするのがいいと思ってしたことなら、それが正解でいいと思う！　だから、ギルさんも正解！　ね？」

前向きにいこうよ。じゃなきゃ潰れちゃう。これは自分にも言い聞かせているんだ。迷ったって、後悔したって、過ぎたことは変えられない。反省したら、今度は今選ぶべき「正解」を考えて進まないと。失敗だって正解でいいじゃないか。

「やはり、メグは強いな」

「みんなが、ギルさんがいてくれるから強くいられるんだよ！」

一人きりだったらウジウジしていたかもしれない。無理をし過ぎたかもしれない。無理なく頑張れるのは、支えてくれる人がいるからなのだ。

「……あー、コホン。夕飯の支度が出来たんだが」

二人して手を握り、微笑み合っているところへウィズさんの声がかかる。あれっ、いつのまに？

「何度かノックしたんだけど……。その、ごめんね。邪魔して」

「気付いていたし、邪魔ではない」

「そうだよ？　邪魔なんかじゃないよ？　むしろ知らせに来てくれてありがとうございます！」

ウィズさんはどこか気まずそうにしているけど、なんで？　話の途中だと思ったからかな？　どのみち話はちょうど終わったし、気にすることないのに。嘘だろ……、と呟くウィズさんに、私とギルさんは顔を見合わせ、揃って首を傾げた。えーっと、何が？

## 6　祖父母

ウィズさんに連れられて、私たちは食事会場へと移動した。なんでも、郷のみんなは夕食だけは集まって食べるんだって。もちろん、必ずしも集まらなきゃいけないわけではないみたいだけどね。

「特殊体質かい？　私は千里眼を持っているよ。遠くにある物を細部まで見通す力だね。何かで遮られていたとしても見える。つまり、目隠しされても見えるよ」

「ふぉぉ、すごい！」

食事中、それとなく特殊体質についての話題を出したギルさんに、ウィズさんは疑うことなく答えてくれた。エルフ特有の特殊技能だから明かしたくないかな、とも思ったんだけど。

「だから、君たちがどこにいて何をしているかだってお見通し。ああ、もちろん見たことはないよ。だって、覗き見なんてされたら嫌な気持ちになるだろう？」

人の気持ちを考えることの出来る人でホッとしたよ。プライバシーなんてあったもんじゃなくなるもんね。主に、大きな自然災害や魔物たちの動き、獲物を仕留める時にしか使わないんだって。なんて平和な。

「……ここだけの話だけどね」

ウィズさんは途中で声を潜めてクスッと笑いながら話し始めた。なんだろう？　と思いつつもそっと耳を寄せる。

「イェンナリエアルが郷を飛び出して行った時、族長命令であの子が元気でやっているか調べさせられたんだよ」

「シェルさんが……!?」

衝撃の事実！　あんな勝手に家出するようなハイエルフは同族じゃない！　みたいに怒っていたのに！　なんでも、シェルさんは人の心を読めるから、ウィズさんが見た光景を伝える前に心を読んで状況を把握していたんだって。伝える手間が省けるのは楽だったよ、ってウィズさんは言うけど、私なら恥ずかしくて無理だ。アホみたいな反応がダダ漏れになるもん。というか人の心が読めるなんてやっぱり反則ぅ！

「だから私と族長は、知っていたんだ。イェンナリエアルと魔王との仲を。想いが通じ合った辺りで、族長からイェンナリエアルの様子を知らせろ、と言われることはなくなったんだけどね」

父親として見たくない光景だったんだろうね、とウィズさんは笑う。え、待って。何その意外すぎる裏話。も、もしかして、ここで父様とシェルさんが戦ったのって「娘に勝手に手を出しやがってこの野郎が」ってことなのでは……？　もちろん別の理由もあっただろうけどさ。むしろそっちがオマケなんじゃないかって思えてきた。ただ単に、自分の娘と孫を取り返したかっただけ、とか？　ま、まさかね？

「族長の気持ちは、みんな理解していたよ。分かり合えない思想はたしかに持ってはいたけど、根っこの部分はブレてない。あの人は、誰よりも仲間を大切にするんだよ」

不器用すぎて伝わらないことが多いけどね、とウィズさんは苦笑した。自分は嫌われ者だと知っていて、それを好都合だとも思っている。誰よりも仲間思いで家族思いなくせに、それを自分でも認めない頑固者。……ストン、と私の中で腑に落ちた。これまで何を考えているのかわからない、少し怖いお祖父ちゃんだと思っていたけど、今の話のおかげでよくわかった。シェルさんがどんな人なのかってことが。そっか、だからハイエルフの人たちは誰も、シェルさんについて悪感情を抱いてないんだ。少しずつ精神干渉までされて、いいように動かされていたというのに、寛大すぎるなぁ、って思っていたんだよね。でも、みんなの心が寛大すぎるってだけの理由じゃなかったんだ。それもそうだよね、ここの人たちはもう何千年もの長い間、同じ郷で暮らしているんだもん。お互いのことを分かり尽くしていてもおかしくない。こんなことされたら絶対に許さない！　ってなるかと思っていたけど、それは私の物差しで判断していただけだった。彼らはそういう思考を持つ種族で、あっさり受け入れてしまえる方が当たり前なのだ。私もハイエルフだけどそこはまた別枠ってことで。

「私、シェルさんのこと、誤解していました……。そっか。そうだったんだ」

「気に病むことはないよ。あの人は誤解されやすい人だし、やり方は褒められたものではないことが多いから。意のままに操ることが、みんなやメグの幸せだって本気で思っていたんだよ？　だから反省もしないし」

ほ、本当に困った人なんだな。そういえばマーラさんもずっと言っていたっけ。あの子は子どもなんだって。困った子だって。あれ、そのままの意味だったんだなぁ。でも、だからって色んな人たちに迷惑をかけたことは許されることではないけどさっ。人に怪我をさせてしまうことも見下すこともよくないしね。

「……本題に入ってもいいか」

「ん？　何か話があったのかい？」

ギルさんが話を切り出したことで思い出した。そうだ、そもそも私の特殊体質について聞こうとしていたんだった。ギルさんはチラッと目だけで私を見たので、話しても構わないという意思を込めて頷いた。それを確認したギルさんはウィズさんにあの話を説明してくれる。といっても細かい事情までは話してない。ただ、私の特殊体質がどうやら予知夢とは違う気がするので本当の力を調べたい、ということを簡潔に伝えてくれている。話を聞き終えたウィズさんは、キョトンとした表情で目を見開いていた。

「あ、そうか。君は視てもらっていないのか」

「視て……?」

そして、自らの疑問に自分で答えを見つけたのか、腕を組んでうんうんと頷き始めた。待って、説明プリーズ!

「ごめん、ごめん。私たちにとっては当たり前すぎたからつい。それに数千年も前の話になるから忘れていたよ。実はね、我々ハイエルフは物心ついた時にはその子の持つ特殊体質がなんなのかを調べる儀式が行われるんだよ」

「なるほど。つまりメグはそれを受けていないのか」

「そういうことになるねぇ」

そんなのがあったんだ。というかエルフってのは儀式が多いな!? 精霊が見えるようになるための儀式だとか、特殊体質を調べる儀式だとか! あ、でもエルフは特殊体質を持って生まれるとは限らないんだっけ。むしろ珍しいって言っていたなぁ。ということはこの儀式はハイエルフ特有のものなのかもしれない。そもそも、そうじゃなかったらシュリエさんが知らないわけないもんね。

「この子は、それを受けられる状況になかったからね。でも、赤ん坊の時に族長の手に渡らなくて良かったと心から思うよ。そうじゃないと今の君はないんだから。イェンナリエアルの決断は正しかったと思う。だから、許してやってくれ」

「そ、それはもちろん！　恨んだり怒ったりなんてしないですよ！」

私だって、イェンナさんには感謝しているもん。おかげでギルさんに会えて、お父さんに会えて、みんなに会えたんだから。私がオルトゥスに行かなかったら、父様は今もイェンナさんを捜していただろうし。

「では、その儀式を受ければメグの特殊体質もなんなのかがわかる、ということか」

「あー、そうなんだけどね。うーん……」

意外と簡単に分かりそうで一瞬喜びかけていたんだけど、ギルさんの言葉にウィズさんは難しい顔を見せた。え、ダメなのかな？　成長しすぎると受けられないとか？　と私が聞くと、それは問題ないとの答え。

「では、何が問題なんだ」

そうギルさんが問うと、ウィズさんは言いづらそうに口を開く。

「まずね、儀式っていうのは何をするかって言うと、とある特殊体質を持ったハイエルフがその子を視るってだけなんだよ。それでその子の特殊体質がわかる。ただそれだけの話でね」

あ、なんだ。特別な魔術かなんかを使うのかと思ってた。特殊体質で視るだけなら年齢も問題なさそう。

「この郷で最も若かったのはイェンナリエアルだ。あ、もちろんメグを除いてね。で、あの子がこの儀式を受けたときはその儀式を行えるハイエルフが二人いた」

「二人も？」

「そう。ま、似たような能力を持つことは不思議ではないよ」

数の少ないハイエルフだからこそ、同じような特殊体質を持っている人が二人いるのって珍しいと思ったんだけどな。いや、私も母親であるイェンナさんと似ている能力だし、みんな親戚みたいなものだから不思議ではないのか。納得。

「でも、イェンナリエアルの儀式をしてくれたハイエルフは、その数百年後に寿命を迎えて亡くなってしまってね」

天寿を全うしたハイエルフってことか。……な、何年生きたんだろう。まぁいい。今はそれどころではない。

「えっと、その儀式が出来るあと一人も、すでにいないんですか？」

言い淀(よど)んでいるからそういうことなのかな、と思って控えめに聞いてみた。でも、そうじゃないんだ、とウィズさんは言う。じゃあなんで、と言いかけたところでふと気付く。答えがわかっているのにウィズさんはなかなか言い出してくれない。それはつまり、都合が悪いってことだ。この郷で私たちにとって都合の悪い人なんて、一人しかいないじゃないか！

「……族長なんだよ。そのもう一人っていうのは」

予感的中ーっ！　え、私、シェルさんに話を聞きに行かなきゃいけないの？　つ、詰んだ……？

ハイエルフの族長、シェルメルホルン。私の祖父にあたる人で、以前私たちと揉(も)めた人。あれ以降、一度も顔を見たこともない人が、私の特殊体質を見抜くことのできる唯一の人なのだという。いやー、どーしよーねーこれー！　気まずい。気まずすぎる。そりゃあ、そう簡単に私の特殊体質が何かわかるとは思ってなかったよ？　でもどこにも記されてないとか、探すのが大変とか、そういう類の大変さだと思っていたんだよ。まさかこんな形で悩むことになるとは！

「……ヤツに聞くしかないのか」

　ギルさんもヤツ呼ばわりですよ。あの一件があったんだもん、そう簡単に信用出来ないのはわかる。ウィズさんの話を聞いて、すでに悪い人ではなさそう？　なんて思っちゃっている私とは大違いだ。だ、だって、なんやかんやあっても私の血縁者なわけだし？　環の時も親戚が祖父と祖母しかいなかったから、そういう繋がりは大事にするのが当たり前って身についているんだよね。二人ともとっても優しい祖父母だったし。

「気持ちはわからなくもないから、私も一緒に行こうか？　いや待てよ、私より適任者がいるな。しかもその人は絶対の防御を特殊体質として持っている。防御の心配なんていらないとは思うけど、君たちは安心するだろう？」

「ああ、気遣い感謝する」

　ウィズさんは苦笑を浮かべてそんな提案をしてくれた。事情を知っているからこその案だよね。本当にすみません。でも安心なのは事実である。

「ちょうどあそこに座っている彼女だよ。ほら、髪を二つに結ってるだろう？　フィルジュピピィっていうんだ。今日はもう遅くなるから、明日にでも紹介するよ」

フィルジュピピィさん。噛むことも少なくなった私だけどうまく呼べる気のしない名前だ。長い名前っていうのは覚悟していたけどさっ！　遠目だからその姿はよくわからないけど、エルフに多い銀髪の長い髪をツインテールにしているのがわかる。軽くウェーブがかっているのが可愛い。何度か見かけたことはあるんだよね。見た目は十代の少女のような若々しさだった。しかーし！　彼女もハイエルフ。実年齢はずっとずっと上だろうけどね！

「私からも話は通しておくから」

「何から何まで、すまない」

「ウィズさん、ありがとうございます！」

ギルさんがお礼を言ったのに続いて、私もペコリと頭を下げた。私が手助けしたいと思ってしているんだよ、とウィズさんは頭を撫でてくれる。いい人……！

「なんといっても彼女は……。いや、それは明日のお楽しみにしよう」

お楽しみ？　何かあるのかな？　まぁ、明日わかるならいっか。ふぅ、シェルさんにお願いしなきゃいけないのは緊張するけど、ハイエルフのみなさんと少しずつ仲良くなれる機会があるのは嬉しい。意識的に前向きに、気持ちを落ち着かせないとね。大丈夫、大丈夫。

「今日は明日に備えて早く休むぞ、メグ」

「はぁい。ギルさんも、食後は一度外に出て身体を休ませてね？」

「ああ、ちゃんと覚えている」

一日二回の約束だもんね！　私もついて行く！　と意気込むと、ギルさんにもウィズさんにも笑われてしまった。別に監視しているわけじゃないんだよ？　心配なだけだもん。いつも心配される側なんだから、このくらい許してもらいたい。そんなに笑わなくても、と頬を膨らませていたけど、ギルさんがありがとうと言ってくれたことで、一瞬で機嫌が直ったのはいうまでもない。

食事を終えて二人で一度郷の外に出る。真っ暗な森は不気味さを醸し出していたけど、ギルさんと一緒だとまったく怖くない。魔術で光を出してくれたしね。ギルさんは影鷲の亜人だから、光の魔術系は苦手なんじゃないかと思っていたけどそんなことはなく、むしろ得意な方だと教えてくれた。

「影は、光のないところにはないからな」

理由を聞いて激しく納得。影の魔術を最も得意としているからこそ、影を生み出す光の魔術も自然と得意になったんだって。それもそうか！

「じゃあ、最初から光の魔術はうまく使えていたんだね！」

「いや、そういうわけでもない」

何の気なしに言った言葉だったけど、返事は意外なものだった。思わず目を丸くして驚くと、ギルさんは苦笑を浮かべて当然だろう、と言う。

「誰しも最初というものはある。俺だって最初から魔術をうまく使えていたわけではない」

あ、そうか。ギルさんにも子ども時代があって、初めての魔術を使う瞬間があったのだ。それは当たり前のことだけど、なんだかそういう考えが抜け落ちていたよ。生まれつき強かったと言われても納得してしまうほど、今のギルさんは色々と完璧だから、つい。

「たくさん、たくさん、たーっくさん、努力したんだね」

だからこそ今があるんだ。ギルさんだけじゃなくて、他のみんなだってきっとそう。努力なくして今の強さはない。私も頑張らなきゃ。意気込んでいたところに、ギルさんの小さな呟きが落ちる。

「……そうしなければ、生きていけなかったからな」

スッと目を細めて遠くを見るギルさんは、なんだかいつもとは違う人のように見えた。別人みたいだ……。昔、嫌なことがあったのかな。あったんだろうな。戦争だってあった時代を生きているんだもん。

「平和じゃなかったから……？」

「それもあるが、俺の場合は家庭環境のせいだな。とはいえ、そんな思いをする子どもはあまりいないと思う。昔も今も、子どもが大事にされていたことに変わりはないからな」

それってギルさんは子どもの頃、大事にされてこなかった、ってこと……？　気のせいかな、なんだかとても重い過去を抱えているような、苦しい過去を乗り越えてきたような、そんな風に聞こえた。強くならなきゃ生きていけなかった、というほどの家庭環境だったってことでしょ？　絶対に軽い問題じゃないよね。そう思ったら声をかけることが出来なくなって、黙って俯くことしか出来なかった。

「ああ……すまない。昔のことだ」

そんな私の様子に気付いて、ギルさんはそっと私の頭を撫でながら目元を和らげてくれた。いつものギルさんだ。そんなに色々あったであろう過去を持ちながら、人を気遣えるギルさんはきっと、元々優しい人なんだと思う。

「今は、幸せ？」

「……そうだな。これを幸せと言えるのかもしれない」

優しいから、傷つきやすいんだ。誰よりも強くて、でも心は繊細(せんさい)。それなのに私ったら心配ばっかりかけている。思い返して頭を抱える思いだ。いつも守ってもらっているからこそ、私もギルさんを守りたい。こうしてギルさんの昔の話を聞くのは初めてだったけど、聞けて良かったって思うんだ。改めて、決意出来たからね！

「ギルさん。私、強くなるね。魔力をちゃんとコントロール出来るようになって、今の幸せを守りたい！」

決めたことは口に出す。出来れば誰かに聞いてもらう。こうして退路を塞(ふさ)ぐのだ。言霊(ことだま)って言葉もあるし、決意は表に出した方が叶いやすい気もするし！

「だから、シェルさんにちゃんとお願いする！　まずは自分の特殊体質がなんなのか、ちゃんと知っておかないと。自分を知ることって、大事でしょ？」

怖いだなんだと言っていられない。目の前に答えがあるなら、なんでもチャレンジするべきだ。

たぶん、危険なことではないし。たぶん。

「……メグは、眩しいな。眩しいほど、真っ直ぐだ」

「えへへ。見ていられない？」

褒め言葉がくすぐったくて、少し冗談めかして聞き返す。

「いや。……俺(影)には必要な光だ。お前が強いほど、俺も強くなれる」

そう言ってギルさんは私の頬に手を当てた。私の顔が半分以上隠れてしまいそうなほど大きくて温かな手。

「決して、目を逸らさない」

強い意志の込められたギルさんの黒い瞳は、私よりもずっと真っ直ぐに思えた。だから私も目を逸らさず、しっかりその気持ちを受け止める。

「じゃあ、余計に頑張らないと。見ていて、ギルさん。私、ちゃんとやってみせるから」

拳を握りしめて宣言すると、ギルさんは少し目を見開き、それからたぶん微笑んでくれた。マスクをしたままだからいつも以上にわかりにくいんだけどね。目を見てればわかるのだ。それからしばらく二人でのんびり星空を見上げて、ゆっくりとした時間を過ごした後、私たちは家へと戻って行った。

「もう遅い。寝る時間だぞ」

「はぁい」

部屋に戻るとすぐさまギルさんにそう言われてしまった。確かにその通りだし眠いんだけど、良き保護者っぷりに笑ってしまいそうになる。今日はもう遅いということで、シャワーは浴びず、生活魔術でスッキリ洗浄。一瞬で頭のてっぺんから足の先までさっぱり綺麗になるのは何度経験してもすごい。そして慣れない。やっぱりお風呂がいい。明日は入りたいな、なんて考えながら着替えをして、後は寝るだけ！　準備万端でベッドルームに向かうと、すでにベッドにはギルさんが座って待っていてくれた。マントを外しているからいつもより軽装に見える。なんだか新鮮。

「一緒に寝るんだろう？」

「そーだった！」

覚えていてくれたことに喜びを感じながらも、ちょっぴり恥ずかしくもあり。普段からスキンシップは多いけど、こうして一緒に寝るのは初めてだからやっぱりドキドキする。ギルさんが先に横になり、ポンポンとベッドを軽く叩(たた)いてくれたのでいそいそと潜り込む。私が横になったタイミングでふわりと布団をかけられた。

「ふおぉぉぉ……」

「どうした」

思わず変な声を上げてしまう。だって！　想像以上の心地好さだったから！　ギルさんに包まれ、布団に包まれ、なんだこの天国。最高か。

「すっごく、安心出来るなって。ギルさん、しゅごい」

噛んだ。久しぶりに噛んでしまった。でも仕方ない。それもこれも全てギルさんの癒し効果のせいなのだ。横になった瞬間、睡魔(すいま)が押し寄せてきたもん。そう、眠いのもある。噛むのは仕方ないのだ。

「ああ、俺がいる。何も心配することはない。だから安心して眠れ」

「あい……おやすみ、なさ……」

きっとギルさんは、眠らないんだろうな。数日に一回しか寝ないみたいだし、寝ても短時間で済むっぽいし。それにここはハイエルフの郷だ。警戒して眠るどころじゃないかもしれない。ほんの少しでも休んでくれたらなって思う。その時間をどうにか作ってあげたいな。ああ、でも今はもう頭が回らないや。睡魔に勝てない。私は思考を放棄して、瞼を閉じた。

翌朝、驚くほど目覚めが良かった。スッと覚醒してすぐにでも起き上がり、訓練だって出来そうなくらい清々しい目覚めだった。やっぱりハイエルフの郷の空気かな。あとは……。

「起きたのか」

「おはようございます！　ギルナンディオさん！」

隣にギルさんがずっといてくれたお蔭かも！　一日の最初に目にしたのがイケメンっていうのは最高ですね！　寝起きだというのに噛まずにギルさんの名前を呼べたのも嬉しい。

「ああ、おはよう。よく眠れたみたいだな」

「うん！　ギルさんのお蔭だよ」

ありがとう、と言いつつ朝のハグ。首元に抱きついたらすんなり受け止めて抱きしめ返してくれる信頼と実績のギルさんはやっぱり安心感ナンバーワンである。

「少し、外に出てくる。戻るまでに身支度を終わらせておくんだぞ」

「あ、一日二回のお約束の？　わかった！　全部終わらせて待ってるね」

私に心配させないようにきちんと約束を守ってくれるんだね。それなら、私も約束を守って全部終わらせて待っていないと！　ギルさんは私の頭を一撫ですると、マントを羽織ってフードを被り、マスクをしっかり上げて外へ出て行った。よぉし。私も早速、顔を洗ってこようっと。顔を洗って髪をササっと整える。今日は結ばずに下ろしたままだ。それに服も、以前マーラさんが贈ってくれたハイエルフの郷で作られたものである。実はこれを着るのは今日が初めて。だってなんだか美しすぎて、普段着にするにはもったいないなって思って。で、気付いたら今なのである。じゃあなんで今日着るのか、といえば。

「これなら、シェルさんも少しは認めてくれるかな……」

今日は私のお祖父ちゃんにあたるシェルさんに会おうと思っているからだ。緊張するぅ。嫌われているのはわかっているんだけど、今回はお願いをする立場にあるし、それならこちらから歩み寄るべきかなって。そんな考えからこの服を着ることに決めたのだ。髪を下ろしたのは、なんとなくである。姿見の前で全身チェックする。ここに住むハイエルフの皆さんとお揃いの衣装だ。全体的に白くてデザインも綺麗で、大人っぽい印象を受ける。だからこそ私に似合うのかっていう不安があるわけだけど。なんだか背伸びしているみたいでくすぐったくもある。裾(すそ)や袖も長い部分があってうっかり引きずっちゃいそう。でもギリギリのところで地面にはつかない長さなのはさすがだね。

「メグ、準備は出来ているか」

と、そこへドアをノックする音が。ギルさんが戻ってきたらしい。もちろん準備は万端だったのではーいと返事をしながらドアを開ける。

「ギルさんも、もういいの？」

昨日の夜に外に出ていた時間よりも短い気がしたからそう聞いたんだけど……。あれ？　反応がない。

「ギルさん？」

「あ、ああ。……問題ない」

どうしたんだろう、と思って目で訴えてみる。すると、それを察してくれたギルさんは納得したように軽く頷いて答えてくれた。

「その格好が、珍しいと思ってな」

「あ、これかぁ。今日初めて着てみたの。シュリエさんみたいでしょ？　変じゃないかなぁ」

「いや、よく似合っている。メグもエルフなんだな、と思っただけだ」

お褒めの言葉をいただけて一安心。でもエルフなんだな、って。普段ギルさんは私をなんだと思っているのか。ちょっと気になるところではあるけど今日は予定がある。早速、私たちは部屋の中でご飯の準備を始めた。朝食と昼食は各自で済ませることになっているからね！　とはいっても出来上がった料理を並べるだけなんだけど。オルトゥスの調理担当の方々からたっくさんいただいているのだ。チオ姉を筆頭に。この食事があるだけで寂しさが和らぐからとても助かる。ありがたや。

そして食事を終えたところで目的地へと出発します！　もちろん最初からシェルさんのところに行くわけではない。昨日ウィズさんが教えてくれたフィルジュピピィさんに話をしにいくのである。絶対防御が出来るという彼女。どんな人か楽しみである。

「おはよう。昨日の話のことだね？」

約束の時間にウィズさんの下へとやってきた私たち。ウィズさんは心得たとばかりにニコリと微笑む。すると、彼の背後からヒョコッと小柄な人影が飛び出した。

「わわっ！」

「うふっ、驚かせちゃったぁ？　ごめんね？」

ぴょこん、と私たちの前に現れたのは、銀髪ゆるふわツインテールのハイエルフさん。あ、この人が！

「メグちゃん、それからギルナンディオ？　私がフィルジュピピィよ。ウィズディアベイサムから聞いているわ。良かったらピピィって呼んでね」

「ピピィさん！　えっと、よろしくお願いしますっ」

ニコニコとご機嫌に微笑むピピィさんはなんというか、とっても若い印象を受けた。郷に来る度に見かけてはいたんだよね。可愛らしいハイエルフがいるなぁって。こうしてちゃんと話すのは初めてだったけど、見た目通り中身も可愛らしい人だってことがわかった。

「これからシェルの下に行くのよね？　で、心配だから護衛のために私の力が必要、と。合っている？」

「ああ。メグの特殊体質を調べてもらいたい」

「なぁるほど。それならシェルじゃなきゃ無理よね。よぉくわかったわ！　ピピィさんにまかせなさぁい！」

ギルさんが簡潔に目的を告げると、ピピィさんはトンッと胸を拳で叩いて得意げに笑った。でも見た目が可愛らしいから迫力はない。ううっ、本当に可愛いなこの人！

「でも、私の絶対防御は私自身と、あと一人分しか適用できないわ。しかも触れていないとダメ。

だからギルナンディオ、貴方は自分で身を守ってね」

「十分だ。助かる」

そっか、一応能力にも制限があるってことだね。そう納得していると、ウィズさんがクスクス笑いながら心配いらないよ、と口を挟む。え？　どういうこと？

「そんな能力、きっと使うこともないと思うよ。フィルジュピピィがいるだけで、族長には効果があるから」

まったく意味がわからない。ギルさんと顔を見合わせて二人して首を傾げてしまう。

「もう、人を化物みたいに言わないでくれる？」

ピピィさんはピピィさんで腰に手を当ててプンプンしているし。そ、そろそろ説明くださーい！

困惑しているのがわかったのだろう、ピピィさんは困ったように眉をハの字にさせて口を開いた。

「なんてことないのよ？　ただ、私がシェルの番だってだけ」

「え」

今、番って言った……？　えええぇぇぇぇぇっ⁉　絶叫しなかった私を誰か褒めてほしい。というか、驚きすぎてそれ以上の声が出なかったとも言えるけど。ふと横を見上げると、ギルさんも目を丸くしている。いや、待て。番がいてもおかしくはない、よね。うん、おかしくない。だってイェンナさんの父親がいるなら当然、母親だっているんだもん。当たり前の話だ。あ、え、え？　ちょっと待って。ということは、ピピィさんは私の……？

「つまり、私はメグちゃんのおばあちゃんってことね。あら、やぁだ！　おばあちゃんなのよね、私ったら！」

「お、おばあちゃ……⁉」

　この見た目年齢十代半ばの可愛らしい人が私の祖母……⁉　この世界へやってきて四十年ほど。もはや驚くことなんてないだろうってくらいには世界の常識に慣れてきたと思っていたけど……。甘かった。ここ最近で一番の驚きがここにあったよ。というか、もっと早くに教えてくれていてもよかったよね⁉

「なんだか気恥ずかしくって。タイミングもなかったから。でも、明かすのはもっと後になるかと思っていたの。意外と早く伝えられてよかったわぁ」

　ハイエルフ基準、きましたこれ。たまにこういう感覚の違いを覚えるけれど、いまだにこればかりは慣れないなぁ。はは、もういいか。今知れたわけだし。でも、さすがにおばあちゃんとは呼べないなぁ。シェルさんもおじいちゃんとは呼べないし。脳内ではたまに呼ぶけど。

「メグちゃんは、イェンナリエアルにそっくりだから。ここに来てくれた時はいつもこっそり眺めていたの。ふふ、あの子の幼い頃を思い出すわ」

　目を細めて私を見るピピィさんを見てハッとする。そうだ、この人は娘を亡くした母親でもあるんだよね……。すると、そんな顔しないで、と優しい声と手が上から降ってきた。

「あなた方には信じられないかもしれないけれど、ハイエルフにとって『死』は、祝事（いわいごと）でもあるのよ？」

「『死』が、お祝い？」

思いもよらない言葉にパッと顔を上げる。その先には穏やかに微笑むピピィさんの顔があった。可愛らしく見える彼女でも、この表情は落ち着きのある大人のそれだ。

「私たちは本当に永い時を生きるでしょ？　だから、果ての見えない人生に恐れを抱くこともあるの。だから、それを終わらせてくれる『死』は安息なのよ。だから残された者たちは、精一杯生きたね、自由になってね、って見送るの」

そっか。ハイエルフは長寿がゆえに、そんな思考が普通になっていったんだね。でも、私はやっぱり別れは悲しい気持ちばかりになっちゃいそうだけど。いつか、そんな風に思える日が来るのかなぁ？

「もちろん、いなくなれば寂しいわ。でも、それは早いか遅いかだけだもの。あの子はハイエルフにしては早かった、それだけのことなの」

早いか遅いか、か。それは、他の種族にも言えることだよね。寂しいのは一緒って聞いて、なんだかホッとした。

「シェルだって、あの子の死を悼(いた)んでないわけじゃないのよ？」

「だが、あの時は戸惑いもなく墓を破壊していたが……」

ピピィさんの言葉を信じたい気持ちはある。でも、ギルさんの言うようにあの光景を見ちゃったら、ねぇ？　すると、ピピィさんは得心がいったというように頷いた。

「確かに決していいとは言えない行動だったと思うわね。でもたぶんシェルは、あの子のお墓なんて必要ないと思っていたからなのよ」

「必要ない……？」

私が眉根を寄せて聞き返すと、だって、とピピィさんは少し吹き出しながら続きを告げてくれた。

「あのお転婆娘がハイエルフの郷にある墓になど、ずっといるわけがないだろう、って言うのよ。それを聞いて私も納得しちゃったんだぁ」

そう言いながらコロコロ笑うピピィさんを見た瞬間、イェンナさんはちゃんと愛されて育ったんだなって理解した。それは、シェルさんからも。イェンナさん本人には伝わらなかったかもしれないけれど。でも、その娘である私がそのことを知れて、本当に良かったって心の底から思った。

それから私たちは、さっそくシェルさんの家へと向かった。ピピィさんの後について行く間、私の心臓はバクバクと鳴りっぱなしである。そりゃあ緊張するよ！　話を聞いたことで、ある程度の誤解は払拭されたけど、やっぱり怖いイメージは拭いきれないんだもん。顔なんか見たくない、とか言われたらどうしよう。言われそう……！　それだけならまだいいとして、ハイエルフの郷から追い出されたりしないだろうか。そ、それは困る。そんな私の不安をよそに、ピピィさんは大丈夫よ、とコロコロ笑いながら迷いのない足取りで進む。あああ、待ってぇ！　でも、むしろ有無を言わせず連れられた方が私にとってはいいのかもしれないけど。ウジウジして時間が過ぎるよりよっぽどいいよね。

「さ、着いたわ。……あら？　今はいないみたいね」

郷の集落から少し離れた森の入り口付近に、シェルさんの家は建っていた。ピピィさんが遠慮もなくドアを開けてズンズンと入っていったけど、当のシェルさんは留守のようだ。なんとなくホッ。

「さては、来るのを察知して森の方に行ったわね。間違いない！　追うわよー！」

「えっ、あ、待ってー！」

拳を突き上げて森へと向かったピピィさんを慌てて追う。というか来るのを察知して逃げたとか、やっぱり避けられてるぅ！　軽くショックを受けているとポンと頭に手を乗せられる。ギルさんの手だ。

「大丈夫だ。まだ会えないと決まったわけではない」

そ、そうだよね。ネガティブになったらダメだ。それに、これくらいで諦めていちゃダメだよね。私、めげないっ！　決意を新たにしっかり顔を上げて小走りでピピィさんを追いかける。ギルさん？　歩いていますよ？　足の長さの差である。子どもだからだもん、普通より短いわけじゃないもん。だからちょっと抱き上げてやろうかな？　みたいな目でこっちを見なくていいの！　ギルさんっ！

せっせと小走ること数分ほど。私もまだ来たことのないその場所は、やたら大きな木が多い印象を受けた。その中でも一際立派な木に自然と目がいく。その雄大さに思わず息を呑む。大人が十人以上で手を繋いでようやく囲めるくらいの幹の太さだ。空気が一際澄んでいて、ここも泉と同じくらい清浄な地なんだと感じる。目的の人物は、その大樹の下に静かに立っていた。背中に流れる長い銀髪は少しの乱れもなくて、相変わらず隙(すき)のない佇(たたず)まいだ。私たちが来たってこと、絶対に気付いているだろうにそんな素振りを一切見せない。ハイエルフの族長であり私の祖父、シェルメルホルンはこちらに背を向けたまま真っ直ぐ大樹を見上げていた。

# 第2章・療養そして会場へ

# 1　本当の特殊体質

「シェル」

ピピィさんが名を呼ぶ。心を読めるというから、それだけでここへ来た目的なんかも全てお見通しなんだろうと思う。声に反応してシェルさんがゆっくりとこちらに向き直った。

「あ、あの……！」

お見通しとはいえ、これは私の問題。きちんと自分の口からお願いするべきだと思って声を出したんだけど、スッと出された手でそれを制されてしまった。

「来い」

そしてただ短く、それだけを告げられる。ほ、本当に言葉が足りない人だなぁ。戸惑ってギルさんやピピィさんの顔を交互に見てしまう。ギルさんは警戒心を隠そうともせずにシェルさんを睨み付けているし、ピピィさんは困った人ね！　と頬を膨らませているし……。えーっと、どうしよう？

「シェル！　少しは気を遣ったらどう？」

「ふん。用があるのはそっちだろう。なぜ私がそんな者どもに気を配らねばならない」

「もうっ、そういうとこよ⁉」

ピピィさんがキャンキャンと抗議をしているけれど、シェルさんの態度は変わらない。まぁ、この程度で変わるなら以前だって苦労してないよね。よし、決めた。

「メグっ⁉」

一歩踏み出した私を、ギルさんが慌てて呼ぶ。そんなギルさんに笑顔を向けながら私は一度振り返った。

「大丈夫だよ、ギルさん。信じているから、信じて？」

「！」

何かあれば助けてくれるって信じているし、私だってあの頃とは違うんだから。それに、本当に大丈夫だって気がするからね。そんな気持ちが伝わったのか、ギルさんは出そうとしていた手を引っ込め、軽く頷いてくれた。あの過保護なギルさんが！　少し感動である。とまぁ、それは置いておいて。私はすぐにクルッと前を向き、真っ直ぐシェルさんの前まで足を進めた。背後では、ピピィさんが番の私がいるのだから大丈夫ってギルさんに言ってくれている。ナイスフォローである。

「……お久しぶりです。シェルさん」

手が届くか届かないかの距離で立ち止まり、まずはご挨拶。きちんと目を見てそう言うと、シェルさんは眉間にシワを寄せた。そんなに嫌がらなくてもーっ！　いやいや、めげるな私。きちんとお願いしなきゃ。

「どうか、私の特殊体質を調べてくれませんか？」

多くを説明する必要がない、というのは正直なところ助かる。こうして単刀直入に頼めるからね。

しばらく見つめ合う私たち。ドキドキ。

「……目を閉じろ」

「ふえ？　あ、はい」

言葉少なにそう言われて変な声が出たものの、素直に言うことを聞く。初めて精霊が見えるようになった、シュリエさんに魔術をかけてもらった時も確か目を閉じて気を楽にしなさい、みたいなことを言われた覚えがあるからだ。たぶんそれと同じようなものだろう。

「……少しも疑わぬとは。馬鹿な子どもよ」

単純馬鹿と言いましたね？　くっ、事実だから言い返せない！　でも、きっとジュマ兄ほどじゃないと思うんだけどなー。それはどうでもいいか。おそらくこの思考も読んだのだろう、シェルさんがため息を吐いた。なんかすみません。直後、ブワッと私を風が包み込んだ。シェルさんの自然魔術だ。シュリエさんの時はふんわりとした優しい風だったけど、この風はなんというか、不馴れなのかな、という印象を受けた。そう、加減の仕方に慣れていないだけって感じかな。乱暴な気配は感じないから。それが伝わってなんだかほっこり癒される。あっ、舌打ちしないでシェルさんっ。余計なことを考えてごめんなさいってば。

そうこうしている間に、風がスッと収まる。どうやら特殊体質は調べ終えたらしい。恐る恐る目を開けると、そこには軽く目を見開くシェルさんの顔。え、え、何？

「……夢渡りだ」

「夢、渡り……？」

そしてやっぱり簡潔にそれだけを告げる。ピピィさんがまさか、と小さな声を漏らした。

「あ、あの。夢渡りって、どんな能力なんですか？」

聞くのが怖い気もするけど、教えてもらうなら今しかない。もちろんあとで自分でも調べてみるけど、情報は多い方がいいからね。ジッと見つめて待っていると、シェルさんは眉間のシワを深めてからまたため息を吐いた。よ、読まれている……！

「そのままだ。夢を通じてあらゆる物事を視ることが出来る。過去も未来も、人の夢をも渡り、視て、干渉出来る。予知夢、過去夢などの上位能力だ」

「上位……？」

「未来しか視られぬ予知夢より優れた能力ということだ。そんなこともわからぬのか」

い、いちいちトゲが刺さるぅ。しかも軽くイェンナさんの予知夢能力をディスっている。それも十分すごい能力だからね？　でも、夢渡りか。それにしては……。

「眠っていない時も、その、視るんですけど……」

そうなのだ。普通に生活している中で、突然視えてくることも多いのである。夢って寝ている時に見るものだよね？　そう思ったから聞いたんだけど、ものすごく大きくて長いため息を吐かれてしまった。ため息、吐きすぎだよぅ。

「夢を渡る能力なのだから、術者が眠っている必要はないであろう。いつでもどんな時でも渡れるから夢渡りだ。眠っている間の方が視やすくはあるだろうがな」

あ、そういうこと？　ちなみに予知夢や過去夢も、起きている時に視ることはあるのだそうだ。

言われてみればこれまでもそうだったじゃないか。そりゃ長いため息も吐くよね。すみません。

「これは、予想以上にすごい特殊体質を持っていたわね……メグちゃん」

「え？　でも、結局はこれまでとそこまで変わらないですよね？　視られるものが増えただけで……」

むしろ増えたおかげでどれがなんの夢なのか判断に困るんだけど。未来なら未来だってわかっていた方が私としては楽だなー、なんて思う。しかし、それがあまりにも呑気すぎる考えだということは続く説明ですぐに思い知らされた。

「同じなものですか！　いい？　視るだけではなくて、干渉出来るのよ？　それはつまり、過去や未来、人の精神にまで影響を及ぼしかねないということなの」

「え……」

えっと、だから、どういうことかっていうと。過去も、未来も、私の行動一つで変えてしまえる、ということ？　それって、人の生き死にも影響がある、よね……？　それに精神？　夢、だもんね。一歩間違えれば夢の主の精神を壊してしまうことも出来るって、そういう、こと……？　な、何それ。怖い。能力の恐ろしさに気付いた私は、同時にあることを思い出してサァッと血の気が引くのを感じた。

「あ、わ、私……この前、夢で、人の肩に手を触れて……」

そうだよ。父様の夢だったんだ、あれは。父様の過去の夢。何の気なしに触ってしまった父様の肩。ただ心配で、励ましたかっただけだったけど、もしそのちょっとの行動が今の父様に影響を与

えていたとしたら？　それが良い方向ならまだいいとして、今もなお苦しみ続ける結果になってい
たとしたら？　何が何にどう作用するのかわからないんだから。
「あ……どう、しよう」
手が震える。違う、全身が震えているんだ。ただでさえ多すぎる、そして今もどんどん増え続け
る魔力。それに加えてこんな恐ろしい特殊体質まで持っている。何それ。私、その気になったら
……。人を、世界さえも、グチャグチャにしてしまえるじゃないか。

――自分が、怖い。

「メグっ!!」
ギルさんの焦ったような叫び声が聞こえた。ダメだ。このままじゃ自我を保てない。それが直感
的にわかった。そうか、今までこんな感じで意識を飛ばしていたんだな。初めてそれが理解できて、
余計に怖くなる。ハイエルフの郷にいるのに。しかもここは特に清浄な地なのにどうして制御出来
ないんだろう？　ああ、今はそんなことどうでもいい。なんとかしなきゃ、なんとか……。
「解き放て」
シェルさんの声が聞こえた。え、解き放つ？　こ、これを？　この荒れ狂う魔力を？　さすがに
そんなことをしたら、この辺り一帯が大変になるだろうことがわかるよ。そんなのダメ！　抑えな
きゃ……！

「抑えるなと言っている。さっさと放て」

なのに、シェルさんはいいから魔力を解放しろと言う。なんで？　どうしてそんなことを？

「何をっ……!?」

ギルさんの制止の声も聞こえてきた。やっぱりそうだよね。あまりにも危険だ。

「ふん、虫ケラが意見をしてくるな」

「……メグに、何をさせる気だ」

ギルさんの魔力が膨らむのがわかった。敵意を隠そうともせずにシェルさんに向けている。だというのに、シェルさんは余裕の表情でそんなギルさんを一瞥(いちべつ)し、鼻で笑った。

「こんな子どもの魔力くらい、私が抑えられないと思っているのか。馬鹿馬鹿しい」

え、今、なんて……？　つまり、シェルさんは私を……。

「余計なことを考えるな。貴様らの足りない脳はハナから当てになどしていない。さっさと解放せよ」

助けようと、してくれている？　溢れそうな魔力に苦しむ中、チラッとピピィさんを見る。すると、彼女は神妙な面持ちで力強く頷いてくれた。ギルさんは……苦虫を噛み潰したかのような顔になってはいるけど、意図を理解したみたいだ。軽く頷いてくれている。……信じてみよう。シェルさんを。私は肩の力を抜いた。魔力の解放は簡単なものだった。抑えようと我慢しなくていいっていうのはこんなにも楽なんだ。ギュウギュウに押し込めていた荷物が鞄の中から一気にドーンと飛び出す感覚っていうのかな。もういいやー、っていう諦めの気持ちが私の心を軽くしてくれたのだ。

もちろん、ドーンと飛び出したのは私の膨大な魔力なので、そんな生温(なまぬる)い状況ではない。身体からどんどん魔力が抜けていく。でも全く心配にはならない。それだけ、私の抱えていた魔力量は半端なかったってことである。こわっ。そして飛び出した魔力はどうなっているのかというと……。

「ここまでの竜巻を見るのは久しぶりねー。シェルが生み出した物より立派じゃなぁい？」

「……黙らせるぞ、ピピィ」

「あらあら、ごめんなさーい」

シェルさんの自然魔術の補助によって見事な竜巻へと姿を変えておりました。大樹の倍くらいの大きさにまで膨らんでいるその竜巻は、周囲の木々を少し巻き込んではいるものの、それ以上の被害を出すことなく真っ直ぐ上空へと昇っていく。ひぇっ、災害ってレベルじゃないよ、これ。これを作り出しているのは私の魔力なわけだけど。ピピィさんの呑気なセリフに救われる思いだ。

そうこうしている間に身体が随分楽になってきたように思う。目の前で街が二つ三つ壊滅しそうな竜巻を見続けていた時間は、体感で五分くらいだろうか。自分の魔力で作り出したものって考えると恐ろしいけど、それを抑えてくれる存在がいるっていうのが私を冷静にさせてくれていたと思う。なにより、最後まで自我を失うことがなかったっていうのが自信になったかも。まぁ、それはこの場所の環境が大きかったと思うけど。

「は、ふぅぅぅ……」

魔力の放出をプツンと切ると同時に、ヘナヘナとその場に座り込んだ。身体は楽になったけど、精神的に疲れたのだ。そのままぼんやりと徐々に勢いがなくなっていく竜巻を見つめていると、すぐにギルさんが駆けつけてくれた。

「メグ、大丈夫か」

心配そうな顔でそう聞いてくるギルさんを安心させようと、笑顔を心がけた。でもたぶん、へんにゃりとした緊張感のない顔になっている気がする。

「大丈夫。すごく、楽になったよ。ちょっと気持ち的に疲れただけ」

「っ、そうか」

ギルさんは、少しだけ言葉を詰まらせた。もしかして、自分は何も出来なかった、とか思っているんじゃないかな？　わかるよ、私もよくそうやって自己嫌悪になるもん。

「だから、もう少しだけ抱っこしていてもらってもいいかなぁ？」

だから私はギルさんに、頼りにしているよ、ギルさんがいると安心出来るよ、必要だよって、ちゃんと伝えるのだ。適材適所。この言葉は嫌というほど身に沁みているからね！

「……お安い御用(ごよう)だ」

そう、ギルさんのその優しく微笑む顔の方が、私は好きなんだから。

さて、気持ちが少し落ち着いたところで私はギルさんから下りてとっとこシェルさんに駆け寄った。

「あの、ありがとうございました！」

目の前に辿り着いてすぐ、私はシュバッと頭を下げた。本当に助かったんだもん。長年の肩凝り(かたこ)が解消したかのようなスッキリ具合だし。そんな経験はないからわからないけど。

「十日後」

「えっ？」

頭を下げた私の頭上でそんな一言が聞こえたから慌てて身体を起こして聞き返す。でも、シェルさんはそのままスタスタと家の方へ向かって足早に去ってしまった。え？　え？

「本当に言葉が足りないんだから。ごめんね、メグちゃん。通訳するから」

戸惑っている私の下へ、苦笑を浮かべたピピィさんが助け船を出してくれる。どうやら、十日後にまたここへ来て、魔力の解放をしろ、ということらしい。わかりにくい！

「でも、そっか。また溢れちゃうんだ……」

これだけ魔力を放出したのに、十日後には戻ってしまうんだ。つまり、根本的な解決にはなっていないってことである。そりゃそうだよね。ガックリ。

「だが、これで大会には出られる。放出後、二、三日は安定するだろうからな」

「そっか！　やったぁ！　約束が守れるっ」

懸念事項が一つ解決したのは素直に嬉しい。それに、解決方法がないわけじゃないんだもんね。お父さんがそのうち教えてくれるはずだ。夢渡りの能力も、魔力の暴走も、きっとなんとかなる。あの時、夢の中で触れてしまった父様の肩だって。……普通に考えて、あの夢は父様の夢だったとみて間違いないはず。相手が父様なら、もし何か影響があったとしても大丈夫だ。きっと！

「ギルさん」

「む？」

とはいえ、やっぱり少し心配だからね。念には念を入れないと。

「魔王城と連絡、とれるかな……？　ちょっと、父様に確認したいことがあって……」

距離的には問題ないと思うんだけど、大会の準備以外で手を煩わせることにちょっぴり罪悪感がある。でも、頼っていいって言われたし！　ネガティブにはならないぞっ！

「問題ない。魔王と繋げればいいんだな？」

くしゃりと私の頭を撫でながら快諾してくれるギルさんに、そう答えてくれるってわかってはいたけど嬉しかった。えへへ、ギルさんにダーイブ！　はぁ、ギルさんテラピーは最高である。

「仲が良いのねー。なるほど、シェルが不機嫌になるわけだわ」

「？　シェルさんは仲良しなのを見るのが好きじゃないのかな？」

あんまり人と仲良しこよしするタイプの人じゃなさそうだもんね。むしろ一人が好きそう。私みたいな甘ったれなお子さまは嫌なんだろうなぁ。ごめんね、でも甘ったれは社畜生活の反動と甘やかされる日々のおかげで直りそうもない。許して。

「うーん、そういうわけじゃないんだけど。ま、いいわ」

あれ？　違うの？　シェルさんは謎の多いお人だわ。うむむ。

魔力放出のお蔭で精神的に疲れた、というのもあって、私たちは自分たちの部屋に戻ってきた。そして私は今、収納ブレスレットから出したソファーに座り、ブランケットをかけ、影鷲ぬいぐるみを抱っこしながらギルさんの淹れてくれたお茶を飲んでいるところである。なんて贅沢な。

「俺の淹れた茶はそんなに美味くはないだろうが……」

いやいやいや！　ここまであれこれしてくれて文句なんか一つもないからね？　それに、とっても美味しいし！　……味の違いがわからないだけかもしれないけど、そこは置いておく。

「昼食後に魔王と連絡をとろう。急ぎではないんだろう？」

「うん！　それで平気。ギルさんも、やることがあるんだよね？」

ハイエルフの郷からは出ないとはいえ、ギルさんだって大会準備でやらなきゃいけないことがあるのだ。私は今日、もうどこかに行く予定もないからぜひ仕事を進めていただきたい。

「ああ、すまない。部屋の近くにはいるから、何かあれば呼べ」

「うん。ギルさん、お仕事頑張ってね」

まったりと寛ぎながら言うような言葉じゃないな。すみません。ギルさんはフッと目元を和らげて私の頭を一撫でするると、フードとマスクをしっかり着用して外へと出て行った。仕事スイッチの入ったギルさんはやはりかっこいい。出来る男は切り替えもうまい。さすがである。

「……お昼寝するには早いよね」

そして一人ポツンと取り残された私はどう暇を潰そうか悩む。何もしないでぼんやりしていたら、ネガティブな思考にならないとも限らないからね。せっかくなので、ここに来る前にオルトゥスで借りてきた本を読むことにしようと決め、収納ブレスレットから本を出し、のんびりと読書の時間を楽しんだ。なんだかこうしてまったりと過ごすのは久しぶりーっ！


【フィルジュピピィ】

ゆっくりと部屋へと戻っていくメグとギルナンディオの背中を見送り、私はふぅと胸を撫で下ろす。ほら、私の能力なんかなくても大丈夫だったでしょ？　と小さく呟いたけれど、ま、聞こえてないわよね。わざわざ伝えるべきことでもないし。さ、私は私の愛する番の下へと行きましょうかねー。とんでもなく不器用な、あの人の下へ。

「シェル」

彼の部屋へやってきて、軽く三回ノック。それからドアを開けて彼の名を呼びながら中へ入る。これがいつもの行動パターン。シェルはお決まりのパターンというものを変えることを極端に嫌がる。本当は部屋に入る前から私だって気付いていたとしても、これをやることで落ち着くみたいなのよね。私も無駄に彼の気を荒立たせたいわけではないし、この程度で落ち着いてくれるなら、って喜んでやるけど！

「返事くらい、してくれてもいいと思うんだけどー！」

そうよ、ここまでしているんだから、そのくらいしたらどうなのよ。思わず頬を膨らませてしまうわ。だというのに素っ気なくお気に入りの革製ソファーに座っているものだから、私は後ろから彼の背にのし掛かった。

「重い」

「そんなこと微塵（みじん）も思っていないくせにー」

知っているんだから。その一言が照れ隠しだって。もう、番同士なんだから、変な意地張ったって意味ないわよーっだ。貴方が私の考えを読めるように、私にだって貴方の気持ちがなんとなく伝わってくるんだもの。番なんだから当然のことよ。

「聞かせてくれるわね？　メグのこと」

　そのままスルリとシェルの膝の上に横座りになると、シェルはいつも以上に眉間にシワを寄せた。あらあら、うふふ。照れちゃってかぁわいい。あ、ごめんなさいってば。真面目に聞くから本気の魔力を練るのはやめてっ。

「始まりのハイエルフと一緒よね？　……夢渡りは」

「……それがどうした」

　シェルの膝の上で、彼のやたらサラサラな銀髪を手にとり、三つ編みにしながら私は言葉を続ける。ついついやっちゃうのよね、これ。

「強力すぎて、その力をほとんど使うことなく生涯を終えた始まりのハイエルフ。神という地位から落とされた最初の人物よねー？　それはつまり、元神ってことでしょ？」

「だからそれがなんだというのだ」

　そんな大昔のこと、今となってはどうでもいいといえばどうでもいいことだけど。何が言いたいかはわかっているくせに。素直じゃないんだから。

「神に、戻る可能性があるじゃない。メグなら」

　気付いているんでしょ？　貴方よりも魔力が多くなるだろう未来がくることに。人々から好かれ、力もあって、魔物も統べることが出来る存在。まだ子どもだというのにあれだけの可能性と力を持っているのだから、考えたことがないはずがない。一度はそれを狙って、あの子を手に入れようとしていたんだから。

「ふん。……すでに興味はない」

「それは知ってる。でも考えはしたんでしょー？」

正直なところ、あり得ない話ではないと私は思ってる。メグは、いつか神にさえなれるって。それはこの人の長年の夢でもあった。けど、本人も言うように今はそんなことカケラも思ってないみたいだけど。

「その始まりのハイエルフは、人として生きることを選択した愚か者の方だ」

「あ、そっかー。神に戻ろうと足掻いた方ではなかったわねー、そういえば」

だから、メグも神になることはないだろうってそう言いたいのね。始まりのハイエルフは二人いる。一人はハイエルフの始祖で、神に戻ろうと足掻いた者。もう一人はエルフの始祖で、夢渡りの能力を持つ者となったわ。ただ、どちらがより神としての力を持っていたかっていうと、後者なのよねー。いくら力があっても、最後はその意思が物を言う。だからこそ、足掻いたハイエルフの始祖はもう片方を激しく嫌悪したのよね。言い伝えとして聞いたことがある。足掻いた方がもう片方を気に入らない気持ち、わからないでもないわ。

それにしてもこの関係ってまるで、シェルとメグの関係のよう。祖父と孫という立場といい、能力といい、まるで一緒。性別まではわからないけれど。これって、偶然……？

「でも、貴方はメグに対して嫌悪感は持っていないでしょ？」

「役立たずだと思っていた子どもが力を開花させつつある、ただそれだけの話に嫌悪も好感も何もない」

「そういうことにしといてあげる」

始まりのハイエルフたちは、意見が正反対すぎて対立し合った。互いに互いを大切な存在だと思っていたからこそ、裏切られたという気持ちが強かったんじゃないかなって私は思ってる。どうしてわかってくれないのかって意見を主張し合って……。人間臭いったらないわねー。この昔話を聞く度にそう思ったっけ。一歩間違っていれば、シェルとメグも対立していたかもしれない。でもそうはならなかったのはたぶん、メグの存在のおかげよね。シェルはハイエルフの始祖と同様にメグに固執（こしつ）して意見を押し付けようとしていたけれど、メグはエルフの始祖のように相手のことを諦め、存在を無視することはしなかった。ちゃんと意思を主張し、相手を思いやり続けた。その違いは大きい。おかげで二人の関係は良好とはいかないまでも、険悪になることがなかったもの。安心だってした。……それなのに。

「シェル。私ね、結局は辿る道が同じになるっていうのが、不気味だって思うの……」

始まりのハイエルフ。彼らが仲違いしたことで当時、世界を巻き込む戦が起きた。それは二百年ほどにも及び、そして終結する。そんな荒れ狂う魔力の中で生まれた者たちがいた。魔物と、そこから進化を遂げた亜人たちのことね。魔物や亜人たちは生まれたばかりで、当時は自我を失うことも多かった。今も、魔物型になった亜人が理性を保てなくなりがちなのはその名残。だからそれらを統率し、魔大陸の実質トップとして君臨（くんりん）する者が必要だった。それが、魔王。人は変わっても、その存在はずっと受け継がれ続けているのよね。

「メグは次期魔王でしょ……？　運命ってものが本当にあるのかなって思っちゃう。だから、じきに何か大きなことが起こるような気がして、怖いの」

　初代魔王として立った者が、夢渡りの特殊体質を持つエルフの始祖だったなんて、私たちハイエルフ以外に知るものはいないでしょうけど。

「起きた時に考えれば良い」

　未来に怯(おび)える私に、シェルはスルッとわたしの頬を一撫でしてから私を膝から下ろし、立ち上がった。

「未来など、今の積み重ねでしかない。予知出来ようが、己の意思と行動一つで変わるもの」

「今を積み重ねていけば、良い方向へと導(みちび)ける？」

「ふん。醜(みにく)く、足掻くまで」

　ずっと足掻き続けてきた彼だからこそ言える言葉だと思ったわ。彼は、ただ先祖の思いを証明したかったのよね。自分が神へと戻れば、ハイエルフ始祖がどうして神に戻りたかったのかを示せるんじゃないかって。理想だけを押し付け合うから意見が分かれたんだって。ならば結果を見せれば、何か変わるんじゃないかって。ただ、家族の和解を望んでいたのよね。ハイエルフの仕来(しきた)りに反発していたイェンナに、少しでもわかってもらいたかった。結果として、シェルも理想を押し付けただけになってしまったけれど。がむしゃらに突っ走る貴方を見ているのは正直、辛かった。私はそんな貴方を救いたかった。二人の間に立つ者として、たくさん会話をしたわ。だけど番として、シェルの側に立ってしまったことでイェンナはどんどん離れていった。上手くいかなくて歯痒(はがゆ)い思いをずっとしてきたのよ。そして、いつの日か諦めてしまった。それは、私にも迷いがあったからだって今ならわかる。これでいいの？　自分のしていることは合っているのかって。だから、メグが迷いのない真っ直ぐな目で彼を見てくれたことに、深く感謝しているの。愛情をたっぷり受けて育った、愛に溢れたあの子だからこそ、成し得たんじゃないかな？　シェルに、今目の前にある家族の大切さを気付かせることを。

「私も足掻くわ！　私たちの大切な孫だものー。あの子には誰よりも幸せな道を歩んでほしいし！ね、シェルもそう思うから助けたのでしょ？　足掻こうと思ってくれているのでしょー？」

シェルは私の言葉に返事をしない。ふふっ、わかっていたけどねー。ここまで直球の言葉を投げ掛けられると戸惑って声が出なくなること。そのまま寝室にいってバタンとドアを閉めたことからも、否定の気持ちはないんだってことがわかる。はーあ、メグやギルナンディオには、彼の真意は伝わらないでしょうねー。私が伝えてもいいけど、それは何か違う気がするし。一番は気付いてもらうことだけど……。うん、メグならいつか気付くかもしれない。人の気持ちの変化に敏感だから。期待しましょっと！

さて、と。シェルの意思確認が済んだところで、今後の対策について頭を悩ませてみようかしらねー。最終的には本人に頑張ってもらうしかないのが歯痒いのだけど！　それに、魔王やオルトゥスの頭領も対策をすでに打っているみたいだから、せいぜいメグの魔力暴走の被害を最小限に抑えるってくらいしか役目はなさそう。

「闘技大会は持つかしら。準備には時間がかかるし、彼らの対策に賭けるしかないわね」

マーラにもまた相談しないといけないわね。今は忙しいでしょうけど大会よりなによりメグの方が大事よっ。これまでもウィズの千里眼でメグの様子をたまに見てもらって、その情報を彼女に伝えていたおかげで、メグをここに来させることが出来たんだもの。引き続き裏で手を回してもらわなきゃ。もちろん、誰にも内緒で。あら？　これが孫を思うおばあちゃんの気持ちってやつかしら。なんでもしてあげたくなっちゃう。……顔も見たくなってきたわねー。今度、お風呂にでも誘っちゃおうかな。せっかく私がおばあちゃんだって知ってもらったんだもの。触れ合ってもいいわよね！　うふっ、楽しみねー！

【メグ】

読書に勤しんでいると時間はあっという間に過ぎていく。ぐぅ、というお腹の虫の音でハッと顔を上げた。おぉ、正確な腹時計ですね……！　ギルさんは、まだ帰ってくる気配がない。よし、それなら戻ってくる前にご飯の準備をしちゃおう。

「サンドイッチ、作ろうかな」

ギルさんは、毎食食べる必要がない亜人さんだ。一週間くらいは寝なくても平気でもある。まぁ、成人した亜人は大体みんなそうだというけど、せっかくなら一緒に食べたいのでギルさんの分も用意します。元々、オルトゥスのルールで出来るだけ食事を摂る、三日に一度は寝る、っていう変なルールがあるしね。もちろん、私は当たり前のように一日三食で毎晩寝ているよ。身に染み付いたこの習慣は変えられないよね、なかなか。お子様だからってだけではないのだ。というわけで、準備開始！　おにぎりやサンドイッチといった簡単なものなら私でも作れるからね！　早速、収納ブレスレットのウィンドーを開いて材料の確認だ。その中からいくつか選び、キッチンに立ってサンドイッチを作り始める。基本的に中身は出来ているものを使います。チオ姉や他の調理担当の人が作ってくれたものを、ハイエルフの郷に来る前にたくさん持たせてくれたからね。完成品を持たせないあたり、私の気持ちをよく理解してくれている。だって、ちょっとでも自分で作ったって言いたいんだもん！　まるで子どもみたいだ。子どもだけど。フンフンと鼻唄を歌いながらどんどんパンに挟んでいく。パンも三種類あるから選ぶのも楽しい！　クロワッサンのようなパンにはハム、チーズ、レタスのサンドと玉子サラダのサンド。食パンではカツサンド。ふわふわで真っ白なパンにはシュベリーのジャムサンドと生クリームとナババのサンド。どのパンにはどの具が合う、とか詳しいことはわからないけど、個人的な好みで挟んでみた。見た目も綺麗だしなかなかの出来栄えではなかろうか。

「……作り過ぎた、かも？」

つい楽しくなって調子に乗りました。私が食べられるのは頑張って三つである。胃の小ささが恨めしい。ま、余ったらまた収納しておけばいいか。時間の経過を気にしなくてもいい収納、本当に便利すぎる。

「すまない。遅くなった」

「ギルさん！　おかえりなさーい！」

そこへ、タイミング良くギルさんが帰ってきた。ちょっと焦ったような様子だ。遅くなったのを気にしているのかな。しかしノープロブレムである！　すぐに顔を向けると、ギルさんは驚いたような顔でこちらを見ていた。ふふーん、美味しそうでしょ。両手を腰に当てて胸を張ってみる。

「すごくいいタイミングだったよ！　上手に出来たでしょ？」

「ああ、美味そうだ。メグが用意してくれたのか」

ギルさんはそう言いながらマスクを下げ、微笑みながら頭を撫でてくれた。えへへ。用意した甲斐がありました！　すぐにサンドイッチをお皿に載せてテーブルに運ぶ。ギルさんも手伝ってくれたよ！

「今度は、私がお茶を淹れるね！」

「いいのか」

「さっきは淹れてもらったもん。美味しく淹れられるようになりたいし、そのためには練習だってチオ姉も言っていたから。その、練習台にしているみたいで申し訳ないんだけど……」

要は初心者の淹れる、特別美味しいわけでもないお茶を飲ませるってことだからね。いや、そんなに不味くはならないはず、たぶん。自信のなさが表れて、後半は尻すぼみになってしまった。

「メグが淹れてくれるんだ。喜んで練習台になろう」

イッケメーン!!　なんか最近、ケイさんみたいなこと言うようになってない!?　破壊力がすごいんですけど！　ケイさんは息をするようにサラッとイケメン発言をするから慣れてきたけど、ギルさんは口数が少ないこともあってその効果は抜群だ。ハートを撃ち抜かれた。ときめいた。おかげでポットにお湯を入れる手が震えるじゃないか。い、いつもはもっと上手に出来るんだよ？　だから頬杖ついて凝視しないで。そこのイケメンさんや。

どうにかこうにかお茶も淹れ終えたところでようやくランチタイム！　サンドイッチもお茶も美味しいと言いながら食べてくれたギルさんは優しさの権化かと思ったよ。将来、いい旦那さんになりそう。お嫁さんになる人は幸せ者だなー。ちなみに、作り過ぎたかな、という心配はなんのその。ほとんどギルさんが食べてくれた。いっぱい食べるよねぇ。羨ましいことである。私はやっぱり全種類は食べきれなかったので、玉子サラダサンドとジャムサンドだけはキープしておいた。せっかく作ったんだもん。全部味わいたいじゃない？　いつかの楽しみにしておこうっと。こうして溜まっていく食料ストック。食べたいものがこの世界に溢れているのが悪い。幸せな悩みである。

「魔王に連絡するか？」

食休みを挟んだところで、ギルさんが切り出してくれた。私はすかさずお願いします、と頭を下げる。お仕事とは別で連絡してくれるわけだし、こういうところではきちんとお礼を言わないとね。毎回のこととはいえ律儀だな、と苦笑を浮かべられてもやめませんよ！　親しき仲にも礼儀あり！早速ギルさんは影鳥ちゃんを出して魔王城にいる父様の下まで飛ばしてくれた。仕事もあるだろうし、もしかするとすぐには話せないかもしれないな、本の続きでも読んで待ってようかな、などと思っていたんだけど杞憂でした。ものの数十秒後に父様からの応答があったのである。早っ。

『メグが！　我と！　話したいだと!?　我も話したいぞ！　メグ！』

……これ、仕事を放り投げていたりしないよね？　あり得る。そうだったらクロンさん、ごめんなさい。宰相さんや父様の下で働く皆様もほんっとすみません。居た堪れない気持ちになりつつも、すぐに伝えられそうで安心したっていうのが本音ではある。

「父様、こんにちは！　今、お話しても平気？」

『ああ、メグよ。もちろんであるぞ。メグとの話は何よりも優先すべき事項だ。案ずることはない』

いや、案ずるよ。その一言でめちゃくちゃ案じたからね？　まぁいい。この人はいつもこうだし、予想は出来ていた。それなら私のすべきことはひとつ。さっさと用件を話して、すぐにお仕事に戻ってもらおう。

「あのね、変なことを聞くかもしれないんだけど……」

『変なことでもどんなことでも聞くぞ！』

食い気味だ。ギルさんも額に手を当てている。父様の気持ちはわかるけど先に進めるからね！結構、真剣な話なんだから。

「父様。最近、夢を見なかった？　えっと、その、昔の夢を。魔力が暴走していた頃の……」

『っ⁉』

影鳥ちゃん越しに、父様が息を呑んだのがわかった。図星、かな？　これだけを聞かされても不審にしか思わないだろうと思って、私はそのまま簡単に説明をした。私の特殊体質が夢渡りというものだったこと、少し前にその夢の中に私も入ってしまったことなどだ。

「私、人の夢に入り込んでいたなんて知らなくて……。えっと、夢の中で父様の肩に手を置いちゃったの。それって夢を弄ったことになったのかなって。それで……」

相変わらずあんまりうまく説明出来ないな、私ってやつは！　それでもちゃんと話は伝わったようで、影鳥ちゃんの向こうから父様が優しい声で私の名前を呼んでくれた。

『メグ。メグ、大丈夫であるぞ。そうか、あの手はメグのものだったのだな……』

あの手は？　ということはやっぱり……！

「ご、ごめんなさいっ！　やっぱり私、父様の夢に勝手に……っ」

『ああ、落ち着くのだ、メグ。最初に言ったであろう？　大丈夫だと』

取り乱しそうになる私を、父様の声とギルさんの背を撫でる手が落ち着かせてくれた。そ、そうだ、大丈夫って言ってくれていたよね。深呼吸だ。慌てちゃダメ。こうしてちょっとしたことで心が乱されるのも、魔力が不安定なせいなんだ。何かのせいに出来るって、随分と気が楽になるな。

原因がわかるというだけで安心材料になるみたい。ふぅ。

『確かにメグの言うように、我は少し前に過去の夢を見た。そして、肩に手を置かれたのも覚えている』

「そっか……。本当に私は、夢に干渉出来るんだね。これからはもっと気をつけなきゃ」

今はもう危険性を理解しているから、気を付けられる。大事なのはこれからどうするか、だよね。そう、これから注意していけばいい。この程度で済んで良かったって思わないとね。父様には申し訳ないけれど。

『実はな、その夢はこれまでにも何度か見たことのある夢であった。だが、肩に手を置かれたのは初めてだったのだ。だからこそ、特に印象に残っておる。だが、勘違いをしてはならぬぞ？』

「勘違い？」

あの夢を、何度も見ているんだっていうのも衝撃だったし、初めてその夢を変化させてしまったという事実にヒヤッともした。だって、あれは父様にとっては悪夢のはず。夢ではあるけど実際に起きた、過去の苦しくて仕方なかった時の記憶だもん。そんな父様にとって重要な夢に関わってしまったというのは、やっぱり大事なのでは⁉　ってどうしても思ってしまう。

『救われたのだぞ、我は。これまではあの夢を見た後、暫くは心が落ち着かなかったのだ。だが、手を置かれた日の朝はとても心が温かかったのだ。恐怖も、苦しみも、あの手の温もりが全て消し去ってくれた』

救われた……？　私の、軽率な行動で？

『だからな、メグ。我はその手の持ち主に感謝していた。それが、今その手の持ち主を知ることが出来たのだぞ？　それも、最愛の娘であったと。これほど嬉しいことはない』

ありがとう、という父様の声。直接お礼が言えるとは思わなかったと朗らかに笑っている。それを聞いて私は……。思わず、一粒の涙を溢してしまった。だって、夢に入って干渉出来るという私のこの力は、恐ろしいものだって思ってた。悪意がなくても人を精神的に攻撃する可能性があるのだから。でも、父様は私に肩を触れられて、救われたって言ってくれた。そっか、救うことも出来るんだ。それが知れて胸がいっぱいになったのだ。

「っ、よかった……父様に、何もなくて……！」

何より、父様が無事だったことに心底ホッとした。平気だってわかっていたよ？　何かあったとしても、父様なら大丈夫だって。でも、やっぱり父親だもん。娘の私が無意識だろうがなんだろうが、攻撃してしまうなんて罪悪感で押し潰されそうだ。強いのは重々承知しているんだけどっ！

気持ち的な問題である。

『メグ、心配してくれたのだな。くっ、娘が愛おしいぞ……！　今すぐ抱き上げたいっ』

そこへきて通常モードなその声を聞いて思わずクスッと笑ってしまう。ああ、良かった。本当に良かった。

『それにしても夢の中にメグが現れてくれるとは、幸せ過ぎる能力だな！　我は滅多に眠らぬ上に夢もほとんど見ないが、たまに見る夢にメグがいるなら眠るのも良いな』

しかも幸せとか。でも、この人はこういう人だよね。また父様の夢に入っちゃったらどうしようって思ったけど、この調子なら大丈夫そう。もしかすると、私にそう思わせるために言ってくれているのかもしれないけど。父様の場合は本気が九割だろうからなんとも言えない。

「もー。それじゃあ、寝る時間が取れるくらい余裕のある生活してね？」

『む、それもそうだな。素早く仕事を終わらせて休む時間も作るとしよう』

なにはともあれ、私が今、一番伝えたい言葉はこれだ。

「……ありがとう。父様」

父親なんだなぁって実感した。ちゃんと考えてくれているって、確かな愛情を感じたよ。父様はほら、残念さが際立っているからつい大きな弟みたいな感覚で見ちゃうところがあるんだけど、でもこういうところで頼りになる一面を見せてくれるんだよね。

『お礼を言うのは我の方であるぞ？　なぜ我は今、メグからお礼を言われたのだ？』

まぁこんな調子だから自覚はなさそうだけどね！　でも、無意識だからこそ嬉しい反応だったんだよ。本当にありがとう。父様が私の父様で良かった！

## 2　郷からの出立

他にも色々と説明をしたかったんだけど、あまり時間を取るわけにはいかない、ってことで影鳥ちゃんでの通信を終える。詳しい話は手紙に書いて送るね、と約束して半ば無理矢理通信を切ったのだ。容赦なく「時間だ」ってギルさんがぶった切ってくれなかったら日が暮れるまで話していたかもしれない。グッジョブだったけど、その無慈悲(むじひ)っぷりには顔が引きつってしまった。会話を引き伸ばそうとしているのに気付いてはいたけど、ここは心を鬼にしないとクロンさんたちに悪いから仕方ないね！

「良かったな」

苦笑を浮かべて消えていく影鳥ちゃんを眺めていたら、ギルさんがそう言って頭を撫でてくれた。今のやり取りで私が安心したのがわかったのだろう。

「うん。父様と繋いでくれてありがとう、ギルさん」

「それくらいは構わない」

だが、と続けてギルさんは口を開く。そのまま私の座っていたテーブルの対面の椅子に座ると、何でもお見通しだとでも言わんばかりに頬杖をついた。

「安心した、それだけではないんだろう？　何を思ったんだ」

「ギルさんすごぉい……。シェルさんみたいに考えが読めるのかな？」

素直に感動した。ギルさんは最近、私の思考を読んでいるのでは？　ってくらいあれこれ察してくれるのが不思議だ。昔から気遣いの人ではあったけど、ここのところ特に私のことを色々と理解してくれているなぁ、ってことが増えた気がする。

「考えまでは読めないが、なんとなくわかるだけだ。メグが俺の……」

そこまで言ってギルさんは言葉を止めた。そのまま何かを考えるように視線を斜め下に向けている。なんだろう？

「私が、ギルさんの？」

「……ああ、いや。メグはわかりやすいからな。すぐに顔に出る」

えっ、そんなに!?　顔に出やすいのは自覚しているけど、成長とともに改善しているかと思っていたのに！　でも、大人になってもわかりやすい人はわかりやすいものだし、私もこれは一生直らないのかもしれないなぁ。うっ、それはそれで恥ずかしい。私はバッと両手で頬を押さえた。

「ほら、わかりやすい」

余計に笑われた。あっ、こういうところも含めてわかりやすいのね！　私はどうしたらいいんだ。諦めるしかないのかな。くすん。ギルさんが声を出して笑うのは未だに貴重なのでそれを聞けるのは得した気分だけどさ。笑われているのは私だぞ、メグ。表情筋、もう少し頑張れ。まぁ、今はそんなことはいい。せっかくギルさんが聞いてくれる体勢をとってくれたのだから話してしまおう。

私は恥ずかしさで熱くなった顔を手でパタパタと扇(あお)ぎつつ、話し始めた。

「父様の話を聞いて、夢渡りが人に危害を加えるだけじゃないって知って……安心したのは本当なの。けど、人の夢に入り込むのが危険なことだっていうのは変わらないなって」

根本的な解決になってないんだよね。今回はたまたまだ。運が良かっただけって思わなきゃいけないと思った。これなら安心して人の夢にも入れるね、だなんて楽観視は出来ないもん。危険性を理解しておかないと、私は今後、色んな人を無差別に傷つけてしまいかねない。だから、この能力についてもっと詳しく調べたいのだ。そんな話をギルさんに伝えると、それなら今から調べに行こうと提案してくれた。

「フィルジュピピィに、去り際に言われたんだ。書物を調べるなら自由にしていいと。シェルメルホルンからの許可も出ているそうだ」

「私が調べようとするって、わかっていたってことかな。ふわぁ、さすがシェルさん。直接言ってくれればいいのに」

わざわざピピィさんを通して言うところがシェルさんだなぁって思うけどね。でも、協力的なのはわかったし、今はそれで十分かな。というか一生その性質は変わらなそうだけど。それでこそシェルさんである。思うところはあるけれど、それならお言葉に甘えて、ということで私はギルさんと書庫へと向かうべく小屋を出た。とはいえ、どこに行けばいいのかわからないのでまずはウィズさんを探すことに。何かあったら言ってね、と言われているからね。

小屋が並ぶ方へと向かっていると、あっさりとウィズさんは見つかった。午前中に採取してきた薬草や木の実などの分別をしに行くところだったのだそう。呼び止めちゃって悪かったかな？

「書庫ね、いいよ。族長の許可も得ているんでしょ？　行きたい方向も同じだし、一緒に行くよ」

だから気にしなくていいよ、とウィズさんは私に微笑みかけてくれた。あれ、また申し訳ないって気持ちが顔に出ていたのかな？　表情筋は仕事をしてくれないようなので両頬をみょん、と軽く自分でつねってやった。恥ずかしい……！　そのままウィズさんについて行くこと数分ほど。墓地や泉のある場所から右にズレた方向に進むと、暫くしていくつかの小屋が並んで建っているのが見えてきた。こんなところに小屋なんてあったんだ、っていうくらい周囲の木々に馴染んだ外観をしている。居住用の小屋より、もっと木々と一体化しているというか。ツリーハウスに近いかな？　でも小屋の形は残っている、なんとも不思議な外観だ。

「一番右端が書庫だよ。好きに見るといい」

「えっ、でも見たらダメなものとか、触っちゃいけないものとか、ないんですか？」

自由にしていい、と言われて戸惑うのは普通だよね？　だってハイエルフの持つ蔵書だよ？　色んな知識が書物に詰め込まれているってことだもん。むしろ勝手に見て回るのなんか怖くてしかたないよ。そう思って聞いたんだけど、ウィズさんはキョトンとした顔をしている。え？　おかしなこと言ったかな？

「今、自分が求めている情報しか見られないようになっているんだから、何も問題ないよ。あ、もしかして、他の書庫は違うのかな？」

え、何その不思議管理。それはつまり、欲しい情報を持った書物だけが閲覧可能になるってこと？　そう思っていると、目を細めながら書庫を見ていたギルさんが解説してくれた。

「複雑な術がかけられているな。求めている情報ならいくらでも調べられるが、それ以外は探そうとすることさえ出来ない、か。認識阻害系の魔術もかけられている」

「そうだよ。だって求めてない情報なんて最初から必要ないから。他に目が行っちゃうと調べ物にならないでしょ？　ちゃんと集中出来るような仕組みになっているんだよ」

それって、逆に言えば何について調べたいかをしっかり頭の中に入れておかないと、書庫に入っても欲しい書物が手に入らないってことかな。なにそれ、すっごい複雑な魔術じゃないか。でもそれがただ効率的だからって理由で設置されているところにハイエルフの魔術レベルの高さがわかる。

ちなみに、調べ物の途中で他に調べたいことが出来た場合は、その分野の書物も見られるようになったりするんだって。親切設計である。けど、余所見して興味がありそうな本を探すのは図書館の醍醐味な気もするんだけどなぁ。効率重視なんだろうな。でもよく考えたら、欲しい情報なら誰でも手に入れられるっていうのはある意味危険じゃない？　悪いことを考えている人が入ったら、その情報を何に使われるかわかんないもん。

「君たちのことは信用しているってことさ。許可をくれた族長からも、ね」

そんな考えも見透かされたのか、ウィズさんはそう言って笑った。そっか、信用してもらえているんだ。それを知って、心が温かくなる。

「じゃあ私は左から二番目の小屋で作業をしているから。何かあったら言ってね。戻る時も一声かけてくれると助かる」

「わかりました！　ウィズさん、ありがとう！」

軽く手を振って背を向けたウィズさんにお礼を言ってから、ギルさんに顔を向ける。目が合ったギルさんが軽く頷いてくれたので、私たちも書庫に向かって歩を進めた。頭の中で、特殊体質の夢渡りについて、と何度も繰り返しておく。過去に同じ能力を持っていた人の記録があったら助かるなぁ。なくても、この能力とうまく付き合っていくために少しでも情報が欲しい。そう願いつつ小屋の前で立ち止まる。それから軽く息を吸って吐き、ドキドキしながら書庫のドアを開けた。その瞬間、フワッと何とも言えない空気を感じて鳥肌が立った。嫌な感覚ではない。なんというか、神聖なものに触れたような、そんな不思議な感覚である。

「じゃあ、俺はここで待っている」

「え？　ギルさんは一緒に中に入らないの？」

ドアの前でギルさんがそう言い出したので首を傾げていると、ギルさんはフッと目元を和らげた。

「魔力で探ってみろ。メグなら、出来るだろう」

「探る？」

曰く、この書庫から感じる魔力を、自身の魔力で調べてみろ、ということらしい。出来るかな？

「それだけの保有魔力があるんだ。それに、お前は賢い。色々と感じられるだろう」

か、賢いですって！　なんだか照れちゃう。デレッと締まりのない顔になりそうなところをグッと堪えて、言われた通りにやってみることにした。何ごともチャレンジである。それに、魔力を使うことで暴走も抑えられるっていうしね。微々たるものだけど、やらないよりはいい。スッと目を閉じて書庫に集中する。魔力を全身に纏わせて、ゆっくりと書庫の方へと流し込む。と同時に、書庫からの魔力も自分に取り込んでいくようなイメージ。書庫の魔力と自分の魔力を少し、融合させる感じだ。なんでやり方がわかるのかは、自分でも不思議なんだけど……。たぶん、身近でこういった魔術を使うギルさんたちを見ていたからかも。つまり、見様見真似である。すると、情報を感じ始めた。脳内に流れ込んでくるのとも違う、感じるのだ。これは不思議な感覚である。言葉として感じるわけじゃないので、自分で言語化する必要がありそうだ。えーっと。排除、人を、魔術、一人……。あ、つまりこの書庫は！

「一人しか、入れない？　あと、魔術も使えない？」

「正解だ」

私がそう口にすると、ギルさんが頭を撫でてくれた。やったー！　そしてさらに細かいことも教えてくれる。中には精霊も入れないこと、ただし特定の精霊だけは住んでいて、その子たちがここを守ってくれていること、それからさっき説明してくれたような仕組みについて。その他にも色々あるけど、重要なのはそのくらいだ、とギルさんは言う。す、すごい。そんなに読み取れるものなんだ。

「これは慣れだからな。気になることや、違和感を覚えたら今みたいにやってみるといい。次第に色んなことを読み取れるようになる」

「ふおぉ、わかった！」

出来ることが増えたのがなんだか嬉しい！　魔力を使って情報を読み取るのは、みんなが当たり前のようにやっているのを見てきてはいたけど、自分でやるのは初めてだったんだよね。だって、調べる前に色々教えてくれるからさ。……あれ、じゃあなんで今になって教えてくれたんだろう？

「ただ、やるのは誰かがいる時にしてくれ。物によっては情報過多になって頭痛を引き起こしかねない。メグは魔力も多いから制御がしっかり出来ないとその全ての情報が流れ込んでくる」

ひえっ、そんな危険性があったのね！　そっか、だから今まで使わせなかったんだ。でも、今だってまだ不安定だよ？　そう聞くと、今はギルさんが補助してくれていたらしい。き、気付かなかった。さすがである。でもそうか、それなら勝手に一人でやらないようにしないとね。それでも教えてくれたってことは、私が約束を守るって信用してくれたってことだもん。その信用に応えるためにも！

「俺はこの近くで仕事を進めている。終わったら呼んでくれ」

名前を呼ばれたらわかるのだそう。万能過ぎる。まぁ今に始まったことじゃないけれど。というわけで、ドアの前でギルさんの背を見送った私は、いよいよ書庫へと足を踏み入れた。

部屋の中に入ると自動的にドアが閉まった。やめて、そんなホラーな演出。でも、中には紫に光る精霊たちがフワフワと漂っていたし、歓迎の意思を感じたから怖くはない。文字の精霊かな？　オルトゥスにいる司書、妖精族のモニカさんの契約精霊がこんな感じの色で文字の精霊だったから、違ったとしても似たような性質を持っている子たちだと思う。精霊たちと話したい気持ちはあったけど、目的を忘れちゃダメだよね。よし、調べないと。まず、書庫の内部をザッと見回してみた。

部屋の中は木製の本棚でいっぱいになっていて、その一つ一つに本がびっしりと詰まっている。本、とはいっても紙の束を簡単にまとめたような作りで統一されていた。背表紙がないのでそれがどんな内容なのかもわからない。試しにと一冊取り出してみようとしたけど、どうやっても取り出せない。これが今の私にとって必要な本ではないからだろう。なるほど。あれ、これどうやって探せばいいの？　どこを見ても同じような本だらけ。……いやいや、焦るな。確か、求めている情報を頭でしっかり考えてないといけないんだよね。軽く深呼吸をした私は再び目を閉じて頭の中で必要な情報を強く念じた。私の特殊体質に関する情報が欲しい。夢渡りの扱い方や、これまで同じ能力を持っていた人など、どんな細かい情報でもいいから知りたい……！　よし、と思って再び目を開けると、予想外の光景が目に飛び込んできた。

「ひょえっ……」

思わず変な声が漏れる。だって、私の周りに何十冊もの本が浮遊していたんだもん。私を取り囲むようにふわふわと漂っているそれらの本。ポルターガイスト？　とか思ったけど、なんのことはない。精霊たちが運んできてくれていただけだった。ホッ。でもホラーな演出はやめてほしい。わざとじゃないとは思うけど！

「どうもありがとう。でも、一気には読めないかも……」

手伝ってくれた精霊たちにお礼を言いつつも、こんなにたくさんは一度に読めないし、たぶん持てない。魔術が使えない私は力もそんなにないのだ。非力ですみません。すると、それを察してくれたのか、他の精霊たちが一箇所(いっかしょ)に集まり始めた。その方向を見ると、机を発見。なるほど、あそこで読めばいいんだね？　というかさっきはなかったよね？　不思議現象だけど、まぁそういう魔術なんだろう。さっきギルさんが調べたその他諸々(もろもろ)の魔術の一つだと思われる。そんなことを考えていると、なんと、浮遊していた本が一斉に机に向かって飛び、机の上に綺麗に重なっていく。精霊たちが運んでくれたのだ。優しい！　せっかくなのであそこで少し読ませてもらおう。精霊たちに再びお礼を言って、私は机の前に座って本を読み始めた。

コンコンコン、という音でハッと顔を上げる。しまった、読書に没頭し過ぎてしまったらしい。慌てて今読んでいた本を閉じて音のする方に顔を向けると、続いて声が聞こえてきた。

「メグ、そろそろ戻る時間だ」

ギルさんの声だ。あれ、そんなに時間が経っていたのかな。でもまだ二冊めの途中までしか読めていない。本を読むのに時間がかかるんだよね、私。一気に読めるとも思っていなかったし、また明日も来よう。そう決めて、はーいと返事をしながらドアに向かう。

「えっと、この本はどうやって片付けたらいいのかな」

さすがにこのままにするわけにはいかない。そう思って呟くと、机に置かれていた本がフワリと浮かび、それからあちらこちらへ飛び回りながら本棚へと収納されていった。おぉ、すごい。ここの精霊ちゃんたちも優秀である。

「ありがとう。また明日来るね」

働き者な精霊たちにそう挨拶をし、ドアに手をかけると、返事をするかのように淡く明滅する紫の光。なんだか可愛い。ヒラヒラと手を振りながら、私は書庫を後にした。

「随分、集中していたみたいだな」

帰り道、手を繋ぎながら歩いていると、ギルさんがそんな風に声をかけてきた。ウィズさんの仕事が終わってもまだ出てこないから、ウィズさんには先に帰ってもらったのだそう。確かに、待たせるわけにもいかないもんね。

「ギルさんも、待たせてごめんなさい」

「気にするな。こちらも仕事を進められたからな」

謝罪を口にすると、そんなことで謝るなと言われてしまった。なので、ありがとうと言い直すとそれでいい、と目を細めてくれる。えへへ。

「そうだ、闘技大会の日程が決まったと連絡が来たぞ」

「えっ、本当⁉」

それは嬉しい情報だ。これまでは大体このくらいの時期、としか決まっていなかったもんね。聞くと、今から月が六度巡った満月の日、だそう。大体、半年後かな。意外と早い。仕事を進める人たちが優秀すぎるのがよくわかるね！　よぉし、それなら私もこの半年間でしっかりと修行をしないとね。出場するからには、情けない姿を見せられないもん。アスカやルーンにグート、それに応援に来てくれるウルバノにも、かっこいいところを見せたい！　こんな姿でも、実はすごいんだぞって。……わかっているの、見た目が頼りないことは。だからこそである。魔力の制御方法や、特殊体質の夢渡りの勉強もあるから、なかなか忙しくなりそうだ。でもやることがあるからこそ、目標があるからこそより頑張れるってものだ。

ここに来る前は不安でいっぱいだったけど、一つ一つ進んでいけている実感がある。大丈夫、乗り越えていけるよね。握った手にギュッと力を込めると、気付いたギルさんが顔をこちらに向けてくれる。

「私、頑張るね。だから、無理しすぎていたら、教えてほしいな」

　私は夢中になると周囲が目に入らなくなるところがあるから。というかもう少しくらいいけるだろう、って思っちゃうんだよね。そのせいで環の時に痛い目に合っている癖に。でもこれはそういう性質なのだ、って開き直っている。だからこうしてお願いをすることにした。ちゃんと頼らせてもらおうって思っているんだよ。それだけで十分な進歩でしょ？

「ああ、任せろ。もし、無理をしすぎていたら全力で甘やかしてやる」

「うっ、罰が罰になってない……⁉」

　全力で甘やかすとはこれいかに。気になるし、されてみたい気持ちもあるけど。あれだ、人をダメにするやつだ、知ってる。それはなんとも恐ろしい。ある意味、私にとっては正しい罰なのかもしれない。でもそんなチョイスをするのが、ギルさんっぽいなって思ってつい吹き出してしまった。

　ギルさんも、一緒になって笑っている。……ああ。なんだか、幸せだな。この幸せをずーっと守っていきたい。この時、初めて胸の奥で感じた、沸き上がってくるような熱い「何か」。私がその正体に気付くのは、ずっとずっとずーっと先のことである。

「本当に、お世話になりました！」

「寂しくなるなぁ。また来てくれよ？」

「もちろんです」

ついに、ハイエルフの郷から旅立つ日がやってきた。闘技大会の日程が決まってから約半年、ここではいろんな物事を吸収出来たように思う。まず、書庫での勉強。毎日、時間を決めて本を読み耽る日々がしばらく続いた。時間を決めたのは初めて書庫に行った翌日から。私がついつい読書に没頭してしまうからってギルさんが時間を決めてくれたのだ。それは正しかった……。そうじゃなきゃ一日中だって書庫に籠もっていた自信がある。だって興味深いことばかり書いてあって面白かったんだもん！　本を読んだ後は運動。大会に出るために訓練はかかせなかったからね！　前より多少は体力もついたんじゃないかな？　正直、運動能力に関する成長はお察しである。でも、魔術の扱いはかなり成長したと自負している。自分の魔力で色んな物事を探る練習も毎日させてもらったからね！　でもまだ膨大すぎる魔力のせいで不安定だから、誰かが見ていてくれないとやっちゃダメって言われているけど。はぁ、本当に困ったものだ。これぱかりは生まれつきの体質だと思って受け入れるしかないんだけどさ。この世界に初めて来た時のことが懐かしい。あの頃は精霊たちに借魔力していたというのに、ずいぶんと成長したものだ。むしろしすぎだよ……。それから、夢渡りについて。書庫で調べてみると、始まりのハイエルフがどーたらこーたらって話が出てきたんだよね。それを最初に知った時はその規模の大きさに現実逃避した。だからといって避けては通れないのであらゆる本を読み漁ったよ！　そのおかげで色んなことが知れて、だいぶ私の脳内と心も落ち着いた。それに、始まりのハイエルフがどうとかいう話は、もはや神話のようなものだったからね。この世界の成り立ちを歴史書で勉強した、みたいな感覚である。あまりにも昔のこと過ぎて今と結びつかないというか。でも、そこまで遡らないと情報がなかったんだよね。というわけで、こうして得た知識により私がすべきこともいくつか判明した。一言では語りつくせないから大事な部分だけを言うと、夢渡りは意志の力で夢を視ないという選択が出来る、ということ。なにそれ？　と思うことなかれ。これは私にとっては最重要事項なのだ。視たくもない夢を視なくてすむんだよ？　こういうのだよ、求めていたのは！　そりゃあこれまで、予知夢には助けられてきたよ。でも、割とどうでもいいことばかり視たりもしていたし、重要な夢ならそれはそれで気にし過ぎて精神がゴリゴリ削られるんだもん。だから今も、私はその意志の力で夢を視ないように訓練中である。あれから視ることはないけれど、それがたまたまなのか訓練の賜物なのかはわからない。だからいつ視てしまってもいいように、同時進行で夢渡りの対処法も頭に叩き込んだ。出来るか出来ないかは置いておいて、知ることは大切だからね！　それから十日に一度、シェルさんが私の魔力を放出させるのを手伝ってくれた。毎回、ほぼ無言だったけどね。朝起きた時に、ウィズさんかピピィさんが伝言を届けに来てくれて、その日の朝食後にすぐ最初に魔力を放出した場所へと行き、同じように魔力を解き放つ。その際、シェルさんが言った言葉と言えば、「やれ」と「十日後」の二種類くらいじゃなかろうか。わかるけどさぁ、もう少し、もう少しだけ歩み寄りたかったよ。せっかくの滞在だったんだもん。でも最後まで、距離感を詰めることは出来なかったな。物理的にも心の距離も。まぁ、仕方ないのかなぁ。いつか、もっと会話が出来るようになればいいな。ちなみに、私は毎回、笑顔で挨拶とお礼を心がけたよ！　無反応で悲しかったけどね！　でもめげないもん。シエルさんとは距離が縮まなかったけど、ピピィさんとは一緒にお風呂に入ったりして、仲良くなれたからよしとします！　また来るからね、と何度も手を振り、私はギルさんと二人でハイエルフの郷を後にした。

あれこれと修行と準備、勉強をこなした今のメグさんは今までのメグさんとは一味も二味も違うぞー！　パワーアップメグである。調子に乗っているのは認める。うわーん、だって気持ちだけでも意識的に大きくしてないと、闘技大会に参加という緊張で全身震えそうなんだもん！　こ、こんなに本番に弱かったっけ、私？

「俺たちはこのまま会場へ向かう。ギルドに戻るのは遠回りになるからな」

ハイエルフの郷を出たところでギルさんに言われ、頷く。オルトゥスが恋しい気持ちはあるけど、ここからオルトゥスのあるリルトーレイ国は東にあり、これから向かう大会会場のセインスレイは西なので一度戻ることになってしまう。それはさすがに時間の無駄だ。それにギルドに戻れないだけで、大会に参加する人たちとはそこで会えるしね。

「ギルさん、疲れない？」

移動方法はもちろん、影鷲でのコウノトリ便である。いくら訓練したとはいえ騎乗出来るわけもなく、私は籠に乗るだけです。悔しい。もちろん、魔力が有り余っているから会場までフウちゃんの力を借りた自然魔術で飛ぶことは出来る。でも、スピードが出ないんだよね。なんでって？　怖いからである。

「オルトゥスから真っ直ぐ向かうよりずっと近いからな。問題ない」

確かにここは中間地点に位置するから、当初の予定よりずっと楽ではあると思う。でも自分だけ楽をすると思うとどうしても、ね。

「それに、頭領の裏道を通っていいと言われている。明日の夕方には着くだろう」

なるほど、反則ルートか。それならかなりギルさんの負担も減るね。お父さんに心の中で感謝を述べた。会えたら直接言うよ！

「じゃあ、行くか」

「うん！　よろしくお願いします、ギルナンディオさん！」

しっかりと名前を呼んでお願いすると、ギルさんはフッと目元を和らげ、それから影鷲の姿へと変化する。いつ見てもカッコいいなぁ。亜人のこういうところに憧れる。私も変化とかしてみたかった。ないものねだりだけど。おっと、見惚(みと)れている場合ではない。準備された籠にピョンと乗り込み、自分でギュッと布を結ぶ。それから教えてもらった固定の魔術をかけて、ギルさんに視線を送った。影鷲の鋭い瞳が私のかけた魔術をチェック。問題なく出来ていたようで、影鷲ギルさんは一つコクリと頷いた。その姿で頷く様子はどこか可愛らしくて思わず頬が緩む。かけた魔術に、ギルさんの合格が貰えたこともすごく嬉しい。修行の成果がさっそく出ているようだ。ふふん。ちょっぴり鼻が高くなったところでフワッと身体が浮くのを感じた。上を見るとギルさんが大きな翼を広げている。それからグングンと上昇していき、あっという間に大空へ。ハイエルフの郷があった付近がすでにどこかわからないくらい高い。あ、あれ？　いつもより速くない？

『飛ばすぞ』

「え？　わ、あ！」

ギルさんの念話が聞こえた、と思ったらグンッと身体だけがその場に取り残されそうになる感覚。慌てて籠の縁をガシッと握りしめた。わ、わ、速いぃ！　こんなに速く飛べたの⁉　いつもどれだけのんびり飛んでくれていたのかがこの時初めてわかったよ！　速さに慣れたところでチラッと上を見ると、ギルさんからどこか楽しそうな雰囲気を感じた。か、からかったなぁー⁉　ムッとしてギルさんを睨み付ける。

『ああ、悪い。反応が面白くてな』

「もー！　お父さんみたいなことしてっ」

最近はギルさんもこうして私をからかうことが増えた。といっても他の人に比べて頻度も少ないし、大したことはしないし、すぐに謝ってくれるんだけど。なかなか困りものではあるけど、ちょっぴり嬉しくもある。ギルさんもこういうことをするんだなぁ、ってわかったというか、心を開いてくれているような気もして。保護対象から、対等な立場になりつつあるというか。自惚れかもしれないけど。

『メグなら、これくらいは大丈夫だろうと思ったからな。昔だったらとてもじゃないが出来なかった』

「うっ、ズルい。そんな風に言われたら怒れない……」

要は、私の成長を認めて、その上で確認も兼ねての行動ってことでしょ？　怒れない、むしろ嬉しい。確かにここへ来たばかりの私だったら余裕で吹き飛んでいる自信がある。そう考えれば、本当に私は強くなったと思う。

『この速さに慣れれば、自分でついて来られる日も近くなるだろう？』

「あ……そっか。そうかも」

でも、自分でこのスピードを出すのと乗せてもらってこのスピードなのとはやはり勝手が違う気がする。速さは出せても障害物とかに対応出来る自信がないからね。普通にぶつかるし、落ちそう。私は鈍臭いのだ。まだまだ精進しないと。

「やっぱり当分は乗せてもらうのがいいや」

結論、まだまだ頼りますってことで！　ギルさんから呆れたようなどことなく嬉しそうな様子が伝わってきた。頼られるの、好きだもんね、ギルさんも。だからって甘えまくる私もどうなんだとは思うけど、成長は止まらないんだから今のうち、今のうち。空のお散歩は一緒にしたいなと言ってみれば、その発想はなかったとギルさん。まぁ、空なんて散歩しても何かがあるわけじゃないもんね。でも、街並みや森の景色を空から楽しむのは、それはそれで楽しそうだなって。それに、ギルさんがいればどんな場所も楽しい！

『そう、か……それもいいな』

正直に思ったことを告げたら、ギルさんが照れた。確かに口説き文句っぽかったかも。でも本心だからいいのである！　からかわれた仕返しが出来て私は満足だ。ふふん。

ギルさんと軽口を叩き合っていたからか、空の旅は楽しく過ごすことが出来た。ギルさんはかなり飛ばしていたらしく、予定していたよりもずっと早くに魔王国最南端に位置する町へと到着してしまった。あれ？　まだ夕方前だぞ？　本当ならここには今日の夜に着くはずだったのに。でも遅れるよりずっといい。今日はこの町で一泊することが最初から決まっていたから、早めに着きましたって宿の人には言わなきゃいけないけど。そう思いながら人型に戻ったギルさんと町に入ると、そこにはすでに先客が待ち構えておりました。

「メグーっ!!　会いたかったぞ!」

「父様!?」

魔王である。町の人たちに圧を与えないようにとの配慮か、気配を消していたみたいだから、全く気付かなかったよ!　驚いた!　でも一度見つけてしまえばその存在感と美形っぷりで目立ちまくっているのがわかる。隠しきれないオーラがっ。

「よ、メグ。元気そうだな」

「リヒト!　それにクロンさんも!　他にも一緒の人たちは、大会に出場する人たち?」

現れた見知った顔に笑みが溢れる。見覚えのある人たちが何人か近くにいるから、確認の意味も込めてそう聞けば、リヒトは首を縦に振った。

「そ。あとは、ほら。あそこ」

親指でクイっとリヒトが指し示した場所に目を向けると、建物の陰からこっそりとこちらの様子を覗いている深い青色の影を発見。あ、あれは……!　私は嬉しくなって、名前を呼びながら駆け寄った。

「ウルバノ!」

「あ、う、……め、メグ……」

おっと、少し声が大きかったせいか、ウルバノが大きく身体を震わせてしまった。失敗、失敗。

でも目を逸らさずに私の名前を呼び返してくれたから、ついにやけちゃう。う、嬉しい！

「あー、メグ？　気持ちはわかるんだけどさ、駆け寄る相手、間違えてねぇ？」

ウルバノの両手を握りしめてブンブン上下に振りつつ再会を喜んでいる私の耳に、気まずげなリヒトの声が入ってくる。駆け寄る相手？　そう思って首を傾げつつ振り返ってみると、超絶美形な魔王が膝を抱えて蹲っていた。しまった……！　ウルバノも焦ったようにあわあわと狼狽えている。

ごめんね、とウルバノに声をかけるといいから行ってあげてという空気の読めるお返事。本当に父がごめんなさい。とはいえ、これは私が招いた事態である。判断を誤った私のミスだ。でも、だって、名前を気軽に呼び合えたのが嬉しかったんだもん！　あのウルバノとだよ？　テンションが上がるじゃないか。しかし今はこっちだ。恐る恐る父様に近づいてみると、どうせ父より友なのだ、仕方あるまい、だがそれはいくらなんでも酷くはないか？　我だってずっと会いたくて我慢に我慢を重ねてきたのに……、などまだまだ続くがそんなことをお経のように呟いているのが聞こえてきて思わず引いた。いや引くな私、耐えろ私。仕方ない……。ここは精神を削ることもやむなしだ。人前だから出来ればやりたくなかったんだけど、スキンシップを図ろう。ちょっと恥ずかしいけど。

「わ、え、メグ？」

私は思い切ってえいやっ、と父様の背中に飛び乗った。

「父様、会うのは久しぶりだね！　ちゃんと寝るようにしてる？　体調崩してない？」

ギューッ、と父様の背中に抱き付きながら、気になっていたことを訊ねる。あれから嫌な夢は見てないかな、とか、仕事が忙しくて疲れてないかな、とか。大会もあるんだもん、忙しいに決まっているけど、やっぱり無理はしてほしくないもんね。

「め、メグぅ……！」

「わっ、ひゃっ⁉」

すると感激してくれたのか、父様が急に立ち上がり、私をひょーいと抱き上げたものだからおかしな声が出た。いわゆる高い高ーいである。さすがに恥ずかしいからやめてぇ！

「我は無理などしておらぬぞ。今もほら、おかげで元気が出た。感謝するぞメグ！」

「わ、わ、わかったからもう下ろしてーっ！　みんなが見てるよっ」

あはは、うふふ、と言いそうな勢いでご機嫌にその場をくるくる回る父様に、さすがに抗議の声を上げた。高い高いされたままそれはやめてほしい。ただでさえ目立つんだから！　みんなも生暖かい眼指しで見てないで止めてーっ！　私の顔が真っ赤になっていることに気付いたのか、父様はようやくその場に下ろしてくれた。メグは恥ずかしがり屋なのだな、ってこの状況だったら私じゃなくても恥ずかしがるからね⁉　もうっ。

「父様たちも、今は大会会場に向かうところ？　偶然？」

顔の火照りが落ち着いたところで聞いてみると、会場に向かっているのは合っているとのお返事。じゃあ偶然ではないってことだね？

「ギルが教えてくれたのだ。大体このくらいにこの町に着くだろう、とな」

「ギルさんが？」

思わぬところで出てきた名前にギルさんを見上げると、軽く頷きながら答えてくれた。

「ああ。魔王たちも一度この町に寄ることは知っていたからな。久しぶりの再会は……この場所で正解だっただろう？」

会場付近はもっと人がいっぱいだよね。そこで久しぶりの再会、か。人混みでさっきの、高い高いを……。ここで良かった!! ギルさん英断!!

「じゃあ一緒に会場まで行けるの？」

「そうしたいのは山々なのだが、別行動になる。ユージンのルートを通るのだろう？ 我だけならともかく、他にもいるからな」

少し期待を込めてそう聞いてみれば、とても、それはとても心苦しそうに父様は答えた。後半のヒソヒソ声で納得。一応、秘密のルートだもんね。大会に出場する人たちもいるから、使うわけにいかないのは確かだ。魔王だけ別行動なんて論外だし。

「俺たちはオルトゥスが開発した大人数用の獣車で行くんだ。あそこに停まってるだろ？ ……バスって言うんだぜ」

「バス」

ポン、と私の肩に手を置いて、リヒトが笑いながら教えてくれた。誰のネーミングかは聞かなくてもわかったよ。当然、お父さんである。変に名前が違うより覚えやすくていいけどね！

「大会を観戦する人たちもこのバスで一緒に行く予定なんだ。つまり、あのバスはここから大会会場の往復専用ってことだな」

「なるほどー。魔王城のシンボルがついているのは普通の獣車と間違えないようにするため？」

「そう。ま、バスなんて大きな乗り物自体初めて目にするもんだから、間違えようもないけど信頼はしてもらえるだろ？」

リヒトの説明に頷きながら少し離れた位置にあるバスを見つめる。目立つ位置にシンボルがあるから、魔王城の所有車なのかと思ったよ。ある意味そうなのかもしれないけど。誰もが知っているあのシンボルなら、初めて乗る獣車でもみんなが安心して乗れるからとてもいいと思います！

「さ、そろそろ行きますよ、ザハリアーシュ様。往来の道では邪魔になります」

しばらく父様やリヒトと話し込んでいると、頃合いを見計らってクロンさんがそう切り出した。なんでも、魔王国の皆さんは今からバスにのって会場まで向かうんだって。なにも夜に移動しなくても、なんて思ったけど、その方が普段から道を使う人の邪魔にならないから都合がいいとか。なるほどー、その辺りはオルトゥスと同じ考えだね。大会があるからってみんなで大移動しちゃうと、普段から道や獣車を利用している人たちが困るって言っていたっけ。

「それに、ザハリアーシュ様がいるだけで魔物は邪魔してきませんから。バスに乗るだけの簡単なお仕事ですよ。良かったですね？」

「どこか言い方にトゲがある気がするぞ、クロン……」

夜は魔物が活発に活動する時間、という問題もそれによってクリアしているってことだね。うん、確かにクロンさんの言葉の端々にトゲを感じる。きっと、忙しい上に父様のサボり癖もあってピリピリしているのだろう。いつも父がすみません。

「そっか、もう行っちゃうんだね」

せっかく会えたと思ったのに、もうお別れと聞いてちょっと寂しい。ずっとハイエルフの郷にいたから、いつも以上にみんなが恋しくなっているだけである。そう、それだけなのだ。

「うっ、何かに……！　見えない何かに後ろ髪を引かれて……」

「ザハリアーシュ様、さっさとバスに乗ってください」

私の呟きが聞こえてしまったようだ。父様は胸を押さえてこちらにフルフルと手を伸ばしてきた。クロンさんにペシーンと叩き落とされていたけど。よ、容赦ないな？

「大丈夫ですよ、メグ様。会場でまた会えます。拠点はオルトゥスの近くですから」

そして私にはフォローを忘れないクロンさん。無表情ながらも声が優しいからこちらを気遣ってくれているのがよくわかる。そうだよね、またすぐに会える。空いている時間があったら一緒に屋台巡りとかもしたいなぁ。きっと色んなお店がここぞとばかりに出店しているだろうし。ふふ、楽しみ！

「おー、だからまた近いうちにな。メグの試合も楽しみにしてるぞ」

「うっ、リヒト、それは言わないで……」

忘れかけていたことを言われてしまった。胃が痛い……！

「オレも……楽しみにしてる。メグの試合」

「う、ウルバノまでぇ」

ジッと長い前髪の奥から見つめられたら余計にプレッシャーが！　むむ、これは情けない試合は出来ないぞ。頑張らなきゃ！

「ウルバノ、それとリヒト、様も。早くバスに乗ってください」

おっと、クロンさんとリヒトはまだギクシャクしてるみたいだなぁ。二人とも目を合わせないし、そんな気はしていたんだけど。リヒト？　まだ進展してないの？　そう思って視線を送れば、気付いて苦笑を浮かべるリヒト。

「これでも、頑張ってんだよ」

「ふぅん」

ま、難しいのはわかる。でも、見ているだけなのはなかなかもどかしいね。じゃあな、と言って去っていくリヒトに軽く手を振っていると、ウルバノがまだこちらを見ているのに気が付いた。

「ウルバノ、行かなくていいの？」

「う、えっと……」

声をかけるともじもじと、俯いてしまった。でもその場を動く気はなさそう。どうしたんだろう？　と顔を覗き込もうとしたその時、バッとウルバノが顔を上げたので至近距離で目が合った。

「メグに会えて嬉しい、って、え、わ、わわっ」

「わっ、ビックリした！」

ウルバノは顔を上げると同時に叫んだし、目の前に顔があるしで私もビックリ。でも私以上にウルバノが驚いていた。あわあわと顔を真っ赤にして後ろに下がり始めてしまったウルバノの手をそっと取って引き止める。

「私もウルバノに会えて嬉しいよ！　また会場で会おうね」

「え、あ、う、うん……！」

やった！　ちょっと強引になっちゃったけど、会話が成立したぞーっ！　嬉しくてニコニコしていると、遅いと心配になったのかリヒトが戻ってきてウルバノの腕を引っ張った。

「ほら、もう行くぞ。ったく。まぁ、ウルバノはメグのファンだから仕方ないな」

「ファン？」

「おー。憧れているみたいだ。この人誑しめ」

「人誑しって……」

どういうこと？　と言おうとしたところで、リヒトはウルバノを引きずるようにしてバスの方まで行ってしまった。ウルバノは顔を赤くしたまま硬直しているからね。なんかごめん。転ばないか心配だ。それにしてもファン、かぁ。なんだか恥ずかしいな。大したことしてないのに。魔王の血が影響しているのかな。もう少し慣れれば、気軽な友達付き合いも出来るだろうか。先は長くても、いつかはそうなれたらいいな。スッと、隣にギルさんが立った気配を感じた。私が話している間、少し後ろに下がって見ていてくれたようだ。会話に参加してくれても良かったんだよ？　と思わなくもないけど、ギルさんはあんまり人と雑談しないもんね。というか、苦手なんだと思う。無理強いはしませんとも。二人でみんながバスに乗り込むまでその場で見守っていると、乗り込む寸前にリヒトがチラッと一瞬こちらを振り返ったような気がした。でも、そのままバスに乗り込んだし気のせいかな？　こっちを見ていたわけじゃなかったのかな？

「あいつ……」

「ギルさん？」

でも、ギルさんは何か感じ取ったようだ。どうかしたのかな？　首を傾げている私の頭に、ポンと手を置きながらなんでもない、とギルさんは言う。

「もう暗くなる。宿に向かうぞ」

「……うん。わかった」

たぶん、話す気はないんだろうな。必要だったら言ってくれるはずだし。気にはなるけど、無理に聞いたって仕方ないもんね。誤魔化されてあげることにしよう。

「夜ご飯なにかなーっ」

「メグはあまり食べないくせに食いしん坊だな」

否定はしない！　だって美味しいものは人を動かすんだから！　食べること、それは生きることーっ！

## 3　仲間たちと合流

魔王国の町の宿で一泊した私たちは、朝早く起きてすぐに旅立つ準備をしていた。昨日のペースで行けば、そんなに急がなくても予定通りつけるってギルさんに言われてはいたんだけど。た、楽しみすぎて目が覚めてしまったのだ。だってだって、オルトゥスの仲間に会えるんだもん！　久しぶりなんだもん！

「オルトゥスで参加する者たちは個別に向かったようだがすでに皆、会場には到着しているようだな」

「えっ、そうなの？」

町の外に出て自分が乗る籠に布をセットしていると、影鳥ちゃんで連絡をとっていたらしいギルさんがそう教えてくれた。それを聞いたら余計にワクワクが止まらないっ！　クスッと背後でギルさんに笑われた。

「急いでやろうか？」

「お、お願いしますぅ……」

意地悪く笑うギルさんは、ちょっと色気が漂うからウッとなってしまう。イケメンなんだから気を付けていただきたい。

「昨日よりスピードを上げてみるか……。くれぐれも振り落とされないようにな。落とされても絶対に受け止めるが」

「が、頑張る」

振り落とされるなんて嫌だ。あのスピードで籠からポーン、と飛んでいくなんて怖すぎる。でもギルさんセキュリティーがあるので怪我をすることはないっていう安心感はあるけど。いやいや、でも怖いものは怖いからしっかり籠に摑まってよう。籠から頭も出さなければきっと、きっと大丈夫だよね！　……そう思っていた私が甘かった。

「うひゃぁぁぁぁ……」

現在、落下中！　心構えまで万全だったのになんてこった！　しっかり籠のフチにしがみついて、頭も隠して完璧だったはずなのに！　この身体が軽すぎて見事にポーン、である。あともう少し、握力があれば飛ばなかったかもしれないけどぉぉぉ！

「っ、フウちゃぁぁん！」

『任せてっ、主様っ』

しかし、私だってただ落下するだけではない。なす術もなくあーれーってなったりはしないのである。フウちゃんを呼べばそれだけでショーちゃんがすぐさま通訳、そしてフウちゃんに伝わる。今回はあらかじめ落ちたらお願いねって頼んでいたからタイムロスもほとんどない。すぐさま優しい風に包まれた私は、フワリと空を漂った。風のシャボン玉の中にいるような感覚である。

『大丈夫か、メグ』

そこへ、私の少し上に影鷲姿のギルさんがやってきた。声はとても冷静だ。なぜかって？　そんなの決まってる！　私は頬をプクッと膨らませた。

「ギルさん、私がすっ飛んでいくの、わかってたでしょー」

わかっていて、あえてそのスピードを出したのだ。それもこれも、訓練のため。知ってる、知ってるけどさ、やっぱり籠から落ちるのは怖かったよ！　だけどギルさんに悪気はない。予告なしの避難訓練みたいなアレだと思うのだ。アレ、怖かったな……。小学生の頃の苦手なイベントトップスリーに入るやつだった。

『すまない。だが、このくらいはもう平気だろう。それに俺が近くにいて怪我をさせるようなことはしない』

「わかってるけど！　わかってるけど！」

頬を膨らませながらそのままフワリと籠の中に戻る私。今は影鷲の姿だから実際に笑っているわけではないけど、苦笑を浮かべているギルさんの様子が伝わってきた気がする。むむむ。

『ちゃんと対応が出来ることも確認したし、もうしない。機嫌を直してくれないか』

ギルさんは、嘘はつかない。そんな人がそう言うのならもうしないのはわかるけど、ご機嫌はなー、どうしようかなー。そんなことを思いながら膨れたままでいたら、甘美な提案をされてしまった。

『……会場について時間が作れたら、どこにでも好きな場所に連れて行ってやるから』

「ほんと⁉」

単純なのは自覚している。だから内心で笑うのはやめてっ。伝わっているからね？　でも、好きな場所に連れて行ってくれるというのは魅力的だ。セインスレイ国はだいぶマシになったとはいえ治安が良くないから、あまり出歩くなって言われていたからね。これでみんなと屋台巡りが出来るもん！　グートとも手紙で約束していたもんね。ふふっ、楽しみだー！

それからの空の旅は、そのことについて語ったり、大会についてあれこれ予測してみたりと会話も弾みながら楽しく過ごすことが出来た。ギルさんは聞き上手だからついつい色々と話しちゃうよ。すでにさっきのことは忘れてご機嫌な私である。あれ？　なんか私ってギルさんの手の上で転がされてない？　ま、いっか。

大会会場のある街の入り口付近に到着したのは、ちょうどお昼時。あれから私が飛ばされるスピードを把握したギルさんは、飛ばされないギリギリの速さをキープして移動を続けてくれたから、予想通り早くに着いてしまったのである。私がすっ飛ばされたのは、そのギリギリのラインを見極めるためでもあったっぽい。あの後はお喋りする余裕もあったし、やっぱりちゃんと配慮してくれているんだなって思った。まぁ、ギルさんだもんね。

「確か、参加者は広場の一部にまとまってキャンプするんだよね？」

人型に戻り、しっかりいつものフードとマスクを装着したギルさんに確認の意味も込めて聞いてみる。ついさっき話していたことの続きだ。

「ああ。街の宿は大会に合わせて臨時のものもかなり増やして増設されたが、一般客で埋まるという話だからな」

大会の運営に関わる特級ギルドは出来るだけ自分たちでどうにかしよう、っていうのは満場一致の意見だったそう。その辺、皆さん協力的だよね。そもそも、大会を開くのは町起こしが目的なんだから、当たり前っちゃ当たり前か。

「それにしても、人が多いね。ギルさんみたいに魔物型でここに来る人もちらほらいるし」

「大会の開幕も近付いてきたからな。これからもっと増えるだろう」

それもそうか。私たちのような出場者は事前の下調べや会場の雰囲気に慣れるために早めに着くようにしているけど、観戦だけの人はそんなに早く着く必要はないもんね。ギルさんに手を引かれているのをいいことに、私は周囲をキョロキョロ見回す。本当に色んな亜人がいるんだなぁって実感するよ。モフモフの耳とか尻尾とかの半魔型は普段からよく見ていたけど、移動のためにみんなが魔物型になっているこの光景は初めてだから。でも、セインスレイの砂漠地帯、毛皮のある亜人さんはみんな大変そうだ。毛の間に砂が交じるのか、気持ち悪そうに身体をブルブルさせたり、後ろ足で掻いたりしているのが色んなところで目に入る。オルトゥスでいうならニカさんやレキが大変な思いをしそうだ。

「あ、あれ？　街はあっちじゃないの？」

ふと気付くと、ギルさんが街とは別の方向に進んでいる。どんどん左に逸れているみたい。そっちに何かあるのかな？　と思って聞いてみると、野営用の大きな広場がこっちの方に用意されているんだって。街の中に作る方が安全ではあるけど、場所の広さを優先したみたい。大会出場者や腕に自信のある者が利用するから、身の安全は個々で出来るだろう、という判断なのだとか。魔大陸ならではの決定だなぁ。人間だったらそうはいかないもんね。

「オルトゥスの拠点もそこにある。あらかじめ場所は決まっているからな」

そこでみんなが待っているぞ、というギルさんの言葉にワクワクが増した。街を散策したい気持ちはあるけど、みんなに会いたい気持ちの方が大きいもんね！　私は軽くスキップで道を進んだ。

道行く人たちにクスクス笑われた。は、恥ずかしい……！　そしてほんの数分後、砂ばかりの街道が一転して、芝生(しばふ)の広場が突如として現れた。そこからが野営用広場だって一目見てわかる。歩きにくかった道が突然フカフカになって気分も上がっちゃう。周囲を見てみると、みんな一様に嬉しそうな顔を見せていたから、きっと同じ気持ちだったんだと思う。顔を上げて今度は広場をキョロキョロ。簡易ロープで簡単に区分けされているみたいだ。少人数用スペース、大人数用、などが大まかに分かれているみたい。オルトゥスは大人数用だろうから奥の方かな、と目を向けてみると、そこに見知った人たちが立っているのが見えた。その中の一人と目が合って、私は思わず駆け出した。

「お父さんっ」

「お、メグ!」

そのままの勢いでダーイブ! お父さんはそれを難なく受けとめて、そのまま抱き上げてくれた。わーい! 久しぶりのお父さんだ! 相変わらず私が贈った水色のネクタイを着けている。へへへ。

「元気そうだな。それに、強くなった」

「わかるの?」

「なんとなくな。頑張ったんだな。お疲れさん」

私を抱き上げたお父さんは、私を観察しながらそんなことを言ってくれた。わかるものなんだ。それもすごいなぁ。お疲れ、と頭を撫でてくれるこの手の感覚も久しぶりで嬉しくなっちゃう。

「ギルもお疲れ。問題なさそうだな」

「ああ。問題ない」

続いて、後ろから付いてきていたギルさんにも労(ねぎら)いの言葉をかけるお父さん。上司って感じ!

なんだかくすぐったさを感じる。

「メーグー! もうっ、ぼくのこと忘れてなぁい?」

「アスカ! 忘れるわけないよ!」

　下の方から声が聞こえたので見てみると、こちらを見上げて頬を膨らます美少年が。やっぱり可愛いなぁアスカは。金髪サラサラな髪が一際輝いて見えるよ。お父さんに下ろしてもらってアスカとも再会の挨拶。それから順々に、オルトゥスメンバーに挨拶していく。ふむふむ、大会に来た人たちがここで初めて判明したよ！

「メグ、元気そうで、安心した」

「メグちゃん、久しぶりね！　予定より早く会えて嬉しいわ！」

　そう言って抱きしめてくれたサウラさんに、微笑みながら声をかけてくれるロニー。

「メグちゃんお疲れ様。今日はここでゆっくりするといいよ」

「浮いた分の時間は休息に充てましょう。お腹は空いてないですか？　メグ」

　その様子をクスクス笑いながら声をかけてくれたケイさんに、ふわりと微笑むシュリエさん。

「おーメグ！　こっちにうまいもんあるぞー」

「おい、鬼っ、一人で食べ過ぎだぞ⁉」

「やべぇ、なくなる前に食わなきゃ！」

「ワイアットも！　お前ら食い意地張りすぎ！」

　少し離れた位置でお肉の塊（かたまり）を頬張るジュマ兄と、慌てて死守するワイアットさん。そしてそれを咎（とが）めるレキ。ふふっ、みんな相変わらずみたいで嬉しいな。なんだか結構な戦力が集まってない？　リルトーレイのオルトゥス本拠地の方は大丈夫なのかな？　でもその心配は必要ないことがすぐに判明。オルトゥス残留（ざんりゅう）組のメンバーを聞いて納得したのだ。まず、いつもオルトゥスの監視をしてくれているルド医師。もうそれだけで安心である。戦闘力はみんなほどではないけど、誰よりも危険を察知できるから対策もバッチリなんだよね。みんなが帰るまで訪問診療は出来ないけれど、それも他の医療メンバーがこなすので問題はないんだって。さすがだ。戦力面ではニカさんがいてくれる。こちらもしばらくは遠征せず、オルトゥスにいてくれるのだそう。いつもは外回りが多いもんね。あの大柄なニカさんなら存在感もあるし、オルトゥスにいてくれるだけで心強い。実際、とっても強いしね！

「あとは、受付の子たちもなかなかやるわよー？　なんせ、私が直々にみっちり教え込んだトラップがあるもの。私が仕込んでおいたものもあるし、敵意を持った者は一歩も入れないわよ！」

　頼もしすぎる。受付のお姉さんたち、実はサウラさんにかなり鍛えられていたのね。サウラさんがここまで言うなら本当に大丈夫なのだろう。

「受付業務の方はアドルがいるから問題ねーよ！　あとは俺の兄貴もいるから、補助系魔術も完璧だぜ！　まー、兄貴はメアリーラと一緒に居残り組だって浮かれていたから、そこだけ心配だけどー」

　頭の後ろで手を組んでそう言うワイアットさんは、清々しい表情で笑っている。ああ、オーウェンさんの双子の弟である彼は、いつもメアリーラちゃん絡みでオーウェンさんからとばっちりを受けているもんね。薄い緑の瞳がキラキラと輝いている……！　暫しの間ストレスからの解放って感じかな。それはさておき！　もう聞いてもいいでしょう！　何って出場メンバーだよ！　ずっとお楽しみにってお預けにされていたのだ。いい加減聞きたい！　ウズウズ。

「サウラさん。オルトゥスからは結局、誰が闘技大会に出場するの？」

「ああ、まだ言ってなかったわね。ふふ、いいわ。教えてあげる」

サウラさんが言うには、一つのギルドから出場できるのは四人ずつ。あ、未成年部門はそもそも人数が少ないから制限はないみたいだけど。でも四人？　ジュマ兄と、ロニーは絶対出るよね。あとはケイさん、シュリエさんに、ワイアットさん、ギルさんもいるし、他にも数人来ているのに。

サウラさんは裏方で、レキは医療担当だとしても、四人以上いるのになぁ。

「出場するのはジュマとロニー、あとはあそこにいる二人よ！」

「えっ、そうなの⁉」

シュリエさんは未成年部門で出るアスカに付くいわゆる保護者として来たみたい。ロニーは成人部門だけど、師匠であるケイさんがアドバイザーとして付くんだって。ワイアットさんは拠点の守護担当で、あとの人たちも大会運営の補佐に回る人員だという。お父さんは言わずもがな大会運営だもんね。ということは……。

「ギルさんは出場しないんだね」

てっきりギルさんは出るものだと思ってた。すると、お父さんがケラケラ笑いながら何言ってんだメグ、と言い出した。

「ギルが出たら優勝しちまうだろうが」

「あ、そっか」

言われて激しく納得。確かにギルさんの強さは他の人よりも数段階上だ。これは間違いない。きっと、他の特級ギルドのメンバーも、太刀(たち)打ち出来ないほどの実力者なんだと思う。比較する相手がどの程度なのかわからないからなんとも言えないけど、お父さんがそう言うのだからそうなんだろう。ちょっと考えればわかることだった。きっとシュリエさんと一緒で、未成年部門に出場する私の保護者として付き添ってくれるのだろう。それなのに、なんで私はギルさんが出場する、だなんて思い込んでいたのだろうか。

『絶対、倒す!』

『……来い』

突然、見覚えのある光景が視えてきた。これは予知夢だ。いや、夢渡り? うーん、でもたぶんこれは未来を視ているんだと思う。リヒトとギルさんが、睨み合っている、前にも視たことのある夢。リヒトの長剣から青白い光が発せられていて、それを一振りしたことで光がギルさんの方へと飛んでいく。その光は雷みたいで、当たったら黒焦げになりそうだ。でも、ギルさんはその光を刀を一振りしただけで難なく躱し、向かって来たリヒトの長剣をそのまま刀で受け止める。

『そんなものか』

『準備運動だよ!』

やっぱり全く同じ予知夢だ! この後は確か、リヒトがとても大きな魔力を練って……そのまま攻撃魔術を放とうとするんだ。それは危ないって。そう、思った私が――。

「メグ?」

ギルさんの呼びかけで我に返る。あぁ、そうだった。内容があやふやだったけど、全部を鮮明に思い出した。前にも一度この光景をふんわりと思い出したことがあったよね。その時に、ギルさんは闘技大会に出場するって思い込んだんだ。これは、大会でのことを視ているんだろうって。でも、じゃあ、なおさら……。あの未来は、いつ、どこで起こることなのだろう。

「どうしたぼんやりして」

「う、ううん。何でもないよ」

これは、ちょっとまだ誰にも言えないかも。だって、リヒトとギルさんが争うなんて言えないよ。大会でもないのに戦うなんて、ただごとじゃないもん。それに私だって……。ん？　待てよ？　さっき視たのは、前に視たのと同じだった。ということは、未来はあの時から変わっていないんだ。結局、このままだとあの通りのことが起こる。それがいつなのかはわからないけど、リヒトがあの姿だってことは、今からそう遠くない未来だ。人間であるリヒトの姿が変わらないんだもん、何年も先ってことではないはず。そして私が、あの大きな攻撃魔術の前に立ちはだかるのも、きっと変わらないんだ。まー、わからなくもないよ？　二人とも私の大切な人だし、咄嗟に飛び込むだろう自分の行動パターンは理解出来る。問題は、その後なんだよね。夢はそこで終わっているから、その後の私がどうなったかまではわからないのだ。前に視た時も今回もそこで途切れているから、もしかするとただでは済まない結果に……？　え、私、死んだりしないよね？　二度目？　やだやだ！　いくら寿命が長いとはいえ、せめて大人になるまでは生きたいよ！　あとは、どうしてもショックを隠せない事実がこれだ。予知夢、視ちゃったじゃん……！　ぜんっぜん制御出来てなーい!!　泣ける。いや、いやいや落ち込むのはまだ早いぞメグ！　まだその訓練だって始めたばっかりじゃないか。この程度でめげていちゃダメ。引き続き、気を引き締めなきゃ！

「さ！　今日はみんなが揃ったことだし、夕飯を少し豪華にするわよ！　チオリスがたくさん持たせてくれたからね！」

「オレ！　屋台で色々買って来たぜー！　酒も！」

「おっ、ジュマやるじゃねーか。実は俺も酒、仕入れて来たんだー」

うおぉ、マジかよ！　とジュマ兄とワイアットさんが盛り上がっている。年齢的にも近そうなあの二人はウマが合うんだろうな。

「まったく仕方ないわね。ほどほどにしなさいよー？」

いつもはここに雷を落とすサウラさんだけど、今日は腰に手を当ててやれやれ、といった様子で見るに止まっている。今日は見逃してもいいってことか。ふと周囲を見渡せば、オルトゥスのメンバーがせっせと準備を始めている。組み木があるから、あそこで火をおこすのかな？　キャンプファイアみたいでワクワクしてきたぞ？

「メグっ、ぼくたちも準備手伝おうよ！」

そこへヒョコッと私の前に顔を出したアスカにそう声をかけられた。ワクワクが隠せていなくて、キラキラと目を輝かせているのが可愛い！　癒された。そうだよ、せっかくだもん。今は楽しまなきゃ損だよね。分からないことを考えていたって仕方ないし、なるようになる！　魔力放出した後だから、ポジティブメグだぞっ！

「うん！　じゃあ、食卓の準備しに行こう！」

「おっけー！」

アスカに手を取られ、私たちは準備をする皆さんの方へと小走りで向かう。ああ、この賑やかな感じ、久しぶりだなぁ。やっぱり落ち着くなぁオルトゥス。二人で重いテーブルを持ち上げようとして苦戦していたら、ジュマ兄やワイアットさんが笑いながらひょいっと持って行ったり、大きなテーブルクロスに絡まって身動きが取れなくなっているところをロニーに助けられたりと、正直なところ仕事を増やした感は否めないけれど、みんなが楽しそうに笑っている、それだけで心が満たされた。私たち？　最終的には大人しく食器を並べる仕事に徹しましたよ。アスカのしょぼんとした顔が可愛かったです。

そうこうしている間に陽が落ちて、ずいぶん暗くなってきた。明かりを準備しようとしていたサウラさんに、アスカが、自分がやる！　と名告りを上げる。わかるよ。出来ることはやりたいよね！

「シャイオ、ここにあるランプ全部に光を灯して！」

『お安い御用である』

アスカは最初の契約精霊である光の精霊シャイオとともに自然魔術を使った。一瞬で全てのランプが金色に光って周囲がパッと明るくなる。あ、待って、むしろ眩しいくらいだ。張り切りすぎたのかな？　得意げな金色ゾウさんなシャイオに、アスカは慌てて声をかけている。

「シャ、シャイオ、とってもすごいね！　でも少し明かりを抑え……えーっと、もうちょっと光を弱くするのってやっぱり難しいかな？　シャイオなら出来るかなって思うんだけど」

『当然である！　そのくらい簡単である！』

すると、もはや眩しすぎて近寄れなかったランプの光が程よい明るさになったのでみんなでホッと安堵の息を吐いた。なるほど。プライドが高めなんだね、シャイオくんは。アスカもうまい言い回しをしたものだ。今もさすがだよ！　と誉めちぎっている。なるほど、うまく伝わらないとこういうことが起こるんだ。精霊も善かれと思ってやってくれているから、フォローも大切になってくる。私にはショーちゃんがいるのでこういう苦労をしたことはないんだよね。反則なのでは、と思っちゃうけどショーちゃんが優秀すぎるだけなのである。

『うふふー！　私は確かにすごいけど、それだけじゃないのよ？　みんなご主人様が大好きだから、少しでも考えていることを理解したいって、みんなが思っているからなのよー！　ご主人様がすごいのよー？』

「ショーちゃん……！　うう、みんな大好き！」

私の心の声を聞いたのか、スイっと飛んできたショーちゃんが拳を握りしめて熱弁してくれたのでその可愛さに倒れるところだったよ。自分のすごさを素直に認められるようになったことにも目頭が熱くなる。あんなに自信が持てなかったあのショーちゃんがっ！　もちろん、頑張ってくれる他のみんなも愛おしすぎる。大好き！

「さ、始めましょ！　頭領、せっかくだから挨拶して！」

「あん？　あー、なんだ、こっからが本番だからな。みんな気を引き締めつつ楽しんでいこうぜ！　乾杯（かんぱい）！」

軽い挨拶だなー、相変わらず。早くお酒が飲みたかったに違いない。でも、みんなも同じ気持ちだったのかむしろ喜んで乾杯している。ふふっ、お父さんらしいよね。こうして、闘技大会に向けての第一歩、初日の夜が賑やかに始まった。

次の日、目が覚めて外に出てみると、すでにみんなは働き始めていた。大会の準備をするべく、設営やら魔道具の調整、出場者の確認やトーナメント、審判などなど、やることはたくさんあるもんね。私だっていつもよりは早めに起きたはずなんだけど、それより早くから動いているなんて。昨日、あんなにお酒を飲んで大騒ぎしていたのに、大人ってすごい。

「眠らずに、そのまま仕事にいった人が、ほとんど、かな」

ロニーのその言葉に余計に感心したよ。魔大陸の大人のスペックの高さよ。数日くらい眠らなくても平気っていうのを改めて実感した。ちなみに私は大人になっても起きていられる自信はない。それにしても、昨日の夜は楽しかったな。チオ姉作の煮込みハンバーグは最高に美味しかったし、屋台で手に入れたという串焼きも本当に美味しかった。デザートにはケーキやプリンやゼリーもあって、ついつい食べすぎちゃった。食べ物だけじゃないよ。ワイアットさんがギターを弾きながら歌ったのには驚いた。それもすごく上手いの！　みんなその音楽に合わせて踊ったり、一緒に歌ったりしてずっと笑顔で、それがなんだかものすごく幸せだなって思った。私も踊ったけど、お父さんにはなんだその盆踊り、って言われた。あれは酷い。絶対に許さないんだからねっ。失礼しちゃう。けど、みんなとたくさんお喋りして、笑って、すっごく楽しかった。こんなに大騒ぎして大丈夫かな？　って思ったけど、そこはオルトゥス。防音魔道具を設置してありましたとさ。抜かりない……！　とはいえ、私とアスカは子どもだからと早めに簡易テントに戻って寝たけどね。まだまだ参加したかったんだけど、二人して船を漕いじゃったためである。身体は素直だ。簡易テントは二人で一つの計算で用意していたらしく、私はギルさんと一緒だった。最近はずっと添い寝をしてもらっているから、それが継続されそうで安心したのは内緒である。だ、だって！　ものすごく安心するんだもん！　昨日はさすがに一人で寝たけどね。ギルさんにも宴会は楽しんでもらいたかったし。寂しくなんてなかったよ。ほんとだよ、うん。

「メグ、何か、食べる？」

「んー、昨日いっぱい食べたからあんまりお腹が空いてないかも」

ロニーの質問にお腹をさすりながら答える。ほんと、もう無理ってくらい食べたよ。それでもアスカに言わせてみれば「ぼくの一食分以下」らしいけど。アスカが食べる方なんだよ……！

「フルーツだけでも、食べる？」

「うん、そうする！　ロニーは？」

「うん。僕も一緒に、食べる」

どうやら、私を待っていてくれたみたいだ。相変わらずロニーは優しいな。顔付きも大人っぽくなったし、お兄ちゃんというよりはお兄さんって感じになったけど、中身は昔から変わらず穏やかで一緒にいて居心地がいい。二人でふふっと笑い合って外に設置してある簡易テーブルへと向かった。

「あ、メグ！　おはよー！」

「アスカ！　……朝から食べるねー」

テーブルには先客がいた。大きな器のスープとサラダが並べられ、山盛りのパンが入った籠を独占するような形でひたすら食べている。すごい。あれ、前よりも食べるようになってない？　アスカの隣には優雅に紅茶を飲んでいるケイさん。そこだけ空間が違うような錯覚を覚える……。絵になりすぎっ！

「最近、特に朝は食べないと持たないんだよねー。シュリエが言うには、成長期だって。メグは？　お腹空かないの？」

くっ、アスカが無邪気に私の心を抉ってくる……！　それはつまり、お前の成長期はまだか、まだ小さいままだな、って言われているようなものだ。いいの、私はこれからなの。背も大きくなるし出るとこも出てナイスなバディになるんだから……。ぐすっ。

「昨日、いっぱい食べてたし、ね。僕もそんなに、お腹空いてない、から」

「食べる量は人それぞれだから。リュアスカティウスはしっかり食べればいいし、メグちゃんは軽くにすればいい。大事なのは自分の適量を知ることだよ」

ロニーはさすがのフォローである。そしてケイさんの言葉には説得力がある。二人とも、大好き！　苦笑を浮かべながら席についたロニーの隣に私も座り、収納ブレスレットからフルーツをいくつかテーブルに出す。アプリィとナババ、それにオランの盛り合わせだ。

「ね、食べたら二人も訓練に行くでしょ？」

そんなので足りるのか、と言いたそうに首を傾げつつも、話題を変えてくれたアスカ。そうだったね。試合に出場するメンバーは準備の手伝いはせず、訓練をするようにと言われているのだ。私たちの付き添いであるギルさん、シュリエさん、ケイさんが交代で私たちを見ていてくれることになっている。今日はケイさんなんだよね。すぐさまもちろん、と言いながら首を縦に振った。

「ぼく、すっごく強くなったんだから！　未成年部門では優勝しちゃうかも！」

「おおー、自信満々だね！　本当に強くなったんだろうなぁ」

「メグだってそうでしょ？」

「うん！　いっぱい頑張ったんだから！」

アスカのこういう前向きなところ、好きだなぁ。訓練でお互いにどれだけ強くなったか確認し合おう、と笑う。

「ロニーも一緒に訓練するの？　あ、でも物足りないかな……」

それからロニーの方を向いて聞いてみる。成人部門に出るから、訓練も私たちよりずっと厳しいものだと思うし。人間の大陸で一緒に頑張っていたあの頃が懐かしいなぁ。あれからケイさんの指導の下、毎日欠かさず訓練を続けてきたんだもん。ロニーは本当に強くなったのだ。

「たぶん、別メニューに、なると思う。でも、二人の訓練、少し見てから、やる」

ロニーがケイさんに目線だけで確認をとると、ケイさんはにこりと微笑んで頷いてくれた。

「ほんと⁉　やったー！」

一緒に出来たらなー、という期待の籠もった眼指しに気付いたのだろう。私が喜ぶのを見て、ケイさんとロニーはクスッと笑った。ワガママ言っちゃったかな？　ロニーだって試合に出るわけだし、訓練の時間を取っちゃうのは申し訳なかったかも。

「ロニーは成人したばかりだけど大人と戦うんだよね？　周りが強敵ばっかりで緊張しちゃわな

い？　えっと、本当に付き合ってもらっていいの？」

心配になってそう聞いてみたら、ロニーはふわりと笑って答える。

「きっと、勝てないと、思う。でも、挑戦しがい、あるし。それに、簡単に負ける気も、ない」

それからそっと私の頭を撫でて、二人の訓練を見るのも修行の一つだから平気だと言われてしまった。

「そっか。よーし。じゃあ、みんなで頑張ろうね！」

そんな私たちを見ていたアスカが、空っぽになった食器を片付けながら元気にそう告げる。それに合わせて、私とロニーもおー、と拳を上げて笑った。……それにしてもアスカ、いつの間に食べ終わったんだろう？

食後の休憩も兼ねてゆっくりお散歩をしながらみんなで訓練場へと向かう。なんでも、大会のために専用の訓練場まで用意してくれているのだそう。もちろん、担当はオルトゥス。

「ほわぁ、すごいとは思っていたけどやっぱりすごい」

「なぁに、その感想？　おっかしいの！」

訓練場に一歩足を踏み入れたところで思わず素直な感想がもれた。アスカには笑われたけど。いや、だって本当にそう思うんだもん。建物自体はただの小屋なんだけど、オルトゥスがそれで終わるわけがない。当然、固定異空間魔術が組み込まれており、ドアを開けると軽い運動が出来る空間が広がっています。し、か、も！　ごった返しにならないようにと、それぞれのギルドごとに部屋が分かれているのだ！　訓練なのだから、慣れない相手もいる中でやるよりリラックスして臨(のぞ)めるだろう、との考えもあるんだって。もちろん、ここで出会った別のギルドの人を誘って訓練することも可能。そういった人たち用の場所も用意されているのだ。すごいでしょ、オルトゥス！　私が考えたわけじゃないし、なーんにも関わってないけど鼻を高くしちゃうのだ。ふふん。で、私たちがやってきたのはもちろん、オルトゥス専用の部屋、訓練場である。すでに奥の方ではジュマ兄と出場する他の二人が身体を動かしていた。よぉく目を凝らさないと速すぎて何をしているのか捉えられないや。やっぱりすごいなぁ。

「はっ！　もしやロニーもあんな風に動けるの……？」

成人部門に出場するのだから、そうじゃなきゃ太刀打ち出来ないもんね。私の知らない間に、ロニーもそんなに強くなっていたってこと⁉

「あんな風に、動けるかは、わからないけど……。たぶん？」

「うおぉ、すごい！　ロニー、修行いっぱい頑張っていたもんね！」

私が誉め称えると、ロニーは恥ずかしそうに頬を人差し指で掻いた。奥ゆかしい。

「よし、私たちも頑張ろう！」

「おー！　まずは準備運動からだね！」

みんなの様子やロニーのことを知ったからか、私たちのやる気スイッチがオンになる。アスカと二人で早速ストレッチから開始。しっかり身体を解して、準備運動をし、軽く走りこむ。走るにはちょっと狭いけど、その分、何周もすればいいだけだもんね！　私たちが通るたびにジュマ兄たちがニコニコと笑顔を向けてくるのがちょっと気恥ずかしいけど……。応援してもらって嬉しくもある。ちなみに、ロニーもここまでは一緒に付き合ってくれた。私たちのペースに合わせてくれているみたいだ。ほんと、優しい。

「二人とも、模擬戦(もぎせん)をしてみたらどうだい？　審判はロナウド。審判をするのもいい勉強になるからね」

「ん、わかりました」

一通りのアップを終えたところで、ケイさんがそんな提案をしてきた。模擬戦かぁ。アスカとやるのは初めてかも。一緒に訓練はしていたけどね！

「よぉし！　ぼくが勝っても泣かないでよ？　メグ！」

「む、アスカ。それはこっちのセリフだからね！」

嬉しそうにそう宣言したアスカに負けじと私も言い返す。お互いに笑顔である。意地悪で言っているわけじゃないけど、それぞれ本気のセリフだ。アスカは私のライバルなのだから！

「ルールは、もう、覚えた？」

「もっちろーん！」

「うん、覚えたよ！」

ロニーの確認に、アスカとともに元気に返事をする。この大会での試合のルールのことだ。これは各ギルド間で相談して決めたのだという。成人部門も未成年部門も同じだそう。一つ、武器の使用は禁止。その代わり、どんな魔術を使用しても構わない。一つ、勝利の条件は相手を場外へ出すか、相手が意識を失う、または負けを認めた場合とする。一つ、命の危険がある攻撃は禁止。一つ、試合の制限時間は大会でのみ使用する砂時計の砂が落ちきるまで。お父さん曰く、四十分ほどだそう。な、長くない？　休憩も挟まないんでしょ？　と聞いたところ、亜人の体力なめんな、と返されてしまった。むしろ短いくらいだ、とも。でもそれ以上長くすると大会が終わらなくなるからこれくらいが妥当なんだって。それもそうか。一瞬で終わる試合もあれば、時間いっぱいかかる試合もありそうだしね。どちらにせよ怖い。あとはこれだ。バテるようじゃまだまだ、って。私？　バテる気しかしないよ！　うわーん！　でも、泣き言なんか言わないで頑張るんだから！　ちなみに引き分けの場合は審査員である各ギルドの代表たちの協議で決まるんだって。ルール違反があってもギルドのトップが見張っていれば確実だし、魔道具の設置もあるから安全対策もバッチリである！　その魔道具ってのも、ものすごい物なんだけど割愛します。だって、すごい物が多すぎるんだもん。

「じゃ、やってみようか。二人とも、準備、して？」

頭の中でルールを確認したところで、ロニーの合図。よし、模擬戦とはいえ、精一杯やるぞー！　よろしくね、精霊(みんな)たち！

## 4　続々と集まる出場者たち

先手必勝、とばかりにアスカが仕掛けてくる。シャイオって呼んでいたから光魔術で目眩(めくら)まし、かな？　脳内で瞬時にフウちゃんとリョクくんに指示を飛ばす。

「うっそ、速いっ」

　全身の力を抜いてフウちゃんの風に身を任せておけば、私は動く必要がない。フウちゃんが攻撃を避けてくれるからね！　だから私はフウちゃんを信じて眩しい光を直視しないように目をギュッと閉じる。無事、アスカの攻撃をフワリと避けられたみたいだ。主様には攻撃を絶対当てさせないっ、と意気込むフウちゃんの言葉にほっこりしてしまう。おっと、ダメダメ。今は模擬戦中なんだから癒されている場合じゃない。光が収まったのを確認して目を開けた私は、アスカの位置を確認して足元に種を投げる。その瞬間、リョクくんの魔術によって種が急成長し、蔦がアスカを捕らえようと伸びていった。

「わ、わ、反撃のオマケ付き⁉　むむっ、メグやるなぁ。でも捕まってなんかやーらないっ」

　けれど、アスカは蔦を難なく避けた。身体能力だけで避けているのがわかる。私と違って運動神経がいいアスカにとって、これくらいはわけないのだろう。喋る余裕もあるみたいだしね。避けられちゃったのは残念だけど、私だってこのくらいで決着がつくとは思ってなかったよ！　魔術は補助程度に使い、距離を詰めて攻撃してくるアスカは正直なところ手強い。でも、負けるもんか！　私だって、ギルさんと特訓したんだから！　私の武器は、自在に操れる多種多様な自然魔術。たくさんの魔力を込めればあっさり勝てるのはわかってる。でもそれはとても危ないことだからね。私の魔力は桁外れに多いから、加減を間違えると辺りが焦土と化してしまう。というか、精霊たちが受け取りきれずに暴走しちゃう。それは精霊を苦しめることにもなるから細心の注意が必要なのだ。

ハイエルフの郷で魔力の解放をしておいてよかったってすごく思うよ。実感として、これはやばいってしっかり覚えることが出来たから。シェルさんには本当に感謝している。

だから、私は魔力放出のコントロールを重点的に訓練してきた。精霊たちを傷つけるなんて絶対に嫌だもん！　この辺りはみんなともたくさん話し合ったんだ。危険だと思ったら魔力を受け取らないで、って何度も約束をして。申し訳ないことに、どれだけ訓練をしてもまだコントロールが甘いところがあるから……。でも、みんなは私を信じてくれた。未熟なところは、自分たちがカバーするとまで言ってくれたんだ！　もう、いい子たちすぎるっ。一生、この子たちを大切にするって改めて思ったよ！

「ホムラくん、ライちゃん！」

『わかったんだぞ！』

『はいな！　加減もウチに任せてー！』

フウちゃんに身を任せてアスカの攻撃を避けつつ距離を取ったところで、火と雷の自然魔術を使う。この二つは攻撃専用みたいなところがあるから、いつも以上に注意が必要。でも、手加減というのを訓練で何度も繰り返したから、二人とも自信満々で魔術を使ってくれる。やっぱり反復練習は大事だね。練習の時と同じように、ちょうどいい加減の炎と雷を出してくれた。

「わ、わ……うっ」

私が指示したのは、炎でアスカを取り囲み、動きが一瞬だけ止まったところに電撃で痺れさせる、というもの。思惑通りに動きを止めたところで、私はすかさず距離を詰め、アスカを押し倒した。

「捕まえ……ひゃっ」

「ま、まだまだぁ……！」

取り抑えた、と思った瞬間、風でフワリと自分の身体が浮くのを感じた。アスカの風の魔術だ。

くうっ、身体の軽い私はあっさりと持ち上がり、逆に仰向けになってアスカに馬乗りされてしまう。

こうなると力のない私では抜け出せない。……でも！

「シズクちゃん！」

『御意(ぎょい)っ』

「うわっ、冷たっ」

私だって最後まで諦めない！　水の魔術でアスカの顔に思いっきり水を飛ばしてもらった。怯(ひる)んだところでサッと拘束(こうそく)から抜け出し、フウちゃんの力を借りて再び距離を取った。ふぅ、危なかったー！

「やるじゃん、メグ！」

「アスカだって！」

顔と上半身がびしょ濡れになったアスカだったけど、生活魔術と風の魔術を使ってあっという間に服と髪を乾かした。うーん、アスカってば魔術の腕が上がっているなぁ。ちょっと大雑把(おおざっぱ)なところがあるみたいだけど、それを身体能力で補っている。

「今度は私からいくよ！」

「どっからでも来いっ」

こうして、私たちは試合を続け、十五分くらい過ぎた頃、どうにかこうにか私がアスカを追い詰めて試合終了。審判をしてくれているロニーやケイさん、ジュマ兄たちが口々にアドバイスをしてくれたりもして、なかなか実のある練習試合になったと思う。

「くーやーしーいーっ！　あとちょっとだったのに！」

「危なかったぁ。ふふ、でも勝てたもんねっ」

「むぅ。メグ、言うようになったよね。いいもん、大会では負けないもん」

荒い息を整えながら、二人で感想を言い合う。アスカは当然、負けて悔しそうだ。私も負けていたら悔しいって言っていたと思う。今勝ったからって油断せずに、本番でも頑張ろう。そう思いながら精霊たちに労いの言葉とともに魔力を渡していくと、みんな嬉しそうに魔力を受け取って飛び回った。可愛い。

「メグ、アスカ。二人とも、すごく強くなった」

「おー。動きが良くなってて、別人かと思ったぞ」

ロニーとジュマ兄もそう言って褒めてくれる。それからあの時はこうだった、こういう時はこうするといい、など細かいアドバイスもしてくれた。特にジュマ兄の助言が的確でいつも驚くんだよね。普段はあんなだけど、戦闘に関しては一流なんだなって改めて実感するよ。

「でも、メグの魔術の使い方は、僕の方が、勉強に、なった」

「そうだね。んー、魔力のコントロールはボクより上手かも」

最後にロニーとケイさんがそんなことを言ってきた。え、そうかな？　さすがにケイさんの言葉は大袈裟だと思うけど、褒められて思わずえへへと照れてしまう。するとアスカが頬を膨らませて見習うのは難しいけどねー、と口を出す。

「メグの自然魔術は特殊すぎるもん。頭で思い描くだけで精霊に伝わるから。信頼関係もすごいし！」

「ん、わかってる。でも、信頼関係なら、僕も、負けてない」

「そ、それはぼくもだけどぉ」

自然魔術を使う者同士の会話である。二人も私と同じように精霊たちが大好きなんだなってわかってむしろ微笑ましい。仲良しなのはいいことだ！

「じゃ、あとは個人でいつもの訓練しようぜ。お前ら子ども組は、少し休憩したら早めに終わりにしとけよー」

「「はーい！」」

ジュマ兄にそう言われて、アスカと二人で元気にお返事。ロニーもジュマ兄たちもこれから本格的な訓練に入るんだろう。ケイさんはしばらくロニーの指導につくみたいだ。私たちに付き合ってくれてありがとう、としっかりお礼を伝えてみんなの背を見送った。

「じゃ、もう少しだけ訓練しようか」

「だねー。終わったらさ、屋台の方に行ってみよーよ！　ケイにも後で聞いてさ」

「うん！　ケイさんが忙しくなかったらね！」

こうして、午前中は二人でひたすら訓練と休憩を繰り返して過ごした。ふぃー、疲れたぁ！

「屋台巡りかい？　んー、連れて行きたいのは山々なんだけど……」

大人たちの訓練が終わるのを待って一緒に広場へと戻る途中、ケイさんに聞いてみると申し訳なさそうに謝られてしまった。何でも、自分一人では何かあった時に助けてあげられないから、だそう。私たちもそれなりに戦えるようになったとはいえ、子ども二人を連れて治安のあまりよくない街を歩かせるのは不安だよね。ケイさんは強いけれど、そういう戦いは不向きなのだ。

「じゃあさ、私たちと一緒ならどう？」

残念に思っていると、後ろから明るく元気な声で話しかけられた。ビックリして振り向くと、そこにはクリーム色の癖っ毛さんが二人。

「ルーン！　グート！」

「えっへへー、久しぶりだね！　メグ！」

「よ、よぉ、メグ。その、元気そうで、何より……」

特級ギルド、アニュラスの双子ちゃんである！　おっどろいたー！　何でも、アニュラスの皆さんは今日の午前中にこの街に到着したんだって。そこへ私の姿を見つけたから声をかけたのだそう。うわーうわー、嬉しい！　ルーンと手を取り合ってピョンピョン跳ねる。そのたびにルーンのツインテールもぴょこんと動くのでとっても可愛い。癒された。

「話が聞こえちゃったんだけど、屋台巡りに行きたいんでしょ？　私たちも今から行こうかって話してたの。だから一緒にどうかなって思って」

「えっ、いいの!?」

キラキラとした瞳でルーンがそう言ってくれたので、バッとケイさんの方に顔を向ける。ケイさんは顎（あご）に手を当てて何やら思案しているようだ。

「そちらの引率者は彼だけ？」

「そう、アシュリーっていうの。ぜんっぜん喋らないけど、実力はアニュラスでもトップクラスだよ！」

ケイさんの質問に元気に答えながらルーンはサッと手で一人の男性を示した。すっごく背の高い男の人だ。ニカさんくらいはあるんじゃないかな。身体の線は細めだからヒョロっとして見えるけど、体幹（たいかん）がしっかりしているのと、魔力の質がいいのがパッと見ただけでもすぐにわかった。ルーンの言うように相当な実力者なんだろう。グレーの髪はところどころが緑に色付いていて、メッシュを入れているみたいに見える。そして口元はギルさんのようにマスクで隠されていた。前髪で右目も隠れているから顔がよくわからない。でも、紹介をされたアシュリーさんは私たちを見てきちんと会釈（えしゃく）をしてくれた。かろうじて見える左目も細めなので表情も読み取りにくいけど、礼儀正しいんだなってことがわかったよ。そういえば会議の時も名前だけは聞いたな。経理の人、ってアニュラス頭（ヘッド）のディエガさんが言っていた気がする。そっか、この人なんだ。会議にも参加したのなら、信頼出来る人だよね！　ルーンの懐き具合からいってもそれはすごく伝わるし。というか、ベッタリである。大好きなんだろうな。微笑ましい。……私もギルさんといる時こんな風に見られているのだろうか。

「じゃあ、ご一緒させてもらおうかな。構わないかい？」

ケイさんもこの人なら大丈夫だろうと判断したようだ。アシュリーさんにそう訊ねると、彼はこくりと一つ頷いた。側でルーンが大喜びしている。私も嬉しい！

「め、メグ！」

「？　なぁに、グート」

グートが声をかけてきたのでそちらを向く。でも、あれ？　なんだか顔が赤い？　そうだ、照れ屋さんなんだよね、グートは。慣れている人ならそうでもないらしいけど、私とは久しぶりだからまだ照れているのかな。可愛い。

「や、約束が果たせそうで、う、嬉しいよ」

「あ、お手紙で一緒に出かけようって言ってくれていたもんね。私も嬉しい！」

「二人きりじゃないのが、残念だけど……」

ボソボソと何かを言ったみたいだけど、うまく聞き取れなかった。何かが残念って言った？　聞き返そうとしたその瞬間、どんっと勢いよく後ろから誰かに抱きしめられた。え、わ、アスカ？

「どーも！　メグの番になる予定のアスカだよ！　エルフなんだ。メグと一緒のね！」

「え、な、つ、番……⁉」

「ぼくとも仲良くしてねぇ？　グート？」

「な、お、お前っ、メグから離れろよっ」

「やーだよ！　ぼくはいつもメグとこうしてるもーん」

お、おや？　なんだかグートとアスカの間で不穏（ふおん）な空気が漂い始めた。え、何で？　何？　何が

起こったのー⁉

「ふーん、なるほど、なるほどぉ」

「あ、ルーン」

ヒートアップして私から離れたアスカは、グートと何やら舌戦(ぜっせん)を繰り広げ始めた。その様子を困惑しながら見ていると、知らない間に隣に立っていたルーンが面白そうに呟いた。なるほどって何⁉

「そんなに心配しなくても大丈夫よ、メグ！　あの二人はお互いにライバル認定しただけ」

「ライバル？　あ、そっか。同じくらいの年頃で、男の子同士だもんね」

「……ちょっと違うけど、まぁそれでいっか」

大会で戦うことになるかもしれない同年代の男の子だもん。そりゃあ意識もするか。納得しているとクスクスと笑う声に振り向く。ケイさんが私たちを見て微笑んでいた。子どもたちのやり取りが微笑ましかったのかな？

「んー、メグちゃんは罪作りだなぁ」

「えっ、私？」

「ふふ、気にしなくていいよ。ねぇ、屋台巡りに行くんでしょ？　そこの二人」

私が罪作りってどういう意味？　なーんか釈然(しゃくぜん)としないなぁ。まぁいいや。ケイさんが気にしなくていいっていうなら気にしないでおこうっと。未だに口喧嘩をしていたアスカとグートはケイさんの呼ぶ声にハッとしてこちらに戻ってきた。まったく、いくらライバルが出来たからって、言い争ってばかりはダメだぞ！

「もう、二人ともケンカばっかりはダメだよ？　せっかく屋台巡りに行くの、楽しみにしていたのに……。二人がその調子だと、楽しいことも楽しくなくなっちゃう」

「うっ」

「うぅ、ごめん、メグ」

腰に手を当てて、戻ってきた二人にお説教します。内面的にはずっとずーっとお姉さんだからね、私！　ここはビシッと言っておかないと。……でも、しょんぼりしすぎじゃない？　強く言い過ぎたかな？

「はぁ、なっさけない男たちねー！　放っておこ！」

「え、え、でもルーン」

「いいの、いいの！　二人はそこで仲良くしょげてなさいっ。私はメグとデートしてくるからー」

「なっ、俺も行くしっ」

「メグとデートするのは、ぼくっ！」

ルーンの手腕がすごい。なるほど、先に行っちゃうよー作戦か。子どもには効果抜群だよね。ついクスクス笑ってしまう。

「じゃ、みんなで行こうね！」

そう告げると、グートもアスカも揃って恥ずかしそうに顔を赤くした。ケンカしちゃって気まずいのかな。でも子どもだし、すぐに仲直りしてくれるよね！　そうなるように私も気を付けて見ておこう。さて、ケイさんとアシュリーさんによろしくお願いします、と頭を下げて、いざ出発！

どんな屋台があるのかなー？

　仕事でこの街に来たことがあるらしいアシュリーさんを先頭に、私たちは屋台の並ぶ道を歩く。最後尾にはケイさんがいるから、私たち子ども組は間に挟まれている状態だ。

　アスカとグートの仲を深めてあげようよ、というルーンの提案にのって、私はルーンと手を繋いで歩いている。時々後ろから、なんでコイツの隣で歩かなきゃいけないんだよ、みたいなアスカとグートの文句が聞こえてくるけど。仲良しまでの道のりは思っていたより長そう。

「なんだか、甘い匂いがするね、ルーン」

「お肉の焼ける匂いもするよ」

　あっちこっちからいい匂いが漂ってくるから目移りしちゃう。ルーンは肉食なようで、さっきからお肉系の屋台を見つけては目をキラキラと輝かせている。めちゃくちゃ可愛い。そんな私たちの様子を見ていたケイさんが、微笑ましそうに笑いながら、気になったものを買ってみようか、と提案してくれた。うっ、どれにしようかなぁ？

「わ、私！　あのお肉食べたいぃ」

　真っ先に手をシュバッと挙げて主張したのはルーン。選んだのはスモークターキーのようなザ・肉だった。もも肉をそのまま燻製にした豪快なもので、確かにこの匂いがこの辺りでは一番強く、食欲をそそる。じつは宴会で私はすでに食べたんだけど、すっごく美味しかった。ただ、多すぎて丸ごと一つは食べきれない自信がある。ちなみにスモークチークという料理らしい。買ってもらったスモークチークを嬉しそうに受け取ったルーンはヨダレを出さんばかりに肉を凝視している。先に食べていいんだよ？　というケイさんの一言を聞いて、すぐに齧り付いた。

「おいしーっ」

「ふふっ、よかったねルーン。でも、食べきれる？」

「こんなの、おやつよ、おやつ！」

そう言いながら一心不乱に頬張るルーンはとても幸せそうだ。でもそうか、おやつか、これが。

ルーンもすごく食べる子なんだなぁ。羨ましい。

「あ、ぼくはあれが食べたいっ」

「俺はあっち！　肉が巻いてあるやつ」

続いてアスカが肉まんのようなものを指差して言い、グートが肉巻きおにぎりを指差して言う。

おっと、彼らも肉食である。それぞれケイさんとアシュリーさんに買ってもらって手渡された二人は、互いに自分の持っているものと相手の持っているものを交互に見ていた。

「……それも、美味そうだな」

「そっちも……」

「半分ずつ食うか？」

「いいの？　やったー！　グート、いいヤツじゃん！」

おお、食べ物によって友情が芽生えた！　美味しいものは正義だね、やっぱり。

「メグちゃんはどれにするか決めたかい？」

「あ、えーっと」

そこへケイさんに声をかけられてハッとする。少し迷って私も控えめに指し示す。

「あの、アレ……いいですか？」

「ん？　ああ、アプリィキャンディーだね。ふふっ、メグちゃんは選ぶものも可愛らしいね」

私が選んだのはいわゆるりんご飴だ。だってだって、私の拳より小さなりんごに飴がコーティングされていて、キラキラと綺麗で美味しそうだったんだもん。チョコナババやクレープも気になったけど、私の軟弱な胃は未だに昨日の宴会料理が響いているのだ。要するに胃もたれ。あまりガツンとしたものが食べられないのである。運動したのにまだお腹が空かない……！

「はい、どうぞ」

「わぁ、ありがとうございます！」

ちなみに、これらの資金はオルトゥス持ちである。あ、ルーンとグートはアニュラス持ちだけど。つまりギルドのお金ってことだ。というのも、ここで飲み食いするものに関してはギルドでお金を払うって初めから決めていたのだそう。この大会は試合を楽しむだけでなく、経済を回す目的もあるから遠慮なく使ってほしいと言われているためだ。私たちギルドのメンバーが美味しそうに食べ歩きすることで、それを見た他の人たちも釣られて買う、っていうのを狙っているんだって。宣伝効果だね！

「あまーい！　美味しいっ」

一口アプリィキャンディーを齧った瞬間、口いっぱいに甘さと爽やかなりんごの風味が広がってもうそれだけで幸せー！　頬に手を当てて幸福を味わっていると、みんなから微笑ましげに見られてしまった。道行く人まで⁉　なんだか恥ずかしいのですが！　でもこうして注目を浴びたおかげで、私たちが購入した屋台にお客さんが集まり始めた。宣伝効果が早くも！　やったね！

「お、お前さんたち、うちの焼き団子も美味しいよ！」

「うちの海鮮焼きは特別なタレが塗ってあるから美味いぞー」

だからなのかなんなのか、他の屋台の人たちからもたくさん声をかけられてしまった。ま、待ってー！　そんなには食べられないよ！　え、アスカは食べるって？　グートも？　あ、ルーンまで！　ケイさんやアシュリーさんも食べ始めたからこの辺りで売っているものは制覇したのでは？　という勢いだ。みんなすごぉい。当然ながら私はりんご飴をちびちび食べながらその様子を見ていたよ。ごめんね、戦力にならなくて……。あ、でも海鮮焼きは少し食べさせてもらった。醤油ベースのタレの香りには勝てなかったのだ。帆立のような食べ応えのある貝はとてもジューシーで大変美味でした！　でもお腹いっぱい。私の胃ぃ、もっと大きくならないかなぁ？

　屋台料理を満喫した私たちは、その後少し散歩をしてから広場の拠点まで戻ることにした。街がどんな感じなのか見ておきたかったしね。基本的に石造りの街並みは素朴な雰囲気で結構好きだ。ただ、砂が多いからどうしても埃っぽくなっちゃうけどね。この辺に住んでいる人たちはお掃除が大変そうだなぁ。専用のお掃除魔道具とかがあったりするのかも。そうこうしている間に、だんだんと陽が暮れてきたので、私たちは広場に戻ることにした。アニュラスも広場の奥の方に拠点を作っているっていうから、きっと近くだよねとルーンと笑い合う。

「……」

「わっ、あれ、どうしたの？　アシュリー」

突然、先頭を歩くアシュリーさんが立ち止まった。その足に思い切りぶつかったルーンが不思議そうにアシュリーさんを見上げて問いかける。すると、アシュリーさんは無言でスッと腕を上げて向かっていた方向を指差した。ん？　なんだか、騒がしいな？

「あー、なるほど。メグちゃん、見知った人が到着したようだよ」

「見知った人？」

「そう。気配でわかるんじゃない？」

ケイさんはすぐに気付いたみたいだ。気配、か。探ってみよう、と思ったけど探るまでもなかった。ちょっとそちらに意識を向けただけで私にもそれが誰かすぐにわかったのだ。

「父様！」

魔王一行が、到着していたのである！　魔王の魔力は色んな人たちに影響を与えてしまうからと、父様は常に身体に纏う魔力を消しているのですぐには気付かなかった。でも、その圧倒的な存在感と美しさにより、みんなの注目を浴びている。こうして人混みの中で見ると、よりオーラを感じるなぁ。ただ歩いているだけなのになんであんなに存在感を出せるのか本当に不思議なんだけど、それが魔王ってやつなのかなー。私もいつかあんな風になってしまうのだろうか。……行く先々で注目を浴びてしまうのはちょっと嫌だなぁ。まぁ、今は魔王国の皆さんを引き連れているから余計に目立つのかもしれないけど。

「ああ、メグ。二日ぶりだな」

私を見つけた瞬間、わかりやすく顔をほころばせた父様が嬉しそうに声をかけながら歩み寄ってくれた。その笑顔の破壊力は凄まじく、見ていた人たちが数人ほど気を失った。いわゆるキュン死というやつだ。なんかごめんなさい。

「え、えっと、父様たちも広場へ向かうの？」

「うむ。メグたちもか？　魔王国の拠点はオルトゥスの隣だそうだな」

本人に悪気はないし、特に気にしてもいないようなので、私もあえて見ないフリをして質問をすることにした。でもそれにより、ウキウキとした可愛らしい魔王、というものが出来上がってしまったため、さらに数人が倒れるのを視界の隅で確認した。あー、こりゃだめだ。さっさとこの場を移動した方が良さそう。

「じゃあ、一緒に行こ！　案内するね！」

「め、メグが、自ら……!?」

だから父様の手を取って早く早く、と手を引いたんだけど……。あ、あれ？　余計に人が倒れたよ!?　なんで!?　父様が感動で震えるのはいつものことだけど！

「はぁ……。お前さ、自分の容姿のこと、未だに自覚ないのな」

「あ」

呆れたように父様の後ろから顔を見せたリヒトの言葉にハッとする。そうだ、私ったら美少女の部類に入るんでした。い、いやでもこれは九割父様のせいだと思う。そうに違いない。というか今気付いたけど、ルーンたちもみんな固まっているんですけど！　魔王が目の前にいるってそんなに重大なことなのね。ちょっと意識が足りてなかったよ。

「んー、とにかく早く広場に行こうか。アシュリーはルーンとグートをお願いね。リュアスカティウス、ボーッとしてないで行くよ」

やや混沌とした現場を仕切ってくれたのはケイさん。た、頼りになるぅ！　アシュリーさんに背中を叩かれたルーンとグートがハッとして我に返り、慌てたように再び歩き出す。なんだか動きがロボットみたいになっている。ふと横を見ればアスカもちょっと緊張しているみたいだ。亜人とは違うエルフだから、まだ魔王の影響が少なく済んでいるみたいだけど。それにしても、ぎこちない雰囲気になっちゃったな。うちのザハリアーシュ様がすみません、というクロンさんの淡々とした声が聞こえてきたのが余計にみんなを緊張させた。な、なんとも居た堪れない。まさにカオス！

「げっ、すげぇ大名行列だな、おい」

そんな団体を引き連れてオルトゥスの本拠地に戻ってくると、すでに帰ってきていたお父さんが呆れたように私たちについて口にした。大名行列って。守られるべき立場の魔王が私に手を引かれて先頭にいるけど、まぁ似たようなものかもしれない。

「メグと手を繋いでここまで来たぞ。メグと！　手を！　繋いでな!!」

「うぜぇ、アーシュ」

キラキラと表情を輝かせながら嬉しそうに報告する父様をバッサリと言葉の刃で切り落とすお父さん。カオス継続である。

「え、えっと！　父様たちは一度、拠点に行った方がいいと思う！　皆さん疲れているでしょ？」

どうにかこの場を乗り切ろうと頑張る私。えらくない？　ここまで連れてきたのは、魔王国の拠点が近いからっていう理由なわけだし、いつまでもここに皆で集まっていたら邪魔になっちゃうもん。ここに到着したばかりの皆が疲れているのももちろんあると思うしっ！　……すみません、はやくこの注目の的状態から抜け出したいっていうのが本音ではあります、はい。

「それもそうであるな。夜も遅くなってはいけない、また明日会おうぞ」

「おい、アーシュ。お前は明日、大会の打ち合わせがあるからな？」

「む、で、では、我はいつメグと過ごせるのだ!?」

ここにいる間はみんな忙しいもんね。特に父様はこれでも魔王なわけだし、大会準備の最終チェックとか他にも私にはよくわからない仕事があるはずだ。

「明日は早朝から会議ですね。それから試合会場の下見と魔道具の動作確認、それから……」

「ま、待て、クロン！　それでは明日は一日忙しいではないか！」

「一日？　おかしなことをおっしゃいますね。大会が終わるまでずっと忙しいに決まっているではないですか。魔王城でこなすはずだった書類もちゃんと持ってきていますから夜も忙しいですよ」

「鬼畜であるぞ!?」

ひえっ、たしかに鬼畜っ！　でもたぶん、本当に仕事が溜まっているんだろうなぁ。そう思ってつい憐(あわれ)みの目を向けてしまう。

「これまでなにかと理由をつけてサボっていたツケが回ってきただけですよ。ザハリアーシュ様が毎日きちんと決められた量の仕事をこなしていれば持ち込みの仕事はここになかったはずです」

「うっ」

あ、自業自得のやつでした。それは仕方ないのでは？　あ、でも私がちゃんと休むようにって言ったからかな。出来るだけしっかり休む時間を作ってほしいって言った覚えがあるもん。罪悪感がー！

「あ、あの！　それなら、夜ご飯、一緒に食べられないかな？　そのくらいならそんなに時間も取られないし、その……！」

ちょっとでも親孝行を、と思っての提案だったんだけど、そんな時間すら惜しかったりするかな？　そう思ってチラッとクロンさんを見つめると、父様も同じようにクロンさんを見つめているのが目に入った。期待の籠った眼指しだ……！　それを受けてうっ、と言葉を詰まらせたクロンさんはコホンと一度咳払いをして口を開く。

「わかりました。明日の夕食はメグ様を招待いたしましょう。ユージン様、よろしいでしょうか？」

「そりゃメグがいいなら構わねぇが、いいのか？」

「ええ、その方がザハリアーシュ様の仕事の効率も上がりますから」

はっ、それはつまり、私との食事は父様にとっての餌だね！　餌をぶら下げておけばたぶん父様は。

「感謝するぞ、クロン！　必ずや仕事を全て終わらせてみせよう！　さ、そうと決まれば今すぐ拠点へ向かうぞ皆の者！」

すごいな、娘効果。私だけど。クロンさんもリヒトも呆れたように額に手を当てている。まだこの場に残っていたルーンとグート、それからアシュリーさんまでポカンと父様を眺めているし。

「すっごい、親馬鹿ぁ」

そして感心したようにそう呟いたのはアスカ。あ、うん、その通りだよ。ごめんね、魔王様がこんなんで。でもちゃんとやる時はやる人なの。その後、ルーンやグートとも別れ、私はアスカとケイさんとともにそれぞれのテントへ戻った。夕飯は屋台で済ませたし、あとは寝るだけだ。同じテントを使うギルさんはまだ戻ってきてないけど……。忙しいのかな？　先にお風呂を済ませちゃおう。出来れば、戻ってくるまで起きていたいところだ。睡魔さん、自重してね。しかーし。お風呂上がりのホカホカした状態って本当に眠くなるよね。うん、知ってた。うぅっ、絶対に起きて待っているんだから。でも、ウサ耳フード付きのフワフワな寝巻きがあったかくて肌触りもよくて本当に心地好いんだよねぇ。ランちゃんはいい仕事をする……。はっ！　危ない！　寝てしまうところだった！　こ、これはさっさとベッドに行った方がいいかもなぁ。でも、昨日も一人で寝たし、なんとなく寂しい。……一人で寝るのが当たり前だったのに、昔より甘ったれになってない？　私？

シーンと静まり返った室内が、妙に気になってしまう。私は今、一人なんだなぁって実感するっていうか。いや、外に出ればまだ起きている大人がいるだろうし、隣の簡易テントにはアスカもいるから一人ではないんだけど。

ザワリ、と魔力が揺れた。私の身体の奥の方だ。それはとても小さな動きだったけど、確かに感じた暴走の兆候。あぁ、ダメダメ。弱気はいけない。でも、でも。

「……ギルさぁん」

心細い。こんなにも感情がコントロール出来ないものなのか。この膨大な魔力は本当にいいことないなぁ。物語の主人公みたいに魔力を自由に使って世界を救うだとか、みんなの役に立つとか、特別な役目をこなすとか、そんなこともない。私にとって魔力はただ、暴走してみんなに迷惑をかけるだけの、邪魔なものだ――。

「っメグ!!」

大きな声で私を呼ぶギルさんの声でハッとする。それによって今、自分が悪い思考に傾きかけていたことに気付いた。

「あ……ギル、さん」

少しぼんやりする頭をどうにか稼働させてギルさんの方に顔を向けると、ギルさんがギュッと抱きしめてくれた。いつもの匂いと温かさにほぅっ、と息を吐く。ものすごい安心感だ。

「私、魔力が漏れてた?」

少し落ち着いたところで気になっていたことを聞いてみると、ギルさんは首を横に振った。そっか、魔力は漏れてなかったか。それを知って安心した。ここにはみんなが近くにいる。もし漏れていたらものすごく迷惑と心配をかけていたと思うから。……あれ? でも、それならなんでギルさんはこんなに焦ったように駆けつけてくれたんだろう。

「ギルさんはなんで、来てくれたの? 魔力が漏れてなかったのに」

スッと少しだけギルさんから身体を離して見上げながらそう聞くと、それは……と少し口籠(くちごも)るギルさん。なんだろう?

「……呼んだだろう。俺を」

「えっ、呼んだ、けど……聞こえていたの!?」

ポツリとした小さな呟きだったよね、あれ。それがギルさんに聞こえたってこと？　あ、もしかしてすでに帰ってきていたところだったのかな。さすがにテント内にいれば聞こえたよね。私が気付いてないだけで、いたのかも。でもそうじゃない、とギルさんは言う。あれぇ？

「呼ばれたから、仕事を切り上げてすぐにここに来た」

「えっ、じゃあまだ仕事が終わってないんじゃ……！　っていうか、なんで聞こえたのかますますわからないよ!?」

大混乱である。盗聴器でも仕掛けてあるのかしら？　そう言いながらキョロキョロ辺りを見回していると、ついにギルさんが吹き出して笑った。え、おかしなこと言ったかな。

「いや、俺にはメグが助けを求めているとわかるんだ。なんとなく、な」

「え、そうなの？　え、なんで？　あと、お仕事は？」

ギルさんの答えはぜんっぜん答えになってないぞ？　首を傾げてあれこれ聞くと、ギルさんはひょいっと私を抱き上げて立ち上がった。わ、びっくりした。

「質問が多いな？」

そう言ってクスッと微笑みかけるのはずるいと思いまーす！　イケメンめーっ！　かっこいいっ!!

「もうっ、からかわないで教えてよーっ」

「ああ仕事、だったな。もう終わるところだったから問題ない」

「ほんと？」

「本当だ」

ゆっくりと寝室まで歩きながらギルさんと会話を続ける。ドアを開けてそっと私をベッドに寝かせたギルさんは、そのまま優しく布団をかけてくれた。それからふわりと自身に洗浄の魔術をかけて隣で横になってくれる。添い寝だー！　わーい！

「メグは、なぜ俺に助けを求めたんだ？」

「えっ、とぉ……それは……」

寝てしまう前にどうして私の声が届いたのかもう一度聞こうと思ったんだけど、逆に私が質問されてしまった。なんで助けを、か。いや、その、助けってほどではなかったんだよね。だって、あの時ギルさんを呼んだのはただ……。

「……ちょっと、一人で心細くなっちゃっただけ、なの。ご、ごめんなさい」

口に出してみると余計に恥ずかしいな⁉　何これ、私こんなキャラだったたっけ？　甘ったれでワガママでどうしようもない！　うわー、急いで帰ってきてくれたのに理由がこれじゃあ、ギルさんも呆れるよね。きっと今は残念なものを見るような目で私を見ているに違いない。そう思って恐る恐るギルさんの顔を見てみた。

「……そうか」

「……っ」

だけど、思っていたのとは違った。呆れるでもなく、どこまでも優しい目で、むしろ嬉しそうに私を見つめていたから思わず声に詰まってしまった。え、喜んで、る？

「謝ることなどない。俺は、頼りにされて嬉しいと思っている」

「そ、そう、ですか……」

なんだろう、妙に恥ずかしいんだけど。いつになくギルさんの表情が甘いからかな？　イケメンのそんな顔を至近距離で見ているからかもしれない。うん、これだ、間違いない。でも、そっか。頼りにされて嬉しいって思ってくれているんだ。よかった……。いや、ワガママはほどほどにするけどっ！

「起きて待っていてくれたんだろう？　もう休め。明日以降は、もっと早くに戻ると約束しよう」

ギルさんが優しく頭を撫でてくれるから、目蓋が重くなってきて、トロンとしてくる。

「ほんと……？　でも、お仕事……」

「いつも以上にさっさと終わらせる。心配いらない。それに明後日なら俺が子どもたちの付き添い係だからな」

「そっかぁ……えへへ、あり、がと」

ギルさんは本当に私の精神安定剤だなぁ。ただ側にいるだけで安心出来るのに、さらに優しい言葉や手を与えてくれるから、今はもう身体の奥で燻（くすぶ）っていた魔力の動きをカケラも感じない。心も身体もポカポカになった私は、そのままなんの不安も抱かずに静かに睡魔に身を委（ゆだ）ねた。

# 5　不穏な予知夢

「……──す」

夢を視ている。あぁ、やっぱり私の夢渡りは制御出来ていないんだなぁ。思わずガックリきてしまうけど、視てしまったものは仕方がない。こうなったらしっかり内容を覚えておかなくては。でも、変だなぁ。モヤがかかったみたいによく視えない。いつもはハッキリ視えるのに。誰かが二人、向き合って立っているのはわかるんだけど。

「ど──？　……ない！」

「仕方な……他の…………！」

声も、なんだか聞き取れない。なんで？　こんなに不明瞭なことって珍しくないかな。ええい、私の夢で私の能力ならしっかり視せなさいっ！　魔力っ、いうことを聞いて！　さぁ、先を視せて。

「俺が、お前を、殺す……！」

──え？


ガバッと上半身を起こして目を覚ます。呼吸が荒く、全身が汗でビショビショだ。窓の外はまだ少しだけ薄暗いから、たぶん夜明けより少し前くらいの時間だろう。でも、この室内にギルさんはいないから、もう起きて活動しているか、夜通し仕事をしていたか、かな。たぶん後者な気はする。

ふぅ……。今の状況を確認したことで、だいぶ震えがおさまってきたよ。まだ手には力が入らないけど。うん、大丈夫。夢の内容も、覚えている。

「リヒト……」

間違いない。あれは、リヒトだった。決意のこもった力強い眼指しで、真っ直ぐ相手を見ながら言っていた。「お前を殺す」って。残念ながら、その言葉を向けた相手まではわからなかった。夢のリヒトは名前を言わなかったし。

「今の姿だったな……リヒト。きっと、近い未来に起こることだ」

そう、そしてここが重要だ。今より年を取っていれば、もう少し先の未来だって思っただろうけど、夢の中のリヒトと今のリヒトの姿は変わらない。だから、これはわりとすぐに起こることなんだ。前にもあったよね、そう思ったこと。たしか、リヒトがギルさんと戦っている時の夢だ。……じゃあ、じゃあさ。それって、もしかしなくても、リヒトが殺すって言った相手は。

「ギルさん、なの？　嘘でしょ……」

いや、まだそうと決まったわけじゃないけど。でも、その可能性が一番高いのは事実だ。え、無謀じゃない？　だって、ギルさんだよ？　リヒトが敵うわけない……とも、言い切れないんだよねぇぇぇ。なんでって、リヒトの魔力の質がものすごく良くなっているからだ。会うたびに洗練されていく魔力の質と、増えていく魔力量にいつも驚いていたんだよね。それも、魔王城で鍛えているからだって、頑張っていてすごいなって、そう思ってた。だけど、夢の中のリヒトを見る限り、目的はそこにあったの？　って悲しくなった。そのために、リヒトはずっと頑張ってきたの……？　ギルさんを、その……殺す、ために。も、もちろん、今の夢が予知夢とはかぎらないよ？　もしかしたら、誰かの悪夢を夢渡りで視てしまったのかもしれないし。そうであってほしいだけなんだけど。あぁ、ダメだ。これはちょっと、リヒトの顔を見ていつも通りにしていられる自信がない。ギルさんも、だ。私の様子がおかしいことに気付いて、どうしたのか聞かれてしまう。それはまずい。相談はしたい。けど内容が内容だけに、どうしても躊躇ってしまう。相談するにしても、誰にすればいいのかしっかり考えないと。

「よし。まずは、今日も訓練を頑張るところから、かな！」

　今、出来ることはそんなものだ。ご飯を食べて、身体を動かせば何か他の考えが浮かぶかもしれないしね！　ウジウジ悩まない。心を落ち着けないと。ほら、せっかくのいい天気なんだから！

「おはよーアスカ！　今日もすごく食べるね！」

「おはよう、メグ！　そりゃあね！　メグは今日もフルーツだけ？」

「ううん、今日はちゃんと食べるよ。あっ、シュリエさん！　おはようございまーす！」

　身支度を整えてからテントの外に出て食卓へと向かうと、昨日と同じようにおかずで山盛りになったお皿を前に朝食を摂るアスカを見つけて声をかける。本当に美味しそうに食べるなぁ。そんな会話をしていると、ティーセットのトレーを持ったシュリエさんがこちらに来るのが見えたので挨拶をした。

「はい、おはようございます、メグ。今日も元気いっぱいですね」

「えへへ、昨日はいっぱい訓練していっぱい寝たから！」

シュリエさんがクスクスと笑うので、両腕で力こぶを作りながら元気に答えてみた。……相変わらずこぶはないけど。

「それは良かった。でも無理は禁物ですよ？　今日はしっかりと基礎の訓練をしてから最後に模擬戦をしましょうか」

「また模擬戦出来るの？　よぉし、今日は負けないからね、メグ！」

「私だって負けないもんっ」

シュリエさんの提案に二人してやる気を漲らせる。そんな私たちの様子を穏やかに微笑んで見守りながらシュリエさんは紅茶を淹れて私の前にカップを置いてくれた。

「まずは腹ごしらえですね。何か持ってきましょうか？」

「ううん、自分で取ってきます！　ありがとう、シュリエさん」

基本的にここでの食事はギルドにいる時と同じで自分たちで取りに行くスタイルだ。キッチン専用のテントがあるのでそこに用意してある食事を必要な分だけ取っていく。昨日はフルーツだけにしたから自分で出したけどね。料理はもちろん、チオ姉たち調理担当の方々が用意してくれたものである。わざわざ遠征のために作ったものを取り出すのではなく、少し大きめの、生き物以外を送ることが出来る転移陣がオルトゥスの食堂と繋がっているので、リアルタイムで作られた食事の受け渡しをするシステムだ。そうすれば、手間としては普段の作業とそう変わらないだろうからって。調理担当の負担を減らすためだ、ってお父さんが言っていた。転移陣というオルトゥスの技術があってこそだよねぇ。相変わらずすごい。

朝食のサラダとサンドイッチ、コーンスープを食べ終えた私はお腹もいっぱいになったところでようやく気持ちが落ち着いてきた。まだ夢のことは引きずっているけど、お腹が満たされると少し余裕が出てくるものだね。ギルさんやリヒトにまだ会っていないのが幸いしたかな。二人にはもちろん会いたいけれど、あの夢の直後では冷静でいられる自信なんかなかったもん。訓練して身体を動かしたらもっと落ち着けるかな。そうであってほしい。そう願いながら私はシュリエさんとアスカとともにゆっくり歩いて訓練場へと向かった。


「やったーーー！　今日はメグに勝ったー！」

「うーっ、次は負けないもん！」

訓練の後の模擬戦。シュリエさんの審判で行われたその試合で、私は負けてしまった。粘(ねば)ったんだけどなぁ。悔しい。

『ご主人様……？』

フワリ、とピンク色が目の前を通り過ぎる。そしてそのまま私の肩に止まった精霊、ショーちゃんは心配そうに小声で話しかけてくれた。

『心配ごと、大丈夫なの……？　心配なのよー』

ああ、やっぱり声の精霊であるショーちゃんにはお見通しかぁ。そう思って苦笑を浮かべる。うーん、これは声に出して言える内容じゃないから、心の中で答えることにしよう。本当は大丈夫じゃないけど、今は何も出来ないから。なにかあった時に対応出来るように、心の準備をしておかないとね。情けない主人でごめんね。心配ごとのせいで負けちゃった、なんて言い訳にもならないもん。もっと、強くならなきゃ！

『ショーちゃんは、ううん、ご主人様の精霊たちはみんな、いつだってご主人様の味方なのよー！』

「うん、心強いよ。いつもありがとう、みんな」

汗を拭きながら精霊たちの優しさに触れてほっこりとする。ああ、癒される。精霊たちは心のオアシスだ。

「さぁ、拠点に戻って昼食にしましょう。午後からは勉強の時間ですよ」

「えーっ!? 訓練じゃないのー？」

収納ブレスレットのお着替え機能によって着替えも終わった頃、シュリエさんの声と不満を漏らすアスカの声が耳に入る。あー、アスカは勉強苦手なんだもんね。

「大人と同じように丸一日訓練していては、身体を壊しかねません。効率よく成長するには適切な時間というものがあるのですよ。それに、文字の読み書きや簡単な計算も出来ないようでは、オルトゥスに入れません」

「うっ、わ、わかったよー、やるよ！」

いつかオルトゥスに、というのが目標であるアスカには効果覿面な説得だったね。え？ 私？

私は前世の知識が仕事をしてくれるので実は最初からある程度出来る。この世界に来たばかりの時も、手が思うように動かせなかったとはいえちゃんと書けたし、特に疑問も持たずに読めた。……

今更だけどそれってこの身体、メグの身体が持っていた知識だったのかな？　でも私がこの身体になった時は幼児だったし、そんな頃から読み書きや計算が出来ていたとは思えない。日本とは文字の形も微妙に違うし、言葉だって違う気がするのになぜか理解出来るのは本当に不思議だ。転移転生補正とかいうやつ？　相変わらず世界を渡る謎については色々と謎なままだ。いつかわかる日が来るのだろうか。

勉強やだなー、身体動かしたいなー、と文句を言い続けるアスカに対し、終わったら遊びに行こうね、と声をかけてやる気を出してもらいつつ、広場までの道を歩く。オルトゥスの拠点に着いたところで私たちの目はとある二人の姿を捉えた。その内の一人に、内心でドキリと胸が鳴る。

「お、オルトゥスの子ども組は訓練終わったのか」

リヒトだ。いつも通りの幼さが残る笑顔に、軽い口調。夢のことがあって意識しているのは私だけである。そう、私だけなんだ。落ち着いて。まだ大丈夫だから。

「……うん！　そっちは？　どこかに行くの？」

よし、声も上擦(うわず)らなかったしいつも通りに話しかけられたよね？　笑顔もちゃんと出来ていると思う。

「いや、今帰ってきたとこ。ウルバノと一緒に大人たちの訓練を見学したり、街を見て歩いたりしてきたんだ」

そっか。大会に出ないウルバノは、今回はお客さんとして来ているんだもんね。始まるまでは退屈なのかも。魔王城の大人が交代でウルバノのことを見ているのかもしれない。で、今日はたまたまリヒトの番だった、ってとこかな？　あれ？　でもリヒトは試合に出るのに訓練しなくていいのかな？　そう聞いてみると、リヒトは困ったように眉尻を下げながら笑う。

「あー、まぁそうなんだけどさ。ウルバノは、あまり人が得意じゃないだろ？　慣れたヤツと一緒の方が安心出来るだろうし……。訓練なら夜に出来るし、いいんだよ」

その言葉にああそうか、と納得したと同時に泣きたくなるほどの安心感を覚えた。なぜって？　リヒトが、変わらず優しいからだ。人間の大陸で一緒に旅をした時、リヒトはいつも私たちを引っ張ってくれて、明るくて。ちょっとからかう癖があるけど、とても面倒見が良くて。変わらない。リヒトはあの頃と変わらない優しさを持っているんだって改めてわかって安心した。人間は種族柄、時間の経過と環境によってその性格が変わりやすいから、とても心配だったのだ。

「その、ごめんなさい、リヒトさん……」

「あーっ、ウルバノは気にしなくていいんだってば！　何度も話したろ？　せっかくここに来たんだから、楽しい思い出を作って帰ろうな」

申し訳なさそうにするウルバノの青い髪を撫でながら、リヒトは笑顔でそう告げる。そうだよ、リヒトはリヒトだ。あの夢の真相がどうであれ、きっとリヒトは優しいままなんだから。うん。私はリヒトを信じる。そう決めた。

「ね、ウルバノ！　私たちは午後からお勉強の時間なの。一緒にやらない？」

そうと決まればウジウジ悩むのなんかやめである！　ここはウルバノとリヒトを助けてあげたい！　そう思って私はウルバノに声をかけた。戸惑うウルバノににっこりと微笑むと、まだ慣れてない私相手だと照れてしまうのか、ウルバノは顔を真っ赤にして黙り込んでしまう。リヒトの影に隠れなかっただけ進歩かな？　文通効果で少しは心を開いてくれているのかもしれない。

「えぇ……ここにもライバルがいるのぉ？」

同じ年頃の男の子の出現にアスカは眉を顰めていたけれど、今はスルーである。ライバルが増えることはいいことじゃないか。切磋琢磨出来るしっ！

「そうしたら、リヒトも午後は訓練出来るでしょ？　オルトゥスの拠点から動かないって約束するし、安全だよ？　ウルバノさえ良ければ、なんだけど……」

私の提案に、ウルバノはハッとしたように一度顔を上げた。やっぱり深い青の瞳はとても綺麗だなぁ。目が合うとすぐに逸らされてしまったのであんまりよく見られなかったけど。残念。

「オ、オレ、メグと一緒に、勉強する。いい？」

「もちろんだよ！　ねぇ、リヒト！　いいでしょ？　父様には私が伝えるから！」

けど、ウルバノの答えは私の案に乗るというものだった。思わずウルバノの手を両手で握りしめて喜ぶ。やったー！

「むしろ、俺がいいのか？　って聞く立場なんだけど。ま、ウルバノにとってもその方がいいかもな。じゃあ頼むわ。連絡は俺からもしとくけど、一応メグからもしといてくれ」

「わかった！　ウルバノ、一緒に頑張ろうね」

「ちょっとぉ、ぼくもいるんだからね⁉　メグと二人きりになんてさせないんだからっ」

私がウルバノの手を取って喜んでいると、横から脹れっ面のアスカがズイッと入ってきた。そうだ、アスカは構ってもらいたがりさんだもんね。

「もちろん、仲間外れになんかしないよ。ウルバノ、この子はアスカ。一緒に勉強してくれると嬉しいな」

「……っ、う」

ちょうどいい、と思ってアスカを紹介してみたんだけど、人見知りが発動したのか一歩後ろに下がって不安そうな様子を見せるウルバノ。でも、何度も首を縦に振っているから、嫌ってわけではなさそうでホッとする。少しずつ、少しずつ慣れていけばいいよね。そう思っていたんだけど……。

「何？　ぼくと一緒じゃ不満なわけぇ？」

「ちょっ、アスカっ」

アスカはそう思えなかったのか、両手を腰に当ててウルバノに迫った。や、やめてあげてー！

ウルバノが怯えているよっ！

「嫌ならウルバノが少し離れた場所で勉強すればいーじゃん。ぼくは最初からメグと勉強の予定だったもん。後から来たのはそっちなんだから、文句があるならそっちが離れてよね！」

ああ、もうーっ！　アスカはどうして同年代の男の子が相手だと喧嘩腰になっちゃうのかな!?

これじゃあ、ウルバノがますます怯えて……！

「ぼくはメグと仲良く勉強するもーん！」

「い、嫌だ。オレ、離れない。一緒に勉強する」

なんて心配していたんだけど、予想外にウルバノがしっかりと反論したことに驚いて目を丸くしてしまう。

「ふ、ふーん？　でも、ぼくがメグの隣だからね！」

「反対の隣に座るからいい」

「むっ、そんなにぼくが嫌いなの⁉」

むしろ、アスカの方が機嫌が悪くなっていくのはどうしてなの！　そろそろ口を挟むべきかと思った時、ウルバノがふわりと優しい眼指しでこう言った。

「ううん。オレは、その……アスカとも仲良くなれたらって思う。けど、君の方がオレを、気に入らないのかなって思ったから」

な、なんて心の広い……！　種族が違うから年齢差があっても成長度合いが違うためなんともいえないけど、ウルバノは私より年下のはず。それなのにこうした考え方が出来ることにとても驚いたよ！　身体も大きいけど心も広かった！　感動である。

「……ウルバノ、もしかしていいヤツ？」

「それはわからないから、アスカが決めて」

「うーん……。じゃあ、いいヤツ！　よし、仲良くなろう！　でもメグのことも勉強も負けないからね！」

「うん。アスカ、よろしくね」

アスカもアスカで素直だよねぇ。さっきまでの不機嫌はどこにいったのか。なんにせよ、二人がちゃんと仲良く出来そうで安心したよ。勉強どころじゃなくなるんじゃないかって心配だったから。

それにしてもウルバノはものすごく成長したね。本当にビックリ。魔王城のこども園の隅っこで、蹲っていたのが嘘みたいだ。本来の性格が出せるようになってきたのかな。そうだとしたらとても嬉しい。

「大丈夫そうだな。相手が子どもだからってのもあるだろうけど、ウルバノも順調に一歩ずつ前に進んでる」

「そうだね。すごくビックリしたよ」

リヒトが安心したようにそう言うので同意する。たしかに、大人相手だとまだ難しいかもしれないけど……。あの頃に比べたらものすごい進歩だもん。きっと大丈夫。

「あと予想はしていたけど、お前の好かれっぷりも大概やばいな」

「え？　私？」

「そうだろ？　えーっと、シュリエさん、でしたっけ」

腕を組んでそう告げたリヒトは、そのまま後ろでずっと様子を見守っていてくれたシュリエさんに話を振る。なんでシュリエさんに？

「そうですね。私の知る限りだと、そこの二人と、あとはアニュラスの少年もでしょうか」

「あ、昨日チラッと見た覚えがあるな。クリーム色の髪の？」

そして突然話を振られたにも拘わらず、ちゃんと意味を理解しているのかスラスラと答えるシュリエさん。それって、グートのことだよね？　どう話が繋がっているのかわからなくなってきた。

「これ、こいつがもっと成長した時、やべーんじゃないすか？　今でさえこれだし」

「ええ、成長すればするほど厄介になるでしょうね」

「……今は可愛らしいもんだけどな」

成長すればするほど？　うーん、思春期とか？　やっぱりあるのかな、亜人にも。私はあるのかなぁ……。頭ではわかっていても心が制御出来ないのは心当たりがありまくるし。え、わかっているのに思春期の精神を抱えるのってわりと苦行じゃない？　恐ろしい。思春期、怖い。あー、考えるのやめよう。ただでさえ今の自分でいっぱいいっぱいなんだから。その時になったらまた悩もう。

さて、まずは父様にウルバノのことを伝えないとね。夕飯の時に一緒に魔王城の拠点に行きます、でいいかな？

「ショーちゃん、お願いね」

『お安い御用なのよー！　行ってくるのよ！』

常に魔力は十分すぎるほど与えているので、お願いするだけでツイーンと飛んでいくショーちゃん。魔力の心配をしなくていいのは助かるけど、多すぎるのは本当に困りものだ。そういえば、前にショーちゃんには召喚魔術を勧められたっけ。魔力をたくさん消費するから、持て余している私にはちょうどいいって。結局、ショーちゃんに聞いても「すっごい人を呼びよせるのよー」って言うだけでよくわからなかったのだ。すっごい人、という辺りでビビった私はそれ以上調べもせずに後回しにしていたんだよね。使う機会はないだろうけど、知識は力だ。いい加減、自分でも対処法を考えなきゃなぁ。

「じゃ、すみませんがウルバノをよろしくお願いします」

「はい、お預かりしますね」

考えに耽っている間に、大人組の話も終わったようだ。リヒトの対応を見ていると、本当に大人なんだなぁってしみじみ実感する。私も環の時はたしかにあんな風に対応していたはずなんだけど、もうほとんど思い出せない。ひたすら誰かに謝っていて胃が痛かったのは覚えているんだけど。いや、むしろそこは忘れたいんだけどな。人の記憶とはままならないものである。

「ウルバノは、お昼は食べたの？」

「う、うん。屋台で……」

「いいね！　ぼくたちも昨日の夜は屋台で食べたよ！　ニクマンがすっごく美味しかったぁ」

あ、あれ、肉まんっていうんだ。今初めて知ったよ。わかりやすいけど、それってやっぱお父さんが広めたのかな。そうだろうな。アスカの言葉に、ウルバノもさっき食べたものをあれこれあげていき、それについてまたアスカが感想を述べていく。……ウルバノも食べる子なんだな。っていうか、それが普通なの？　私が食べなさすぎなの？　両極端なだけだと信じたい。

「さ、メグとアスカは昼食を貰ってきてください。ウルバノ、貴方は席に座っていましょうね。先に勉強を始めますか？」

「うっ、えっと、あの……は、い」

シュリエさん相手にはまだ緊張するみたいだね。でも、ちゃんと受け答え出来ているってだけで十分だ。あの時からまだそこまでの時間は経ってないのに。自分の意思で一歩踏み出そうとしている証拠だ。お姉さん嬉しい！　さ、ウルバノと一緒に勉強するためにも早くお昼を食べちゃおう。

アスカと一緒に取りに行くと、そこに用意されていたのはおにぎりと豚汁でした。おいしそー！

「……そんなに食べるの？」

「えっ、メグはそれしか食べないの？」

お互いの持つトレーを見ながら思わず私たちは呟いた。私のトレーはおにぎり一つと小さなお椀に入った豚汁。一方アスカはお皿に山盛りになったおにぎりとラーメン丼くらいの器に入った豚汁。おにぎりは盛りすぎてもはや数がわからない。

「……ぷっ！　ぼくたち、いつもこんな会話してるね！」

「ふふっ、たしかに。そろそろ慣れてもいいかも」

アスカはすごく食べるし、私はあんまり食べられない。もはやいつものことなんだから、いちいち驚いてられないよね！　でも笑いながら席に戻った時、ウルバノがアスカのトレーを見て目を丸くしていたからアスカは他の子よりものすごく食べる子なんだってことがわかった。やっぱり！

「ねーシュリエ。大会が始まるのって明後日なんでしょ？　準備は間に合うの？　みんなずっと忙しそうだし、大丈夫なのかなって思っちゃったんだけど」

ひたすらおにぎりを口に運びつつアスカが質問をしている。ちゃ、ちゃんと噛んでいるのだろうか。私が一つ食べ終える内に十個くらい食べてない？　すごい。

「間に合いますよ。今、忙しいのは何度も確認作業をしているのと、参加者がきちんと受付を済ませているかのチェックが主ですからね。魔王は魔道具の耐性限度を調べるためにあらゆる魔術を撃ち込んでいるみたいなので忙しそうですが」

そこで言葉を切ったシュリエさんは大会会場の方に目を向けた。つられて私もそちらに目を向ける。別に、これといった異変はなさそうだけど……ん？　赤く光った！　んんー？　でも魔力は感じないなぁ。

「動作に問題はなさそうですね。昨日も今日も、魔王が一日中攻撃を放っているのに誰も反応しませんし」

「えっ、一日中攻撃魔術を使っていたの⁉」

「いえ、物理攻撃も撃ち込んでいるはずですよ。もちろん、全力ではありません。出場者の実力を考慮して加減はしているでしょう」

少なくとも私の全力程度では壊れないから大丈夫ですよ、と微笑むシュリエさんだったけど……。

シュリエさんの全力ってだけでもすごく恐ろしいんですが⁉　それを加減しているといい、それほどの力をずっと使っていても平気な父様はもっと怖い。ちなみに、光るのは保護結界魔術の仕様なんだって。なんの気配も感じないのはいいけれど、攻撃に気付かないのは問題だから視認出来るように、だそう。なるほど。受けた攻撃の威力で光の色も変わるんだって。え？　赤が最大級？

……ひえっ。そういえば確か、この大会を機に保護結界魔術のすごさを知ってもらうのが目的だったよね。この国のえらい人も見にくるんだっけ。うっ、それを考えると緊張しちゃうな。まぁ、未成年部門なんか見ないかな？　魔大陸の王様ってどんな人たちなんだろう。魔王である父様しか知らないや。みんなからそんな話を聞いたこともないし。たぶん、あまり興味がないんだろうな。魔大陸は王様だからって特別な何かがあるわけじゃないもんね。それに、お城に住んでいるのは魔王だけで、他は少し大きな屋敷程度だってお父さんが言っていた。それぞれの国の代表のような扱いで、魔王と同じで世襲制(せしゅうせい)ってわけでもないって聞いたことがある。なんせ出生率が低いからねぇ。血の繋がりのある者がいるなら受け継ぐらしいけど。私のようにねっ！　だから王様というよりどちらかというと首相(しゅしょう)みたいな扱いなんじゃないかな。詳しいことはわからないけど、私のイメージはそんな感じだ。とはいえ、どのみちえらい人が来ることに変わりはないから緊張はする。気負わずいつも通りに戦って、楽しめればいいよね、うん。そして、保護結界魔術のすごさをえらい人に知ってもらって、この辺でも使われるようになるといいな。その辺りのプレゼンはマーラさんがするのだろうし。あの麗(うるわ)しい笑顔で説得力のあるプレゼンをされたらうまくいく気しかしない。

「あれっ。ウルバノ、書くのも速くなった？　最近、字も綺麗になったなって思ってたの。いっぱい頑張ったんだね！」

　ふと、隣で黙々と字を書く練習をしているウルバノのノートに視線を落とすと、びっくりするくらいの上達ぶりに驚いて思わず声を上げた。驚いたように顔を上げたウルバノは、長い前髪の間から青い瞳を丸くしてこちらを見ている。それから照れたように俯いた。わかる、褒められると照れちゃうよね。

「あ、ずるい。ぼくもメグに褒めてもらいたいっ」

「アスカも、いつも頑張っているのは知ってるよ？　えらいよ？」

「ふふー、そうでしょ、そうでしょ。ぼく、すごい！」

　ほんと、アスカは素直だよね。ついクスッと笑ってしまう。

「アスカもウルバノもとってもいい子だから、なんだか弟が出来たみたいで嬉しいな」

お姉さんは可愛い二人を末長く見守っていきたいよ。本心からの言葉だからスルッと口から出てきたんだけど、なぜか二人の動きがピタッと止まってしまった。

「おとうと……」

「弟ぉ⁉」

あれ、嫌だったのかな。ショックを受けたように沈んだウルバノに、頬を膨らませたアスカ。実際、私の方が年上だから間違いではないのに。男としてのプライド的に兄の方がよかったのかな？いや、でも二人とも兄というより弟でしょー。さすがにそれは言わないけど。え、そんなに落ち込む⁉　彼らの反応に戸惑ってシュリエさんに目配せをすると、シュリエさんは肩を震わせて笑っていた。えっ、なんで⁉　というかそんなにおかしいこと、あった⁉

「ふふっ、すみませ、ふっ……！　二人とも、まだまだ、これから、のようですね……ふふっ」

しかもツボに入っている……！　ここまで笑っているシュリエさんは初めて見たよ。何が面白かったのかわからないから腑に落ちないけど。

「むー、絶対、振り向かせてみせるんだから！」

「弟、かぁ……」

だから、なんなのっ⁉　誰も教えてくれないので拗ねた私は黙って豚汁をすすることにした。いいもーん！

## 6　トーナメント表

「父様ー、来たよ！」

あれからしっかりと勉強して、夕方から魔力コントロールの練習をしたり、色んな話を聞いたりして時間を過ごした後、陽が落ちる前に私はウルバノと共に魔王国の拠点へとやってきた。オルトゥスの拠点を去り際、ウルバノがシュリエさん相手にしっかりと挨拶していたのを見た時は感動した。やっぱり保護者的な目線になっちゃうなー。本人には言わないけどね！　またお昼の時みたいに拗ねたりショック受けられたり笑われたりしたくないもん。案外、私は根に持つタイプである。

「おお、メグ！　待っていたぞ！　ウルバノも楽しく過ごせたか？」

「は、はははははいっ」

でも、父様が相手だとまだ緊張しちゃうみたいだね。ウルバノは魔王配下にあたる魔族だから、憧れの対象が目の前にいるせいだろうけど。ほんのり頬が赤いし。あ、もしかして私相手に照れてしまうのは、魔王の血のせいなのかな？　これが正解っぽい。それじゃ、仕方ないか。今後は気にしないようにしてあげよう。

夕食の席に案内された私は、テーブルの端に座る父様のすぐ近くの椅子に座った。隣にはウルバノ、目の前にはクロンさんだ。いつも立っているイメージだから珍しいな。そう思って首を傾げていると、父様がここにいる間はみんな揃って夕食にすると決めたんだって。なるほどー。ちなみにクロンさんの隣はリヒトである。まさかと思って父様に視線を送ると、ニヤッと笑っていたからわざとなんだなってわかった。二人がうまくいくといいんだけどなー。クロンさん次第かな？

「父様、今日保護結界魔術が赤く光ったのが見えたよ。無理しすぎてない？　大丈夫？」

「大丈夫であるぞ！　うっ、我が娘は世界一可愛い上に世界一優しい……！」

「あの程度、虫に刺された方が辛いくらいなので問題ないですよ、メグ様。もっといけたと思います」

「容赦がないな!?　そしてなぜクロンが答えるのだ!?」

あ、この様子なら大丈夫そうだね。安心したよ。クロンさんも無理なことは言わないだろうから、余裕なのが事実だってわかる。鬼畜なようでいて誰よりも父様のことを考えてくれているの、知ってるもん。……鬼畜なのも知っているけど。

「大丈夫そうなら良かった。あと少しで開幕だね！　緊張してきちゃう」

「メグなら問題ないであろう。明日の午前中には大会のスケジュールが各ギルドに渡る。午後は皆でその確認になると思うぞ」

「そっかぁ、いよいよ……！　明日は早く寝ようっと」

でもドキドキして眠れないなんてことがあるかも。すでに今日眠れるかわからない辺りが残念な私である。

「お前、いつも早く寝るんじゃねーの？」

「そっ、そうだけどぉっ」

そこへリヒトが笑いながらからかってくる。もうっ、すぐそうやって言うんだからー！

……うん。いつも通りだ。いつものリヒト。

「……ねぇ、リヒト。何かあるなら、言ってね？」

「え」

何か抱えているものがあるなら教えてほしいよ。人間の大陸を旅した時に思った、リヒトと家族になりたいっていう気持ちは今も変わってないんだよ？　悩みがあるなら聞きたいし、助けになれることがあるならなんだって協力したい。でもたぶん、そんなことわかってくれているよね。ただ、たまにしか会えてないから遠慮している可能性もあるなって。視てしまった未来のことはどうしても言えないし、私から言えるのはそれだけだけど。相談されたところでちゃんと答えられるかもわからないけど、気にかけているよってことを知っていてほしかったのだ。

「メグ、俺……」

「リヒト」

少しの間、私たちは見つめ合う。それから口を開きかけたリヒトの言葉を遮ったのは、父様だった。ジッとリヒトを見つめ、小さく首を横に振る。……父様も、何か知っている？　リヒトはそれを受けてグッと言葉を詰まらせると、すぐに笑顔を作って私に言った。

「言うよ。必ず。だから、さ。もう少しだけ待っててくれ、な？」

そっか。それが今言える精一杯なんだね。私は察せる子ども。しっかり笑顔で、信じて待ってるよ、って答えましたとも。ウルバノは疑問符を浮かべた顔をしていたけど、大丈夫！　私だって結局は何もわかっていない。ヘラッと笑って誤魔化したけど、父様もリヒトもちょっと心配顔。騙されてはくれないか。でもどうせ何も言えないのは知っているのだ。困っている二人を助けるためにも、その後は率先して他愛ない話をしながら夕食の時間を楽しんだ。せっかくだもん、楽しい時間を過ごしましょー！


「ん、むぅ……朝？」

眩しい陽の光を感じてゆっくりと覚醒する。目を擦りながら呟くと、返ってこないはずの返事が聞こえて一気に目が覚めた。

「起きたか、メグ。おはよう」

「っ、ギル、さん！」

見れば、隣で添い寝の体勢のまま微笑むギルさんが至近距離にいるではありませんかー！　目覚めて最初に目に入った景色がイケメンというのはやはりご褒美である。眼福……。今日はきっと良き一日である。

「ずっと、ここにいてくれたの？」

そう。昨晩は宣言通りに早くに帰ってきたギルさんは、私が魔王国の拠点から戻ってきたのとほぼ同じタイミングでオルトゥスの拠点に戻ってきていた。そのまま寝支度を整えた私はギルさんと一緒にベッドに入ったんだけど、その時のままの状態でとにかく驚いたのだ。

「ああ。仕事は全部終わらせたからな。俺のやることはもうない」

「で、でも、だからってずっとここにいたら疲れるんじゃ……。あ、ギルさんも寝た？」

ここに来てからは忙しくて寝る暇がなかったように思うし、ようやく休めたのなら安心だけど。

そう思って聞いたんだけど、返ってきたのは爆弾発言。

「少しだけな。あとはこうしてメグのことを見ていた」

「えっ、ず、ずっと……？」

「ずっとだ」

は、は、は、恥ずかしいのですがっ⁉　つまり、寝顔をずっと見られていたってことでしょ？　いや、いつものことではあるけど、夜通し見られるってどんな羞恥（しゅうち）プレイ？　少しだけ寝たっていうけど、事実ほんの少しなんでしょ、知ってる！　……うっ、顔が熱い。過去最高レベルで恥ずかしい。心臓がバクバクしていて、もはや何も言えなくなってしまったではないか。からかうようにクスクスと笑っていたギルさんだったけど、そんな風に俯きながら固まった私に思うところがあったのか、すぐにベッドから下りて立ち上がった。

「あー……すまない。その、お前も年頃、なんだったな」

「えっ！」

上半身を起こしてギルさんの様子を見てみると、腕で口元を隠しながら顔を背けている。その状態でそんなことを言ってくるものだから、余計に驚いてしまった。耳が、赤いし。

「……外で待っている」

「あ、はい……」

ギルさんが出て行くのをぼんやり見送ったあと、私は再びガバッと布団を頭からかぶった。起きる、ちゃんと起きるけどちょっと許して。な、何あれ何あれ何あれーっ⁉　い、今の、何っ⁉　レアすぎるギルさんを見た気がするよ⁉　自分の心臓に手を当てる。うわ、飛び出そうな勢いでバクバクなってる。な、なんだろうこれ。普段見ない反応を見たからものすごい心拍数が上がっているのかな。あとイケメンなのが悪いと思う。この要因は大きい。

「年頃、か……」

そうはいっても、私なんてまだまだ子どもだけどな。人間でいうなら小学生の低学年だ。いや、そのくらいの女の子ってもっとませていたりするのかな？　色んなことが恥ずかしいって思う年頃だったり、おしゃれを気にしたり、誰がかっこいいとか誰が好きとか言い出してもおかしくない年齢ではあるか。あまりわからないけど。ん？　そう考えると、私ってギルさんと近いかな？　何って、物理的距離が。これはギルさんだけではなくてお父さんにもシュリエさんにもジュマ兄にだっていえることだけど。環時代の反動からか、妙にスキンシップが好きだしね、私。

「気にした方が、いいのかなぁ……」

私は気にしていないけど、周囲はそうじゃないのかもしれない。ギルさんは前にもそう言って距離を取っていたことがあったし、父親代わりとはいえ血は繋がっていないわけだし、すでに正式な父親として登録しているのは父様だし。このまま成長していったらただの男女になる。……なんだろう、今モヤッとした。はぁ、やだな、大人になるの。だって、このままスキンシップが減るのはなんだか寂しいもん。大きくため息を吐いてモゾモゾとベッドから這い出た私は、ようやく身支度を整えた。うっ、ギルさんと顔を合わせるのが気まずいなー。顔、もう赤くないよね？　ちょっと気まずかったけど、外に出てギルさんに声をかける。反応はいつも通りで、顔色も普段と変わらない様子。私もだいぶ落ち着いたし、ギルさんならもっとはやく落ち着いていてもおかしくないか。

「行くぞ」

「う、うん」

でも心なしか余所余所しい気はする。いつもより数ミリほど距離が開いているし、なんとなく壁を感じるのだ。それを作り出しているのはギルさんなのか私なのかはわからないけど。これが、成長ってやつなのかと思うとやっぱりため息が出てしまう。子どもの無邪気さって、とても心地の良いものだったんだなぁ。はーぁ。

「メグ！　ギル！　おはよー」

「アスカ、おはよう」

食卓までやってくると、たくさんのご飯と唐揚(からあ)げに囲まれたアスカを見て癒される。本当に気持ちがいいほど食べるから見ているだけで楽しくなっちゃう。私は朝から揚げ物はちょっとキツいけど、この光景を前にしたら一個くらいはいけるかも、って思える不思議。

「……本当によく食べるな」

「んー、いくら食べてもお腹いっぱいにならないんだよね」

呆れたように呟いたギルさんの言葉にアスカはなんでもないというように答えた。アスカの胃はブラックホール……。今は小柄だけど、これからどんどん大きくなっていくのかもしれないな。筋トレにもハマっているみたいだし、麗しい顔のゴツいエルフが爆誕するかもしれない。楽しみなような残念なような。

「ところでさ、メグ」

自分用の朝食をもらってアスカの隣に座った時、思い出したように呼びかけられて振り向く。

「ギルとは同じテントだけど、『あやまち』は起きないの?」

「ぐっ、ゴホッ、ゴホッ……!」

思わず絶句した私の後ろで、なぜかギルさんが咽せた。おおぅ、爆弾発言きたこれ。というか、アスカは意味がわかっていて言っているのだろうか。……わかってそうだよね。オーウェンさんに恋愛指導をしていたくらいだもん。一体、どこでそんな知識を仕入れてくるのだろう。可愛くて純粋なアスカはどこにいった!?

「あ。もしかして、あやまちが何かわからない? えっとね、男女が……」

「そこまでだ」

「むぐっ、むーっ! むーうっ!」

何やら詳しく説明してくれようとしたところを、ギルさんによって止められるアスカ。不服そうに文句を言っているようだけど、口を塞がれていて何を言っているのかはわからない。察しはつくけど。

「お前たちには、まだ早い」

「むー? むぅ、むむーっ!」

攻防はまだ続いている。でも相手はギルさんだ。アスカに勝ち目はない。でも、お前たちにはまだ早い、か。外見年齢ならそうだよねぇ。でも、知識としてなら私はすでに色々と知っている。あれかな、そんな話題で盛り上がるのは早いってことかな。それならわからなくもない。というかね、自分のことながら不思議に思うんだけど、私ってばそっち方面の色っぽい話に興味がなさすぎな気がするんだよね。今、アスカによってその話題に触れられた時でさえ、アスカの口から⁉︎　という驚きはあったけど、動揺もしなかったし興味もなかった。ただ、ギルさんの前だから気まずいとは思ったけど、そのくらいだ。思えば前世の時からこんな調子だった。恋人がいたことがないわけじゃないんだけど、友達感覚というか。恋にあまり興味がなかったんだよね。未知の世界だ。そう考えるとちょっと興味が湧いてきたかも？　知らないことって、気になるよね。恋、ねぇ。恋かぁ。

「してみたいなぁ、恋……」

おっと、口に出ていたみたいだ。まぁいいや、朝食の続きを、と思ってスプーンを手に取ったところで、目を丸くして動きを止めているギルさんとアスカの視線に気付く。な、何？

「メグ、こ、恋したい相手が、いるのっ……⁉︎」

「え？　いないよ？　ただ、どんな気持ちかなーって。ちょっと興味が湧いただけ」

いつかわかる日が来るでしょ！　なーんて気楽に思ってはいるんだけど、そういえば環の時もそう思って結局そのまま大人になった、という過去がある。大人になればなんでもわかるようになるはず、という謎理論があったんだよね。しかし残念ながら、人は知ろうとしない限りずっと知らないままだし、やろうとしないと出来るようにはならないのだ。大人になったら突然なんでも出来るようになるなら誰も苦労しないってことである。当然ですね！　というわけなので、呑気にしていたら今世でもまた同じことを繰り返すということもあり得る。むしろ順調に同じ道を歩みそうである。まったく、今も昔も私って変わってないんだなぁ。人の相談は聞いたりするし、察せることもあるけど、自分の恋愛方面に関しては本当に進歩がないのだ。だって、どう勉強したらいいのかもわからないんだもん。せめて他の分野での進歩はあると思いたい。

「じゃあぼくと恋しようよー！　教えてあげるよー！」

「あははっ、ありがとー！」

「……絶対、本気にしてないでしょ、それ」

　バレてる。ごめんね、けどアスカは弟みたいなんだよね。そりゃあ小っ恥ずかしいことを言ったり、してきたりはするけど。免疫もないからすぐに赤面もするけど。ダメダメじゃん、私。これでいいのか、エルフの子ども約七十歳……。そ、それに、アスカだってまだ子ども。知ろうと努力はしているみたいだけど、はっきりとわかっているわけではなさそうなんだもん。軽くあしらっているわけじゃないよ？　けど、ギルさんの言うようにまだ真剣に考えるには早いかな、って思うんだ。

そんなやり取りをしていると、ポンと頭の上に手を置かれた。私だけではなく、アスカにも。

「焦ることではない。必要であればいずれわかることだろう」

「ギルさん……。必要であれば、か。うん、そうだね！」

　そうだよ、今までの私には必要のないことだったんだよ！　だからわからなかったし、知ろうとも思わなかっただけ。それだけなのだ。いい年して恋人の一人もいないの？　結婚はまだ？　なんて聞いてくる空気の読めないご近所さんや会社の上司たちは、自分が知っているから教えたいだけだったんだよ。きっとそう！　たぶん。

「ふぅん。じゃあ、ギルはわかるの？　誰かに恋したこと、あるの？」

続くアスカのストレートな質問に、なぜか私の方がドキリとした。え、でも気になるかも。ギルさんの恋愛事情！

「あっ、でもあるなら番が側にいるかー。ギルがフラれるなんてこと、なさそうだもんね」

「…………」

けど、ギルさんが答える前にアスカが結論を出してしまった。あ、そうか。亜人は誰かに恋をするイコールその相手は番認定になるんだっけ。一方的な片思いでも、その想いが変わることは余程のことがない限りないんだよね、たしか。それは魔物としての本能で、一定以上の知恵を持って魔物から進化したといわれる亜人には、その本能が残っているという話だ。ただそれも個人差はある。ちょっといいな、と思っただけでお付き合いするメアリーラさんみたいな人もいるし、いわゆる身体の関係だけを求め合うミコさんみたいな人もいる。だけど本気になった時は本能でわかるんだって。この人じゃないとダメだー、みたいなのが。でも、それでもしフラれてしまったら、きっと辛いだろうな。自分はどうしようもなく好きなのに、相手にはすでに決めた人がいる、なんてさ。その本能がある限り、振り向いてもらえる可能性はほぼないわけだし。両思いなら万々歳だろうけど。

「そう考えると亜人って大変だよね。フラれても次の恋に進めないんだもん」

ん？　アスカのその言い方に引っ掛かりを覚える。もしかして、エルフやドワーフ、小人族といった、亜人とは違う人型種族には、そういうのがないってこと？　言われてみればそうか。魔物の本能なんだもんね。いわゆる遺伝子レベルで引き継がれた性質みたいなものなのだ。魔物と繋がりのない種族としては、それも当然なのかな？

「種族によるだろう。人型種族は元から人型の魔物だった、とも言われているんだからな。そういう性質を持った種族なら、亜人とさして差はない」

「えっそうなの？　じゃあ失恋したらやっぱりめちゃくちゃ引きずるってこと？」

「エルフのことはわからない。シュリエに聞くといい」

あ、そうなんだ。人型の魔物扱いという考え方もあるってことか。それって、この世界に住む人は、人間以外みーんな大昔は魔物だったとも言えるんだ。だから魔大陸と人間の大陸に分かれていたり、広い海で隔たれていたりして。なんだか不思議だ。進化や歴史について、いつか勉強してみたいな。たとえば、エルフ系以外の人型種族がどんな風に生まれたのか、とかね。亜人よりも歴史が長そうだもん。ハイエルフの郷の書庫なら調べられるかなぁ？　今度お邪魔させてもらった時に、見てみようっと。

「そんなことより、食事を終えたならもう行くぞ。明日が本番なんだ。午後にはトーナメントも発表される。午前中にしっかり訓練するぞ」

「そうだった！　メグ、食器持っていってあげる！」

「わ、ありがとう！」

話に夢中になっていたらつい手が止まってしまっていた。食器の載ったトレーをアスカに運んでもらっている間、私は慌てて飲みかけだったミルクを飲み干して立ち上がる。そのままコップを下げに行こうとした時、ギルさんに手首を摑まれ、引き止められた。それだけのことなのにドキリとする。な、なんだろう？

「メグ。お前の心は……お前だけのものだ。この先、色々と思うところはあるかもしれないが、それは忘れないようにしてくれ」

「？　うん……」

私の心は私だけのもの、か。どういうことだろう？　今、ギルさんがそう言った理由も意味もよくわからないけど、きっと大切なことなんだろう。わからないなりに返事をすると、それでいいとギルさんはフッと笑った。なんだか妙に心に残る微笑みだった。

ギルさんの訓練は意外とスパルタだ。今日はしっかり基礎の練習をしてからずっと、アスカと模擬戦スタイルでの訓練を続けている。その間、隙の出来た部分には影鳥ちゃんがすかさず嘴でチョンチョン突いてくるものだからその度に「わひゃぁう！」という変な声が出てしまう。隙を作るのが悪いのはわかっているけど、運動能力低めの私はアスカの倍以上は叫ぶハメになっている。ひーん！

「でも、勝てないって、どういう、ことぉ？」

ぜぇぜぇと息を荒らげながら、アスカが仰向けになって倒れている。そうなのだ、実は今日は一度も負けていないのである！　えっへん！　隙を衝かれまくっているのに、だ。その後のカバーに全力を注いでいたともいう。

「メグに出来た隙を見つけられていないからだ。そこを衝けば一瞬で勝負は決まる。アスカは少々、無駄な動きが多い」

「そ、それぇ、色んな人に言われるぅ……」

ギルさんの指摘にアスカは酷く落ち込んだように腕で顔を覆う。ちょっといつもとは違う悔しさの表現だ。アスカは悔しければ悔しいと大きな声で叫ぶのに。これは本当に凹んでいるのかもしれない。大会も目前だから、焦る気持ちはよくわかる。

「つまりそれは、まだまだ強くなれるということだ。嘆く暇があったら精進しろ」

「わ、わかってるよっ！」

伸び代があるってことだもんね。これは励ましの言葉だ。でも訓練中のギルさんは言い方も厳しめである。メリハリがつけられるから助かるんだけどね。ずっと甘かったけど、最近になってようやく厳しい指摘をしてもらえるようになったので、私としては喜ばしい限りだ。

「メグは単純に反射神経を鍛える必要がある。だがそれは一朝一夕で身につくものではない。大会が終わった後も毎日訓練することだ」

「うっ、はい……！」

というわけで、当然私にも容赦のないご指摘が飛んできました。言われたことはごもっともなのでちゃんと心に刻みますとも！　図星なので耳が痛いけど。くぅっ、頑張る！

「うー、明日は絶対に負けないんだから！」

「いよいよ本番だもんね。私だって！　でも、まだ誰と戦うかはわからないよ？」

午後になったらトーナメントが発表されるって言っていたけど、もうすぐかな？　アスカと一緒にソワソワしていると、ギルさんがフッと笑って教えてくれた。

「いいタイミングだな。たった今、発表されたようだ。すぐに拠点に戻って確認するか？」

「「！　するぅ!!」」

私とアスカは同時に立ち上がり、声を揃えて返事をした。だってずっと気になっていたんだもん！　訓練もちょうど終わったところだったし、私とアスカはギルさんの手を片手ずつ引いて、早く早く、と急かすように拠点へ向かった。

拠点に戻ると、オルトゥスのメンバーがほとんど戻ってきており、テーブルの周りを囲むように集まっていた。たぶん、トーナメント表を見ているのだろう。私とアスカも駆け寄って声をかける。

「ああ、来たわね。ほら、発表されているわよ！」

サウラさんが手招きをすると、私たちが表を見られるようにと周囲に立っていた人たちが避けてくれる。ありがとう、ありがとう。アスカと頭を突き合わせて食卓テーブルに広げられた表を覗き込む。ドキドキ。

「わ！　ぼく、一回戦からじゃーん！　相手は……マイケ？　知らないなぁ」

首を傾げるアスカに教えてくれたのはケイさんだ。アスカは初戦からなんだ！　それは緊張するだろうなぁ。でも、本人は嬉しそうだけど。そういうハートの強いところ、素直に尊敬するよ！

「んー、マイケはたしかステルラから出場する男の子だったと思うよ」

ちなみに、未成年部門に出場するのは全部で七人。つまり、トーナメントだと一人はシードになる。だからトーナメントは公平にクジで決めた結果なのだとサウラさんが教えてくれた。表に書かれた名前を目で追っていると、ちょうどそのシードの位置に私の名前を発見した。他の人よりも試合数が少ないのかぁ。安心したような残念なような複雑な気持ちだ。

「えー、じゃあメグと戦うのは決勝かぁ」

「ふふっ、勝ち上がる気でいるね、リュアスカティウス。いいね、その姿勢はとても好ましいよ」

そう。この表でいくと、私とアスカはちょうど端と端。もしアスカと戦うとすれば、お互いに勝ち進んだ最後の決勝戦となる。う、私はそこまでいけるだろうか。

「メグちゃんの相手は、三回戦で勝った方だから、シュトルのハイデマリーかアニュラスのルーンね！」

「そっか、まだ相手がわからないんだ。うー、ドキドキするっ」

ルーンは友達だけど、ハイデマリーという子は知らないなぁ。どんな子だろう？　まったく知らない相手と戦うのと、友達と戦うのだったらどっちが気持ち的に楽かな？　……どっちも緊張することに変わりはなさそう。せっかくみんなの戦いを見た後に試合に臨めるのだから、しっかり見学させてもらわないとね！　こうして食卓では、この相手はこういう魔術が得意だとか、試合に関する対策の話し合いの場となった。大人たちがあれこれアドバイスをくれたり、真剣に議論を交わしている様子を見ると、より緊張感が高まっていくよね。もう明日なんだって、実感する。長かったようで、あっという間だったな。

いよいよ、闘技大会の開幕である。私は握りしめた拳を胸にあて、高鳴る鼓動を感じていた。

# 海でバカンス！

青い空、白い雲、そして……。

「綺麗な海ーっ！　砂浜が白いっ」

ひょっとしたら底が見えちゃうんじゃないかというくらい透き通った海の水は、陽の光を反射してキラキラと光っている。こんなに綺麗なビーチは前世含めても初めてである。私は嬉しくなって、サウラさんの手を引きつつ小走りに海へ向かう。

「サウラさん、すごく綺麗な砂浜ですよ！　海も綺麗だし、一緒に泳ぎましょ！」

「ああっ、眩しいわっ！　陽の光も、反射する海面も、メグちゃんの笑顔も全部が今の私には眩しすぎるわーっ!!」

目の下に隈を作り、ウッと眩しそうに目を細めるサウラさんは、誰が見てもお疲れの様子だ。そう、実際ものすごくお疲れなのだ。あのいつでも元気いっぱいなサウラさんが、である。闘技大会の準備がどれほど大変かを物語っているよね……。日に日に声に張りがなくなり、弱っていくサウラさんを見るのはとても辛かった。誰が見ても休息が必要な状態だというのに、本人は「まだ平気よ」とか「もう少しだから大丈夫」と言って一向に休む気配がなかったのである。これはオルトゥスのルールに違反するのでは？　と私は頭領であるお父さんに密告。サウラに限ってまさかそんな、と笑い飛ばしていたお父さんが、その姿を見た瞬間に真顔へ変わり、その場でサウラさんに命令を下したのだ。三日間、仕事禁止！　と。宣告されたサウラさんの唖然とした顔は今もすぐに思い出せるよ。そんなのおかしい、ってサウラさんが反論しかけた時、お父さんが言ったのだ。

『ダメだ。これは頭領としての命令で、罰だ。ルール違反だぞ、サウラ。諦めてしっかり休めよ』

さすがに罰だとまで言われてしまっては、サウラさんも聞かざるを得ない。バタバタと忙しそうに動き回るメンバーを見ながら何もしてはダメだなんて気がおかしくなるわ！　と頭を抱えるサウラさんの気持ちもよくわかる。というわけで現在、私たちは海に来ているのである。休暇を兼ねて海に来てしまえば、もう仕事をしようなどという気も起きなくなるだろうって。

『俺が仕事を頼み過ぎたのも原因の一つだからな。ここらで一度、気分転換してもらいたいんだよ』

ばつが悪そうにそう言うお父さんの顔も印象的だったな。オルトゥスのメンバーってみなさん本当にタフだから、少しくらい無理させても平気だって思ってしまいがちなんだよね。それはすごくわかる。でもサウラさんは小人族で、他の亜人ほど頑丈ではない。体力的にはまだ余裕でも、頭を使ったり気を回したりする分、精神的な疲労が溜まっていたんだろう。もっと早くに気付けなくて申し訳なかったな。だからこそ、三日間の海でのバカンスではサウラさんにしっかりと気分転換してもらいたい！

「あっ、もしかしてのんびりしたいですか？　お疲れですもんね……。ごめんなさい、グイグイ引っ張っちゃって」

そうだよ、休暇なんだから遊ぶより前にのんびり砂浜で過ごしてもらった方がいいではないか。私ったら、自分のテンションが上がったからって自分勝手なことをしてしまったぁ！　だけど、サウラさんはクスッと笑って大丈夫よ、と言ってくれる。

「こんなに綺麗な海なんだもの。遊ばなきゃ損よね！　色々気になるところだけど……せっかくだもの。ここにいる間は仕事のことなんか全部忘れちゃうわ！」

相変わらず目の下に隈はあるけれど、パッと変わった表情は明るい。その笑顔を見られて安心したよ。よぉし、サウラさんに楽しんでもらうために頑張っちゃおう。私はサウラさんと手を取り合って砂浜に向かって走りだした。

「おー、おー。ちっこい二人が砂浜を一生懸命走ってる姿ってなんか面白ぇな！」

「おいジュマ。それは思ってても口に出して言わねー方がいいぞ？　なんせサウラさんは耳がいいからな」

護衛として一緒に来たジュマ兄とオーウェンさんが二人でそんなことを話しているけど、サウラさんじゃなくても丸聞こえですよーっ！　でもまぁ、小さい二人が砂浜を走る図は実際面白いとは思うので何も言いません。特に砂浜って足が取られて走りにくいから、さぞおかしな光景に見えることだろう。しかし、サウラさんは放ってはおかなかったみたい。クルッと後ろに振り返って腰に手を当て、仁王立ち(におうだ)で言い放った。

「あんたたち、そんなこと言っていられるのも今のうちよっ！　私とメグちゃんはこれからすっごい水着に着替えちゃうんだから！」

しかし、真っ先に反応したのはジュマ兄でもオーウェンさんでも、さらに遠巻きにこちらを見守っているギルさんでもなく、私であった。

「ちょっ、サウラさんっ⁉」

「なぁに、メグちゃん。海に行くって聞いて、慌てて一緒にランのお店に走ったでしょ？　ランの作った水着だもの。すっごい水着で間違いないわよ。ま、私のは特別にえっろい水着にしてもらったけどねー！」

た、確かに一日とかからずに水着を作り上げた時点ですごいことには変わりないけど、ニュアンスが違って聞こえるじゃないか！　しかもサウラさんのえっろい水着とやらは私も見ていないから気になって仕方ない。ドキドキ。

「マジっすか、サウラさん！　楽しみにしてまーす！」

「えろい水着ぃ？　確かにサウラは乳デカいもんなー」

「……サウラ、メグの露出は控えめにするように」

ちなみに男性陣の反応はこれである。もうそれぞれらしい返答すぎて乾いた笑いが出ちゃうよね！　オーウェンさんは素直すぎる。でもこれがある意味正しい反応である。私と同類だ。ジュマ兄はあけすけに物を言い過ぎだし、ギルさんにいたっては親馬鹿以外の何物でもない。

「わかりやすい反応ね。まぁいいわ。ビーチで視線を二人占めよっ！　楽しまないとねー！　さ、着替えに行きましょ、メグちゃん」

「は、はぁい！」

やる気スイッチが入ったサウラさんに敵う者などいない。仕事だろうが遊びだろうが、スイッチが入ったら突き進む、それがサウラさんである。そこが魅力であり、尊敬するところでもあるんだけどね。ただ、今の私は水着姿を笑われないか、変じゃないかが気になって仕方がない。実物は見たけど、試着までは時間がなかったから！　サイズをランちゃんが間違えるはずもないのでそこは心配してないんだけど……。まだ子どもだし、何を着ても「可愛いねー」で済むだろうけどさ。ナイスバディなサウラさんの隣に並ぶのが些か申し訳ない気持ちでいっぱいです！　しかし一緒に遊ぼうと言ったのは私だ。拒否権はない。ズンズンと突き進むサウラさんに手を引かれるがまま、私は更衣室へと向かうのだった。あーれー。

さて、問題の水着ですが……。

「きゃあーん！　メグちゃんとっても可愛いわ！　んーっ、何を着ても似合うけど水着なんてさらにやばいわね。変態の目からはなんとしても守らなきゃ！」

と、現在サウラさんにベタ褒めされております。えへへ、照れちゃう。ちなみにサイズはピッタリ。そりゃあね、ランちゃん作だもん。完璧に決まっている。パステルカラーのピンク、紫、黄色がグラデーションになっていて、まず色合いが可愛い。ビキニタイプではあるんだけど、胸元もスカートもヒラヒラしているからそこまで気にならない。しかも、上に羽織るうさ耳パーカーまであるので海に入らない時はこれを着ていられるのがとてもいい。タオル地だから泳いだ後にもちょうどいいね！

「どうやって守んだよ、サウラぁ。さすがに視線までは防ぎきれねーよ？」

「わかってないわね、ジュマ。そこで私の出番じゃない！　こーんなに色っぽいお姉さんがいたら、こっちにも視線が流れるでしょ？　メグちゃんだけが人目に晒されるのを防げるじゃないの」

むしろ、サウラさんが視線を独占しそうだけどね！　私のようなお子様の水着姿なんて見て喜ぶのは変態さんだけだ。あ、それが問題なのか。……なんとなく、私はキュッとパーカーのファスナーを上まで閉めた。

「へー、そんなもんかね。どっちも似合ってるとは思うけど、よくはわかんねーや」

「あら、ジュマも似合っているだなんて気が利く言葉が言えるのね。及第点よ」

確かに、ジュマ兄にしてはものすごくいい誉め言葉が飛び出したと思う。嘘を吐けない正直者だからこそ素直に喜べる。本当に似合っているみたいで安心した！　そして問題のサウラさんの水着なんだけど、これがまたものすっごくセクシー！　前から見たらワンピースタイプで、所々肌が見える程度のデザインなんだけど、これが後ろから見ると上に何も着ていないように見えるんだよ。背中が丸見えでドキッとしてしまう。スタイルがいいから余計にだ。黒というシンプルかつセクシーな色もまたいい。うん、これは確かにすっごい水着だ。間違いなくえっろい水着である。でも下品に見えないのがサウラさんだ。見事に着こなしている。

「わーお。サウラさん、えっろ！」

「ふふん、でしょー？　オーウェン、わかっているじゃないの！」

白い砂浜の上でポージングをとるサウラさんを、様々な角度で観賞するオーウェンさんの図っていうのはなかなかにシュールである。でも、彼のような人がいるとサウラさんも着た甲斐があるってものだよね。そして思惑通り、周囲の人たちの視線を集めているのはさすがである。ちなみに、オーウェンさんとジュマ兄も水着姿になっているよ。二人ともハーフパンツのようなデザインで、オーウェンさんは黄色に黒いラインが入っており、ジュマ兄は赤に黄色いラインが入っている。お揃いみたいに見えて思わずクスッと笑ってしまった。

「メグもすげぇ可愛いな！　似合ってるぞー」

「そ、そう？　ありがとう、オーウェンさん」

そして私にもしっかり誉め言葉をくれるオーウェンさんは女性の扱いに慣れていると思った。メアリーラさんにアタックするまでは女遊びが激しかったのも頷ける。ワイルド系イケメン、恐るべし。

「でもよー、メグ。そんなヒラヒラしてたら泳ぎにくくね？　サウラなんか泳いだら水着脱げそうじゃん」

似合うと言ってはくれたものの、ジュマ兄は顎に手を当てて首を傾げている。まぁ、水着って本来泳ぐ時に着るものだもんね。言いたいことはわかる。でも今回は遊び目的だからいいのだ！　本気で泳ぐわけでもないし、私はあんまり泳げないし。そう説明はしたものの、水の抵抗がどうのこうのと言い始めたからたぶん、あまりわかっていないと思う。まぁいい。それでこそ脳筋である！

しっかし、ジュマ兄もオーウェンさんも見事な肉体美だなぁ。筋肉が素晴らしいです。眼福ぅ！

……も、もしかしてギルさんも!?　ハッとなった私は慌ててキョロキョロとギルさんの姿を探した。すると、拠点として広げておいたシートやパラソルの近くに腕を組んで仁王立ちしている黒い人影を発見。

「えー。ギルさんは水着じゃないのぉ!?」

いつもと変わらぬ戦闘服、全身真っ黒なギルさんでしたとさ。他に人もいるのでフードとマスクもバッチリ装着である。くっ、貴重すぎるギルさんの肉体美が見られると思ったのに！　普段からピッタリめの服を着ているから、とても良い筋肉なのはわかっているけど、それはそれ、これはこれである。でもだからこそだろうか、悪目立ちをしているというかめちゃくちゃ注目は浴びているんだよね。この景色にその姿は逆に目立つのである。

「俺はお前たちの護衛、つまり仕事としてここに来ている。着替える必要はないだろう」

そ、それを言ったらオーウェンさんやジュマ兄もそうなのでは？　そう聞くと、二人は海に入って私たちの近くでも護衛をするからだという。ギルさんは離れた位置からでも護衛が出来るもんね。

しかしめげずにもう少し押してみる。

「えっと……そうだ！　ギルさん、目立つのは苦手なのにその格好だと目立っちゃうと思うんだけどなぁ」

「素顔を見られないのなら注目を浴びても問題ない」

そういう基準なのねー。着ぐるみを着ていて中の人がわからなければ別にいい、みたいな感覚なのかな。くっ、これは本当に着替える気はなさそうだなぁ。はぁ、ギルさんの水着姿、見たかったなぁ。もったいないないなぁ。せっかくの綺麗な海なのに。

「ギルさんとも一緒に遊びたかったな……」

なので、最後のダメ押しに本音をポロッと呟く。チラッと視線だけを上にしてギルさんを見ると、目元を和らげながらポンと頭に手を置かれた。

「今日はサウラと遊んでやってくれ」

やっぱりダメかー！　残念。でも、そうだよね。今日はサウラさんのリフレッシュのために来ているのだ。一日サウラさんの気分転換に付き合うつもりだったのは本当なので、ビシッと挙手をしてはいっ、と返事をした。

「それと……。水着、似合っているな」
「！　あ、ありがとう、ございます……！」
立ち去ろうと思っていた瞬間にこれは反則ーっ!!　ときめいたじゃないか！　もう、これだから
ギルさんはイケメンなのだ。心臓がバクバクである。きっと顔も赤くなっているだろうから、バレ
ないように慌ててギルさんに背を向けて走り出した。でも、クックッという笑い声が聞こえたから
バレバレなのがわかった。からかわれているっ！　は、恥ずかしい!!

さ、気を取り直してたくさん遊ぶぞー！　砂に足を取られつつサウラさんに駆け寄ると、何やら
白い物を二つ抱えたサウラさんが私を呼んでいた。
「メグちゃーん！　ほら、これ！」
「わ、浮き輪？」
どうやら白い物は浮き輪だったみたい。真っ白でお花の模様が描かれている。収納魔道具から出
してくれたのだろう、サウラさんは一つを私に手渡してくれた。これに乗ってのんびり波に揺られ
ましょ、とウキウキで言うサウラさんはとても可愛らしい。色っぽい水着姿とのギャップにキュン
としました！　もちろん、喜んでお付き合いしますとも。早速、浮き輪とともに波打ち際まで二人
で歩いていく。ザザーンと静かに打ち寄せる波が足首までかかるのが気持ちいい。ちょっと冷たい
かな？　水温に慣れるためにもゆっくりと進んでいき、太もも辺りの深さまできたところで浮き輪
に腰かけた。

「わ、わ！　ひ、ひっくり返るぅ！」

　すでに優雅に浮き輪の上で漂っているサウラさんとは違い、鈍臭い私は浮き輪に乗るだけでこの有様である。バランスがうまくとれず、無様にバシャンと海に落っこちてしまった。浅瀬なので尻餅をついても海水は胸元。沈む心配はないけど、あっという間に頭までびしょ濡れだ。水着だから問題ないとはいえ、思っていたことが出来なくてしゅんとなる。

「わはは！　大丈夫か、メグ。ほら、浮き輪持っていてやるから」

「オーウェンさん！　あ、ありがとうございますぅ」

　落ち込んでいると見かねた護衛の一人、オーウェンさんが手伝ってくれた。浮き輪を持っていてくれたおかげで今度はようやく座ることに成功。ふぅ、波にゆらゆら揺られているのはまた気持ちがいいねー！　一度落ちた後は特にっ！　時々オーウェンさんがスイーッと浮き輪を持って移動してくれるのがまた楽しい。キャッキャと喜ぶと、さらにスピードを上げてくれたりクルクル回してくれたりと色々やってくれた。面倒見のいいお兄さんである。

「はー……最高ねぇ。これまでの忙しさが嘘みたい。心配だったけど、来てよかったわ」

　浮き輪に頭と足を乗せてうーん、と伸びをするサウラさん。本当に羽を伸ばせているみたいでホッとする。仕事の出来る人だからこそ、色々と詰め込んじゃうんだろうな。元社畜としては、限界が来る前にこうして休めているサウラさんを見ているととても安心するよ。

「ん？　あ、あら？　あららら？」

　と、安心していたその時だ。ゆっくりとサウラさんの浮き輪が流れていくのが見て取れた。そのスピードがどんどん速くなっている……？　ぽかん、としている間に少し離れた位置に小さな渦巻きが出来ているのが見て取れた。え、あれ、やばくない!?

「サウラさん！」

あの渦巻きに巻き込まれているんだ！　どんどん引き寄せられている。浮き輪に浮かんだままのサウラさんは成す術なくそのまますごいスピードで流されていった。すでにサウラさんや私では足がつかないくらい深いところまで行ってしまったのか、迂闊に浮き輪からも降りられないみたいだ。

私は慌てて自分の浮き輪から抜け出し、サウラさんの方に手を伸ばす。だけどその手はパシッと力強く誰かに取られ、続けざまにグンッと身体が持ち上げられるのを感じた。

「ダメだよ、メグ。お前まで巻き込まれちまうだろ」

私を抱き上げたのはオーウェンさんだった。そ、それはそうかもしれないけど、サウラさんがー！　あわあわとそう主張すると、大丈夫だと笑って頭を撫でられる。ほら見てみろ、と指示されたのでその先を目で追うと、その理由がすぐにわかった。ジュマ兄がすでにサウラさんの下に向かっていたからだ。よ、よかったぁ。ジュマ兄が向かったのなら問題ないね！　あっという間にサウラさんの下まで辿り着いたジュマ兄は、浮き輪ごとヒョイッとサウラさんを抱えあげていた。渦巻きの流れによく足がとられないなぁ、なんて思ったけど、ジュマ兄だしな、で納得した。

『……うっ…………くすん、ぐすっ……』

「え？」

じっとサウラさんが救出されるのを見つめていると、微かに子どもの泣き声が聞こえた気がした。

どこから聞こえるんだろう。辺りを見回してみたけど、それらしき人影はみつけられない。ひょっとして、渦に巻き込まれたのかな!? と一瞬焦ってはみたものの、すでにオーウェンさんに抱き上げられた私は、渦から遠く引き離されて砂浜に戻ってきているので聞こえるはずもない。あれぇ？おかしいなぁ。

『……えーん……ぐすっ』

やっぱり聞こえる！ いや、感じる、って言った方が近いかも。耳から聞こえてくるわけじゃなくて、どこかで誰かが泣いているのを感じるのだ。何を言っているのかわかんないかもしれないけど、そうなんだもん！ ということは、やっぱり誰かが渦に巻き込まれたのかな？ けど、それだったら助けてとか怖いって感じそうだし違う気がする。でも、放ってはおけないなぁ。

「ふー、ビックリしたわね。ジュマ、ご苦労様」

「おー。よゆー、よゆー！」

その時、二人が戻って来た。ジュマ兄の右肩にサウラさんが腰かけており、浮き輪はジュマ兄が反対の手で持っていた。特に問題のなさそうな様子に再び安堵のため息を漏らす。怪我もなさそうで良かった！

「でも、なんの兆候もないのに渦が出来るなんて。しかも浅瀬にまで届いたのよ？ 私だったからよかったけど、これがメグちゃんだったら一大事だわ」

他にも遊びに来ている人がいるし、巻き込まれる人を増やさないためにも一度調べてみましょう、とサウラさんは言う。そうだよね。今はもうあの渦巻きは消えているみたいだけど、原因がわからないと安心して遊べないんだもん。けどせっかくのバカンスなのに、いつもと同じ仕事のようなことをさせるのは心苦しいなぁ。

「というわけで、ギル！　調べておいてくれる？　私は今休暇中だもの。ここで日光浴しながらメグちゃんとジュース飲むから！」

……などという心配はいりませんでした！　さすがはサウラさん、心得てるぅ。ギルさんもギルさんで、なんの問題もなさそうに頷いている。これが当たり前として成立しているのは、オルトゥスだからこそだね！　まぁギルさんは今日、仕事でついて来てくれているから当然という考えなのかも。よし、調べてもらえるならさっきのことも伝えてみよう。とはいえハッキリとしない情報だ。しかもあまり上手に説明も出来ない。だというのにギルさんは真剣に私の話を聞き、大体のことを理解してくれた模様。助かります！

「感じた、というのなら魔術で語りかけたのだと思う。だが、俺には聞こえなかった」

「俺もなにも聞いてないっすね。サウラさんとジュマは？」

オーウェンさんの問いに、二人も首を横に振る。あれ、私だけ？　なんでだろう。気のせいだった、ってことかなぁ。そう思いかけた時、ギルさんがそれなら答えは一つだ、と告げた。

「おそらく、メグが感じたのは魔物の声だ。魔物なら、魔王の血を引くお前なら感じるのもおかしくはない」

な、なるほど！　そういえば、ハイエルフの郷で事件があった時も、魔物の感情がなんとなく伝わっていたことがあったっけ。便利なような不便なような、複雑な気持ちだ。でもそうか、魔物が泣いていたんだ。放っておけって言われるかな？　でも、でも！

「あ、あの！　たとえ魔物でも、子どもの声だったから気になるの。だから、その……」

魔物が相手なら危険である可能性もある。こんな頼み、本当ならしてはいけないってわかっているからつい言葉が尻すぼみになってしまう。すると、ギルさんはクスッと笑って私の頭に手を置いた。

「わかった。それも一緒に調べてくる」

「！　ありがとうギルさん！　でも、ごめんなさい……」

「気にするな」

本当に甘いなぁ。甘えているのは私なんだけど。本来ならやらなくてもいいことなので、調べてわからなかったら戻って来てね、と伝えた。だって、もしも何かの罠だったり、危険なことに巻き込まれたりしたら嫌だもん。ギルさんだから何が起きても大丈夫だとは思うけど。そういう問題ではないのだ。

「それじゃ、あとはギルに任せて少し休憩しましょ。美味しいジュースを持ってきているのよ！」

パンッ、と手を打ち鳴らしたサウラさんにパッと顔を向ける。そう、忘れてはならないのだ。今日の私の使命はサウラさんを楽しませてあげること！　でも一度ギルさんが出かける前にきちんとお願いします、と声をかけたよ。それを受け、ギルさんは軽く頷いてからスッと影に潜っていく。

その姿を見送ってから振り返ると、すでに簡易テーブルとイス、そしてグラスに入ったお洒落なジュースが用意されていた。は、早い。手品のような素早さである。おいでと手招きするサウラさんの隣のイスに座ると、オレンジ色のジュースが入ったグラスを手渡される。まん丸なグラスの縁にオレンジが刺さっていて、アイスクリームが浮かんでいた。ジュースはシュワシュワ音を立てているので炭酸かな？　この世界にも炭酸ジュースがあったんだ。まぁなんでもありそうではあるので今更驚きはしないけども。

「ピリッとする感じが最高なのよねー！　さ、乾杯」

サウラさんがグラスを差し出すのに合わせてグラスを持ち上げ、二人でストローに口をつける。うん、オレンジ味の炭酸ジュースだ。これが緑だったらメロンクリームソーダなので、この世界風に言うならオランクリームソーダかな。爽やかでとても美味しい！

「なー、サウラー。オレらのは？」

「有料よ」

「ケチ!!」

膨れるジュマ兄に、嘘よ！　と笑いながらサウラさんはジュースを二つテーブルに出し、二人にも差し出した。ジュマ兄は「マジか！　言ってみるもんだな！」と言いつつ嬉しそうにグラスを手に取っている。

「さっきは助けてもらったしね！」

腕を組んでそう言ったサウラさんに、ジュマ兄はサンキュー！　とだけ告げてグラスの中身を一気に飲み干した。え、速っ。浮かんでいたアイスクリームも一口である。頭がキーンとならないのかな？　まぁジュマ兄だしな。そんな姿にサウラさんはもっと味わって飲みなさいよ！　とプンスカ怒っているけど、その気持ちもわかる。あれじゃあ味なんてわからなそうだもん。本人はうまかったとご満悦だけど。

「え、俺もいいんすか？」

「オーウェンは真っ先にメグちゃんを安全な場所まで連れて行ったじゃない。完璧な仕事だったわ」

「やった！　んじゃ、ありがたくいただきまっす」

許可をもらったオーウェンさんも、嬉しそうにグラスを手に取った。サラサラしたこげ茶の髪をかき上げつつグラスを持つ姿のなんと様になることか。大人の色気っていうのかな、ワイルド系イケメンだからだろうな。体格もいいし、遠巻きに女の人がオーウェンさんを見る目がハートになっているのがわかる。そしてその視線に気付いてウィンクをするというサービスまで！　本当に女の子の扱いに慣れているなぁ。うっかり遠い目になってしまった。

「きちんと仕事をこなした人にそれなりの臨時報酬を渡すのは当然のことよ！」

そう言ってサウラさんもストローに口をつけた。けど、どことなく照れ隠しのようにも見える。だってなんだかんだと理由を言ってはいるけど、最初からちゃんと人数分用意していたんだもん。サウラさんは優しい人だからね。戻ってきたらギルにもあげないとね、とウィンクをしてきたサウラさんを見て、間違いないなって思ったよ。でも、ギルさんは甘いものが苦手だから、飲めるかなぁ？　スプーンでアイスクリームを掬(すく)い、口に運びながらそんなことを考えた。んーっ、冷たくて美味しーっ！

ジュースを飲み終えたサウラさんはゴロンとマットの上で横になり日光浴をし始めた。私はその間ヒマなので、隣でオーウェンさんと砂のお城を作ることに。しかし、私はもちろんオーウェンさんもこういったことはあまり得意ではないらしく、出来たのはただの山であった。いいじゃないか、山。トンネル掘ったり川を作ったり、楽しかったよ！　途中からはジュマ兄を砂に埋めたりもして盛り上がったしね！　そんな風に過ごすこと体感で一時間ほど。ギルさんが戻って来た。さっそく起き上がったサウラさんがギルさんに報告を促す。

「渦巻きの方は魔物の仕業だった。沖の方で海の魔物が魔術を発動した余波だな。遊泳ゾーンの結界魔道具の魔力も少なくなっていた。その二つの原因が重なったせいかもしれない」

この海は一般人が安全に遊べるよう、結界の魔道具が設置されていて、管理する人たちもいる。ギルさんはその人たちにも話を聞きに行ったのだそう。するると、魔力が減っていたのは知っていたけど、今日の夜に補充予定だったという。いつも同じタイミングで補充しているんだって。それで問題が起きたことはなく、むしろこの量ならちゃんと発動するはずだと主張したみたい。

「だが、今回は沖で発動された魔術が少々強力なものだった。残った少ない魔力では抑えきれなかったのだろうと伝えておいた」

ギルさんの助言を聞いて、今後はもう少し早めに補充をするようにする、と管理の人たちも聞き入れてくれたんだって。そもそも、そんなに大きな魔術が発動されること自体があまりないから、今回のことは予想外の状況だったたってことか。ただ、危機管理は大事！　今後、同じようなことが起こらないように、その他の部分も見直ししてしっかり対策を練ってほしいところである。

「でもよー、強い魔術なんてなんで使ったんだろうな？　沖で魔物同士がケンカでもしてんのか？」

ジュマ兄がボゴッと埋められていた砂から抜け出しながら問いかける。ああっ、綺麗に埋まっていたのに残念！

「いや、原因はおそらく……コイツだ」

ジュマ兄の疑問に、ギルさんはマントの下から袋を取り出した。みんなでそれに注目し、揃って驚く。

「こ、これって、魔物じゃないの！」

「ちっちぇクラーケンみてぇ！　初めて見たー！」

サウラさんとジュマ兄が最初に声を上げた。そう、袋の中には海水と、その中で漂う小さなイカのような生き物がいたのだ。小さいといっても、子猫くらいの大きさだけど。

『ぐすっ、くすん……』

「あ！」

そして、その魔物から声を感じた。さっき聞いたあの声と同じだ！　それを主張すると、ギルさんはやっぱりか、と頷いた。このやり取りでピンときたらしいサウラさんもなるほどねぇ、と何度も頷いている。

「たぶん、この子は迷子なのよ。で、沖で親が捜しているんだわ。必死になっているんだもの、そりゃあ大きい探索魔術も発動するでしょうね」

そういうことか！　たぶんそれで正解だ。けど念のため、ショーちゃんに頼んでこの子の通訳をしてもらうことに。

『ママー、どこなのー？　ってずっと泣いているのよー！』

「うん、決定だね。どうしよう？　母親の下に届けた方がいいよね？」

というか、届けてあげたい。だって、お母さんとはぐれるなんてかわいそうだもん。会えない辛さはよく知っているのだ。だから訴える目で見つめてしまった自覚はある。ギルさんはそんな私の視線を受けて苦笑を浮かべ、ポンと私の頭に手を置いた。

「それなら、手伝ってくれるか？」

「！　もちろんだよ！」

予想外の言葉に、条件反射で顔がにやけてしまった。だって、これまでだったらここで私は待ってなさいって言われるか、私が懇願してようやく連れて行ってもらえるかだもん。それを、ギルさんの方から手伝ってほしいと言われたのだから嬉しいに決まってる！　私の反応がわかりやすかったからか、サウラさんにまでクスクス笑われてしまったけど。

「メグちゃんの声の精霊に通訳してもらえれば、無駄に海の魔物を刺激しなくて済むものね。この魔物の子も安心させてあげられるんじゃないかしら？」

「そっか！　ショーちゃん、お母さんのところに連れて行ってあげるって伝えられる？」

『わかったのよー！』

本当にショーちゃんは万能だなぁ。どんな声も聞き取れちゃうし、どんな声にも変換出来ちゃうんだもん。契約する前は、声を精霊以外の誰かに届ける時は真似っこしか出来なかったけど、契約したことで自分の意思も伝えられるようになったから、声の精霊っていうのは誰かと契約してこそ力を発揮するんだなって改めて思ったよ。

「あ、少しだけ落ち着いたみたい」

ショーちゃんが魔物の子どもに言葉を伝えると、ずっと小刻みに震えていたのが治まったように見えた。まだ警戒している様子はあるけど、それは仕方ないよね。この子からしたら捕まえられた、って思うだろうし。袋に入っているのだから他の人が見てもそう思うだろうなぁ。つまりこの子の親にも、うちの子が誘拐された、って思われる可能性が高いのである。だからこそ、あらかじめショーちゃんが伝えに行くんだけど……。興奮状態の親に声は届いても信じてもらえるかはわからないよね。そうなるとショーちゃんも怖い思いをするし。そこがちょっと心配だ。

「こいつを連れて親の真上まで飛んで移動する。メグ、そこまでなら飛べるか？」

「うん！　ただ、そこまでの移動しか出来ないけど……」

そう、飛んで移動することなら出来る。ただ、もしも魔物が暴れて攻撃でもしてきたら避けきる自信はない。まだ空中での素早い動きは出来ないのだ。魔力はたくさんあるのに、処理能力が追い付かないんだよね。魔術を行使するのは精霊だけど、どう使うかはこちらで指示を出さなきゃいけないからね。ショーちゃんのおかげでかなり楽に伝えられるとはいえ、その場に応じた適切な指示が瞬時に出せないのである。集中力が続かないせいで長距離飛行も苦手だし、まだまだ未熟者なのだ、私は。

「心配するな。メグは魔物の子どもを親元に帰すことだけに集中しろ。俺が必ず守る」

これ以上にないほど頼りになる言葉である。そうだよね。ギルさんが一緒で万が一なんて起こるわけもない。それに、未熟な私に多くを求めるわけもない。自虐じゃないよ？　ちゃんと自分の実力は心得ているだけだ。私はそっと両手を伸ばし、ギルさんから袋に入った魔物の子どもを受け取った。覗き込んでみると、魔物もこちらを見ているような気がした。だって、目がどこにあるかまではわからないんだもん！

「……ちゃんと、お母さんのところに連れて行ってあげるからね」

　ついさっきショーちゃんが伝えてくれたことを、私も直接語りかけた。きっと言葉の意味なんて通じていないけど、なんとなく伝えたかったんだ。少しでも、安心してもらいたいなって。本来なら、魔物に対してこんなに感情移入しちゃダメなのかもしれないけど。悪さをしているわけじゃないんだから、いいよね？　親はちょっとビーチに影響を与えてしまっているけど。

「よろしくお願いします。ギルさん」

「ああ、任せろ」

　決意を込めて告げると、ギルさんも頼もしい答えを返してくれた。サウラさんたちからも頑張ってねと声をかけてもらえて心が温かくなる。誰も、魔物に感情移入しすぎていることを責めなかったことが、ものすごくありがたかった。

　早速、私は風の自然魔術でフワリと浮かび上がる。すぐ隣でギルさんも一緒に浮かんだ。おぉ、影鷲の姿以外で飛ぶギルさんを初めて見たかもしれない。人型でも飛べるんだ、なんて当たり前のことを思ってしまった。魔物型になるのは、籠で人を運ぶからなんだもんね。あと、スピードも魔物型の方が出せるらしい。今回は速さがいらないし、もし攻撃されたとしても咄嗟にあれこれ動きやすい人型がいいのだとか。亜人ってすごいなぁ。

「行くぞ」

ギルさんの声に頷き、一気に上昇する。パーカーを着ているとはいえ今は水着なのでちょっと寒いかな？　フウちゃんに追加でオーダーをし、風の膜で全身を覆ってもらうことに。これで寒い思いをすることがかなり防げるのだ。ふふん、このくらいは同時に出来るよ？　一度凍えて大変な思いをしたからね！　魔術で飛ぶ時の必須スキルだ、と思って会得したのである。もちろん、これは移動しながら発動させたよ！　ギルさんに置いていかれないようにしないと、迷惑をかけちゃうもん。

「見えるか？」

しばらく沖に向かって飛び続け、私たちのいたビーチが見えなくなってきた頃、ギルさんが指差しながら口を開く。確かに、示された先の水面に黒い影と大きな魔力を感じた。

「あれが、クラーケン……？　うっ、ちょっと怖いかもぉ」

その姿を確認した瞬間、私はブルッと身体を震わせてしまった。だって！　本当に大きいんだもん！　魔物型のギルさんよりずっと大きい。大きな船もあっという間に飲み込んでしまいそうなほど、迫力があるのだ。手元にいる子どもはこんなに小さいのに。君、あんなに大きくなっちゃうの？

「ここから声を届けられるか？　もう少し近付いた方がいいなら一緒に近付くが」

そうだ、肝心なことを忘れてはならない。この大きなクラーケンと戦いに来たわけではないのだ。親元に、迷子の子どもを連れて来ただけ。そう、それだけなんだから！　すぐに気を取り直してシヨーちゃんに声をかける。一度あのクラーケンに迷子の子どもを連れて来た、って伝えた方がいいよね？

『わかったのよー！　伝えてくるのよ！』

「ありがとう、ショーちゃん。でも、危なかったらすぐに逃げてね？」

いくら精霊とはいえ、魔力を纏った攻撃からは逃れられない。クラーケンは全身に魔力を纏っているから、触手の物理攻撃であってもしっかりダメージを食らってしまうのだ。精霊なので魔力がある限り死にはしないけど、痛い思いはするし弱りもする。あんなに大きくて怖い魔物に一人で向かわせるのはすごく心配なのだ。

『心配無用なのよ！　ショーちゃん、あの魔物より速く動けるんだから！　簡単に逃げられるのよー！』

それもわかっているけど！　心配なものは心配なのである。私は何度も危険を感じたらすぐに逃げるように念を押して、ようやくショーちゃんを送り出した。隣でフッとギルさんが笑う。

「お、おかしいですか？」

「いや、悪い。ただ、お前の気持ちはよくわかるな、と思っただけだ」

そうでした。いつもは私がギルさんに心配されているんだったね。なるほど、こんな気持ちだったのか。深く、そりゃもう深く理解しましたよ！　と、頷いていたところで突如、水面から水柱が立ち上った。な、何⁉　すぐにギルさんが私を片腕で抱き寄せ、魔術で結界を張る。あんな広範囲でやられたら、ショーちゃんも逃げ切れないんじゃ……！　そう不安になったところで目の前に淡いピンクの光が現れる。

「ショーちゃん！　良かったぁ。無事だったんだね！」

『とーぜんなのよー！　それよりも、子どもを連れて来たのよって伝えたら、どこだーって余計に興奮しちゃったの。私、失敗しちゃった？』

しゅん、と肩を落とすショーちゃんに、慌ててそんなことない、と声を上げた。

「ショーちゃんは出来ることをしてくれたよ！　大丈夫、失敗なんかじゃないよ」

励ましながら魔力を上げると、ショーちゃんはすぐに笑顔になって嬉しそうにクルクル飛び回る。可愛い。とはいえ、この状況どうしよう。水柱は今も激しく立ち上っていて、簡単には近付けない。と、思っていたんだけど。

「近付くか」

「ええっ⁉」

ギルさんがちょっとそこまで、とあまりにも気軽にそういうものだからものすごく驚いてしまった。すると、ギルさんの方が目を丸くしてこちらを見る。な、何？

「……ああ、そうか。普通はそんな反応なんだな。大丈夫だ、しっかり摑まっていろ」

その言葉で私は全てを察する。ああ、この人たちにとってこのくらいはなんてことないんだなって。この程度で驚く人など、オルトゥスにはいないんだなって。もう驚くものかと何度も思っているけれど、実際に目の前でこんな状況を見ていたらやっぱり驚きますよ。普通の子どもですからねっ！　ほんと、ギルさんも含めてすごすぎる人たちばっかりだよ！　しかもギルさんは片腕で私の腰を抱きかかえているから、自由に使えるのは右腕だけ。それでも問題がなさそうなのにはもはや笑うしかない。黙って様子を見ていることにします。私もギュッとギルさんの服にしがみついた。

ギルさんは右腕を水柱に向けて伸ばす。それから魔力を手の先に集め、一気に水柱に向けて放出した。ギルさんの魔力は影となり、黒い塊がすごいスピードで飛んでいくように見える。そのままぶつかるのかと思いきや、水柱まで辿り着いたところで黒い魔力の塊が紐状に形を変えて水柱に巻き付いていく。そして数秒後、何もなかったかのように水柱がフッと消えていった。す、すごい。

「今のうちに魔物の子を海に落とすんだ」

魔術を無効化したんだ。当然、誰にでも出来ることではない。

「え？　でも、大丈夫かな？」

「問題ない。今ならクラーケンも驚いて我に返っている。子どもの気配を感じたら気付くだろう」

そっか。むしろ、今やらないとまたクラーケンが取り乱して大暴れするかもしれないんだね。私は袋の中の子どもクラーケンちゃんに向かって別れの言葉を告げた。お母さんがいるよ、って。それからそっと袋を傾けていく。海水とともに子どもクラーケンちゃんが落ちていった。でも、この高さだと痛くないかな？　そう思って衝撃を和らげるよう風の魔術で覆ってあげる。そのおかげもあって、トプンという静かな音とともに子どもクラーケンちゃんは海へと帰っていった。……これで大丈夫、かな？　静けさが妙に緊張を誘う。

『あ、再会出来たみたいなのよ！』

ショーちゃんの声とともに、少し大きめの波が起こる。私の心にも喜びと安心の感情が流れてきたから、ちゃんと会えたんだってすぐにわかった。良かったぁ！

「任務完了だな。戻るか」

「うん！」

正直、私なんていてもいなくても良かったとは思う。別にショーちゃん伝いに声が届かなくても、ギルさんのやり方であっという間に解決したと思うから。それでも、私を連れて来て、やることを与えてくれたことにすごく感謝しているよ！　誰よりも心配していたのが私だから、きっと最後まで見届けさせてくれたんだ。

「む」

「え？」

安心して背を向けたその時だった。水しぶきが上がり、水面から何かが飛び出してきた。敵意は感じなかったので、私もギルさんも慌てずに飛んできた物を目で追う。なんだか、キラキラしてる？　弧を描きながら飛んできたそれをギルさんがキャッチ。私も一緒になってその手の中の物を覗き込んだ。

「真珠、だな。かなりの大きさだ。滅多に見つからないぞ」

「うわぁ、綺麗」

でもどうして突然、真珠が飛んできたんだろう？　その疑問にはショーちゃんが答えてくれた。

『ありがとう、って言っているのよ！　きっとお礼なのよー！』

「お礼……。魔物が？　そんなことは初めてだな」

メグだからだな、とギルさんは目を細めて笑う。そうかなぁ？　とはいえ、ただ送り届けただけなのに貴重な物をもらっちゃって、なんだか悪い気もする。自分には必要のない物だからこれをどうするかはメグが決めてくれ、とギルさんが言うので、しばらく考えてから私は答えた。

「サウラさんに、プレゼントしたいな。だって、ここに来たのはサウラさんのためだもん。迷子を帰せたのも、サウラさんのおかげだよね？」

「……ああ。確かにそうとも言えるな」

私の無理矢理な理論に、ギルさんはニヤッと笑って答えてくれる。ギルさんならわかってくれると思っていたよ！　よぉし、サウラさんが受け取るのを断ろうとしたら、今の理論を押し付けちゃうぞ！

ビーチに戻って来た時には陽が落ちかけていた。待っていてくれたサウラさんたちもすでに着替えており、広げていたシートやテーブルなんかも片付けられている。うっ、一人で水着ってちょっと恥ずかしいな。

「お疲れ様。メグちゃん、ギル！　メグちゃんは先に着替えてらっしゃい。話はその後で聞くわ！」

さすがサウラさん、わかってるぅ！　お言葉に甘えて私はいそいそと更衣室へと向かった。着替えてすぐにみんなの下へ戻ると、サウラさんが嬉しそうに行くわよ！　と私の腕を取って歩き出す。え、ちょっと待って！　い、行くってどこへ⁉　私の声に「いいから、いいから」とだけ言いつつ嬉しそうにグイグイ引っ張るサウラさん。何が何やらわからないけど、サウラさんが嬉しそうだからまぁいっか。お楽しみってことで大人しく付いて行くことにしまーす。

「さあ、メグちゃん。ここに座ってちょうだい」

「わ、すごぉい！」

連れてこられたのはオープンテラスのあるお洒落なレストラン。テラス席は貸し切りになっているのか、私たち以外に誰もいない。テーブルには白いテーブルクロスがかけられ、中央にオレンジに淡く光る魔道具のランプ、そして各席にはお皿やナイフとフォークがセットされていた。こ、高級ディナーだ。これ絶対に高級ディナーだ！

「ふふ、私の隣よ！　ほら見て。ちょうど陽が沈むわ。この景色を見せたかったのよ。間に合って良かったわ！」

目の前の光景に目を丸くしていると、サウラさんが隣の席に座って前を向く。確かに今はこの刹那の絶景を楽しむ方が先かも。広がる海は陽の光を反射してキラキラと輝いている。それは明るいうちに見た景色とはまた違った美しさがあった。遠く地平線に沈んでいく太陽とオレンジ色と夜の闇が混ざり合う空。ほんのわずかな時間しか見られない光景。昔から、この時間帯の空が好きだったけど、遮るものが何もないこの場所で、海とともに見られるなんてものすごく贅沢だ。チラッと横目で見ると、サウラさんが目を輝かせてこの光景に見入っている。私と同じで、この景色が好きなんだなってわかった。

「……ふぅ。陽が沈んだわね。どうだった？　メグちゃん」

「すっごく素敵でした！　このお店はサウラさんが手配したんですか？」

「そうよ。かなり前に数回ほど来たことがあるのよ。その度にここであの景色を楽しんでいるの。いつもは一人だけど、今日はみんなと見られて嬉しいわ」

なるほどー。というか、一人旅を楽しんでいたんだなぁ。羨ましい。私もいつか、一人旅してみたいな。まだまだ無理そうだけど。それにしても演出がロマンチックだったな。このままプロポーズなんかしたら成功率は高そうだよね。ケイさんとか、こういうシチュエーションが似合いそう。

「ほら、みんなも座って。そろそろ食事が運ばれてくるわよ！」

サウラさんの声に、ずっと私たちの後ろに立っていたギルさん、オーウェンさん、ジュマ兄がようやく席についた。なるほど、先に座ると景色の妨げになるっていう気遣いを見せてくれたんだ。皆さん紳士である。ジュマ兄はギルさんに首根っこを掴まれていたからアレだけども。

「みんな、お酒は一杯までね？　飲み足りないなら食事が終わってから勝手に飲みに行ってちょうだい」

あ、飲むのはオーケーなんだね。護衛任務だからアルコール禁止、とかがあるのかと思ったけど……。考えてみたら、この人たちが酔っ払って仕事にならないなんて失態を犯すはずがなかった。そもそも、いくら飲んでも酔わなそうだし。実際は知らないけどジュマ兄は確実にザルを通り越してワクだ。間違いない。

「えー。まぁ、後で飲んでいいならいっか。飯が美味そうだよなー、この店！　肉は出んのか？」

「ジュマは口を閉じていて。雰囲気が台無しよ」

確かにこのお洒落なお店にジュマ兄ってなんだか不思議な感じ。ちょっとだけ浮いているってい

うか。でも高級感漂うお店に緊張していたのが、おかげで少し肩の力を抜けたよ。あ、そうだ！

「サウラさん。あの、これ……」

料理が運ばれてきたらタイミングがなくなるかもしれないからね。私はさっきクラーケンにもらった大きな真珠を差し出した。目を見開いて驚くサウラさんに、海であったことを簡単に説明する。まだ報告も済んでなかったから、それも含めてね！

「そう……。本当にメグちゃんは魔物を惹きつけるのねぇ。貴女がもらったものでしょう？　これは受け取れないわ」

「ふふーん。そう言うと思ってました！　でもダメです。私の手に余るし、そもそもサウラさんの休養がなかったらここには来ていないし、これも手に入らなかったんです。だからこれはサウラさんの物です！」

「あら、タイミングも運よ？　あのクラーケンはメグちゃんだから渡したんだと思うもの」

むむ、なかなか受け取ってもらえないな。あの理論だけじゃダメだったかぁ。よぉし、それならば！

「じゃあ、お言葉に甘えて私が受け取りますね」

「ええ、それでいいわ。見せてもらえただけで十分よ」

「その上で、はい！　サウラさん、どうぞ！」

「えっ」

きょとん顔のサウラさん、いただきましたー！　えへへ、といたずらっぽく笑うと、サウラさんも理解したのか困ったように笑った。

「やられたわね。メグちゃんの物をメグちゃんが誰にあげようが誰も文句は言えないもの」

「ワガママでごめんなさい。でも、これは見た瞬間にサウラさんに似合いそうだなって思ったんです。その、受け取ってもらえませんか？」

なんだか押し付けになってしまったのがちょっとだけ申し訳なくて、恐る恐る真珠をもう一度差し出すと、サウラさんは顔を両手で覆って天を仰いでしまった。や、やっぱり困らせちゃったかな？

「あああああ!!　メグちゃんったら天使なのっ!?　天使だわ!!　どうしよう、良い子過ぎるっ！こんな殺し文句をメグちゃんに言われたら、受け取らないわけにはいかないじゃないのぉぉぉ!!」

どうやらそれはいらない心配だったみたい。これは喜んでくれているってことでいいんだよね？

それと、ちょっと照れているのかも。耳が少しだけ赤いから。こういうところ、サウラさんって可愛いなって思うよ。いつもはキビキビとしているしっかり者なのに、油断した時に見せる顔がとても魅力的。

「ありがとう、メグちゃん。オルトゥスに戻ったらマイユに加工してもらうわ。一生大事にするわね！」

「はい！　そうしてもらえたら私も嬉しいですっ！」

そこへ、料理が運ばれてくる。ものすごくいいタイミングだ。いや、タイミングを見計らっていたのかもしれない。なんていったって高級店だからね！　グラスを手に取り、みんなで乾杯してからのんびりと食事を楽しむ。前菜から運ばれてくるコース形式だったけど、私の分は前もって手配していたのか、どれも少なめにしてくれているのがまたすごい。配慮が完璧すぎない？　休日だというのにサウラさんの手腕はここでも火を噴いていたというわけだ。惚れちゃう。

「この肉うめーっ！」

「だーかーらー！　丸呑みにするんじゃないわよ、ジュマ！　もっと味わいなさい！」

右隣ではサウラさんとジュマ兄がいつものやり取りをしている。もう、ジュマ兄も懲りないよねぇ。本当に味なんてわかるのかな？　っていう食べ方をしているもん。わかるんだろうけど、見ているこっちはもったいない気がしちゃう。

「ギルさん、夜は一緒に飲みませんか？　魔力の運用方法について少し話を聞きたいんすけど……。もちろん、護衛はしながらですよっ」

「まぁ、少しなら構わない」

「マジすか！　やった！」

左隣では、オーウェンさんがギルさんを飲みに誘っている。おぉ、なんだか珍しい組み合わせだ。でもすごく嬉しそうなオーウェンさんを見ていると、ギルさんを心から尊敬しているんだなってことが伝わるよ。きっと私が今夜眠っている間に、魔術の難しい話とかをするんだろうな。今は聞いてもわからないだろうけど、いつかその話は私も聞いてみたい。

「休みはまだ二日あるのよね。メグちゃん、明日は何かしたいことある？」

そして、合間にサウラさんが私にも話を振ってくれる。そうだなぁ。せっかくの休暇なんだから、サウラさんがしたいことをしてほしいなって思うよ。今日は海で私が楽しんじゃったし。そう伝えるとサウラさんは一つパンッと手を打ち鳴らした。

「それなら明日はショッピングに行くわよ！　この辺りはブランド物のお店がいっぱい並んでいるのよ。気になっていたスイーツのお店もあるんだけど、まだ行ったことがないのよねー。午後はまた海で遊ぶのもいいわね。夜になったら砂浜で魔道具の花火をするのも楽しそう！　それから……」

サウラさんのお喋りは止まらない。なぁんだ、いっぱいやりたいことがあったんだね。でも、その全部をこなすのは一日じゃ難しそう。三日あるとはいえ、明後日は暗くなる前にオルトゥスに戻りたいし。そうなると、明日はなかなかのハードスケジュールになるかも。

「そんなに予定詰めたら、休暇の意味がないんじゃないすか……？」

「げぇ、買い物かよぉ。昔付き合わされたことあるけどよぉ、めちゃくちゃ疲れたんだよなー」

オーウェンさんは顔を引きつらせ、ジュマ兄はあからさまに嫌そうな顔をしている。体力自慢のジュマ兄も疲れるとは。私は目的もなくフラフラ見て回るショッピングも好きなので苦じゃないけど、興味がない人からすると辛いのもわかる。

「サウラのリフレッシュが目的だろう。俺たちは護衛任務で来ているにすぎない。文句を言う権利はないぞ」

「はい……」

「えー……。だー！　もうっ、わぁったよー！」

しかし、ギルさんはどこまでも真面目だ。仕事は仕事として割り切っているんだろうな。ギルさんだって買い物に付き合うのはつまらないだろうに。まぁ、結局は少し我慢してもらうことになるんだけど。

「楽しみねー！　遠慮なしで思いっきり遊んじゃうわよ！　それで、帰ったらまたしっかり働かないと！」

それに、サウラさんは一日中のんびりするよりも動いている方が性に合っているみたいだし。確かに体力的には疲れるかもしれないけど、心のリフレッシュをするにはやりたいことをするのが一番だと思うからね。本来、サウラさんは息の抜き方をちゃんと知っているはずだ。ただ今回はそれすらも目がいかないほどの忙しさだった、ってだけである。……本当にどれだけ仕事を詰めたの、お父さん。戻った後もまたすごく忙しいんだろうな。初めての試みだから仕方ないとは思うんだけど、ちょっと心配。

「大丈夫よ、メグちゃん。もう自分の限界を超えたりしないから。私が二度同じ失敗をするように見える？」

そんな私の心を読んだかのように、サウラさんが私の頬に手を当てて微笑む。そっか。そうだよね！

「見えません！　サウラさんはすごい人だもん！」

「ふふっ、そうでしょう、そうでしょう！」

自己管理があまり得意ではない私とは違うのだ！　それに、戻った後はみんなが注意して仲間の様子を見るようにすればいいよね。オルトゥスは、ホワイトな組織なんだから！

こうして、サウラさんと過ごす三日間の休暇はとても充実したものになった。二日目のショッピングも、海も、花火も、どれもがすごく楽しくて、なんだか夏休みの思い出みたいだなって思った。
私も、帰ったらしっかり修行しなきゃね。出来ることからコツコツと！　頑張るぞー！

# あとがき

今巻もお手に取っていただきありがとうございます。皆さまこんにちは。あとがきへようこそ！　阿井りいあです。

ついに八巻ですよー！　なんだかあっという間だったな、と感じます。一気に駆け抜けてきた感覚といいますか、気付けばここまで来ていたように思うのです。今後も続けていきたいと切に願います。

さて、今巻は八月の刊行と聞いていましたので、書き下ろし短編の舞台は海にしようと早くから決めておりました。夏らしくここは海でしょう、という安易な発想です。さらに、にもし先生のイラストで水着姿のキャラたちが見たい！　という下心も少し、いえ、かなりありました。あとがきを書いている今はそれが叶ったのかまだわかりませんが、カラーの口絵案に推していきたいと思っています。何卒、何卒……！　出来ればギルナンディオにも水着になってもらいたかったのですけどね。彼はなかなかガードが固くて脱いでくれませんでした。いくら作品を生み出す神は私、といえど無理強いはよくないですからね！　いつかその肉体美を惜しげもなく見せつけてもらいたいものです。頼むよ、ギル！

少しずつ世界の秘密にも触れ始めた特級ギルドですが、ＷＥＢ版でもいまだにあまり明かされておりません。ですがどんどん成長していくメグたちに少しずつ真実を見つけていってもらいたいと思っています。「きっと待っていてくれる方がいる」と信じて書ききる所存です。ぜひとも応援のほどよろしくお願いします！

それでは最後に、今巻も出版するにあたり尽力してくださったＴＯブックス様を始め、担当者様方、それからいつも素敵なイラストを担当してくださるにもし様、ご協力くださった全ての皆さまに心より感謝を申し上げます。また、いつも応援してくださる皆様、特級ギルドを手に取って楽しんでくださっている全ての読者様にも感謝を。大変励みになっております。本当にありがとうございます。

これからも特級ギルドの物語が、皆様の癒しとなりますように。

おまけ漫画

# コミカライズ第9話（前半）

漫画：壱コトコ

原作：阿井りいあ

キャラクター原案：にもし

Welcome to
the Special Guild

メグに怪我をさせる前にどうにかできないようじゃ側にいた意味がない

例え治療が完璧だったとしてもだ

??

はい……?

ならなぜ合格なのか

それは

患者がそう願っているからだ
!
腕さえ良ければ患者に媚びたり細かい説明をする必要もない
そう考える医療従事者は結構いるしそのすべてを否定する気はないが
私のそしてギルドの方針とは合わない
わかるな?
確実な治療ができる人はこの世界において実は結構貴重だ
だからこそ偉そうに勘違いしてる奴らも多い
僕はそういった人たちが大嫌いだし
ここの方針がそうじゃないと知っているからこそここで学んでいる
なのに

どうしても
態度が悪く
なってしまう
自分でも
悩みの種では
あるんだ
グッ
メグは幼いが
君は
幼い子ども
相手にも
きちんと説明
したそうじゃ
ないか
その姿勢は
正しい
??
だって
聞いてきたから
答えたんだ
それは普通だろ？
でも幼い相手に
説明したって
わかりゃしないと
説明を省く人は
多いと思うよ
メグは
年の割に
聡明だ
だからこそ
お前の
試験相手に
最適だと
思ったんだよ
!
なるほどね
その当たり前を
できない人が
多いから…
だけどね
レキ

いつまでも君のその態度を許容する気はないよ
君の過去に思うところはあるが
だからこそ乗り越えて欲しいと思っている
……それはもちろん
僕もその点について情けは不要だ
……です
ははは
あの子に手を差し伸べてやるんだ
ではそんなレキに課題を出そう
手を？

あの子は
いろいろと
抱えている子だ
だが
その記憶が
ない
記憶喪失……
あんなに
ヘラヘラ
してたのに
あの子の
抱えているものも
我々は
把握できない
不安定
なんだよ
だから
手を差し伸べて
やってくれ
そんな話を
聞かされた
からか
あいつの手を
引いてやった時
自然と
差し出した手に
自分でも
驚いた

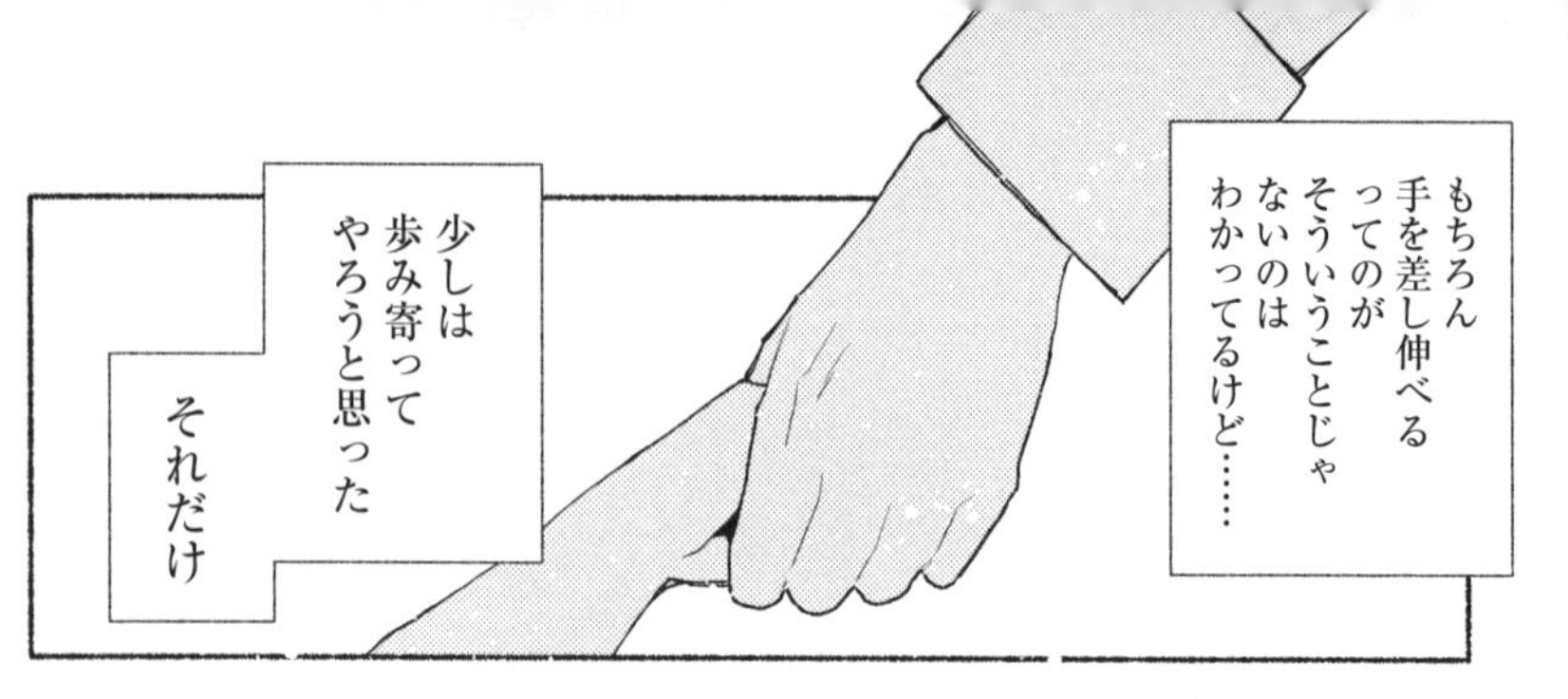
もちろん
手を差し伸べる
ってのが
そういうことじゃ
ないのは
わかってるけど……
少しは
歩み寄って
やろうと思った
それだけ

僕と同じような
幼少時代を
過ごして
欲しくない

まだ
間に合うと
そう思った
だけなんだ
じゃあ
行ってくるから
異変があったら
教えてくれ
わかった
チビが寝た後
ルド医師は
会議室へと
向かった
ギルさんが
あのチビについての
情報を掴んだとかで
これから
ギルドの重鎮たちで
緊急会議だそうだ
だが
こっちはこっちで
チビがいるから
気は抜けない
すぅ
すー…

会議の途中でもルド医師に異変を知らせるために
透糸蜘蛛の亜人であるルド医師の糸を預かった
デスクに張っておいたその糸を
異変が起きた時に3回弾く
キィ…

透明でその気になれば物理や魔力でさえも感知できない不思議な糸
そのくせ何かが触れればルド医師には伝わるから敵に回すとものすごく厄介
ルド医師はこの見えない感じない糸を
ギルド中場合によっては街にも張り巡らせてあるらしい
だからルド医師に隠しごとはできない

ふう…
報告書の見直しも終わったし
ガタッ
チビの様子でも見に行…
バッ
!?

これが
例の…
ぞ…
なぜか
わからないけど
こいつが
こいつでない
感じがした
フラ
フラ
何かを
探している…？
キョロ
キョロ
紙とペンかな……
ルド医師に
知らせないと
ス…
リン
リン
リン

ガチャ
ルド医師!
ずかずかずか
ハッ
って会議の参加者全員で来たのか!?
…まあ気になるよな…
ぞろぞろっ
これは…
メグについて緊急会議が開かれることになったのは

ギルからの
情報と
私の調べとを
擦り合わせたところ
とんでもない
事実が浮上
したからです
それで
メグは
どうなんだ
元気
だったぞお！
……そうか
ほっ
ギルは別所から魔術の影で参加
何にも
興味を持って
いなそうな
ギルですが
メグのことと
なると
話は別
メグに
やられてますね
いや
私とて…
メグと関わった
このギルドの
皆が同じ
気持ちでしょう
さ
始めるわよー！
ギルから
キリキリ
話しちゃって！
ギルからの
報告を
まとめると

件のダンジョンに残っていたわずかな魔力の残骸を元に
メグに魔術を施したであろう場所までたどることができたと
たどれたのはホークレイ国境付近までだったが
その先どちら方面からメグとその保護者が来たのかはだいたいわかった
ホークレイはダンジョンのあるセントレイ国よりはるか北
オルトゥスのあるリルトーレイ国からはかなり遠い位置にある国
そこまでわかっているならなぜそれ以上追えないんだい？
もっともな意見ですね
ホークレイとセントレイの国境はこの大陸で最も高くそびえ立つ山の麓
その山を超えるにしても安全な正規ルートであれば…
ガタッ
まさか
……そう

正規ルートではなく迂回ルートから来ているからだ
それって……
迂回ルートは周知のとおりとても危険です
使うことはまずあり得ない
にもかかわらず使わざるを得ない理由として考えられるのはふたつ
ひとつは訳あり
人知れず国を渡るために仕方なく使う人は確かに居ます
でも無事に通過できる人なんてほとんど居ないわ
例え通過できても満身創痍無傷でいられるわけがないんだもの
もうひとつの理由こそがメグの秘密の答え
――っ
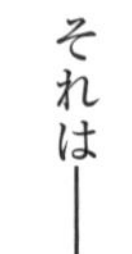

ほぼ無傷でダンジョンまでたどり着いたことや
私の調べた結果からも間違いない
それは――
訳ありではあるがな
メグはおそらく

ハイエルフだ
!?

……
迂回ルートの
先にあるのは
誰も
訪れたことがない
その存在すら
夢物語なのでは
ないかと噂される
ハイエルフの秘境
ですが
実際に存在し
ハイエルフたちが
住む郷も
その先にあることを
エルフの私は
知っている
ハイエルフっ
つったらお前ぇ
多種族みんな
問答無用で排除する
恐ろしい種族だろぉ？
それが
メグだって
のかぁ？
あんなに
優しい子が
そんな
種族だなんて……
とてもそうは
思えないね
そう
ハイエルフは
誇り高き種族
それはもう
度を超える
ほどに
特にエルフを
毛嫌いし
同種族と
認められることも
決してない
決して
分かり合えない
相手
彼らは
エルフを
憎んでいる

……というか
ハイエルフの
子どももなんて
それこそ空想の
生き物レベルよ
それも
こんなところに
いるなんて
サウラの言うとおり
エルフ以上に
出生率が低い
ハイエルフです
それほどまでに
貴重な同族を
外へ出すなど…
よほどの事態が
ない限りあり
得ません

それがいったい
どんなものなのか…
…恐ろしい限りです
ハイエルフの
持つ叡智と
自然魔術は
もはや災害レベル
それも
ひとりひとりが
持つ力です
辛くも勝利を
収めたとしても
この世界が
半分以上無くなって
しまうでしょうね
下手したら
ハイエルフとの
戦争だ
事は世界を
巻き込むほど
重大です
それがあんなに
幼い子が
きっかけ
などとは…

あの子の運命は
生まれた
瞬間から
厳しいもの
だったのかも
しれません

メグ、
大ピンチ!!??
暴走した魔力に
呑み込まれてしまう――。

メグの笑顔を
取り戻すため、
父親たちが
立ち上がる!!
特級ギルドへようこそ!
~看板娘の愛されエルフはみんなの心を和ませる~
9
著 阿井りいあ イラスト にもし
2021年秋発売予定!

第二部
本のためなら巫女になる! Ⅵ
漫画:鈴華

2021年
10/15
発売!

第四部
貴族院の図書館を救いたい! Ⅲ
漫画:勝木光

2021年
11/25
発売!

# 「本好き」世界へGO!

Welcome to the world of "Honzuki"

## アニメ

**第1期**
1～14話
好評配信中!
BD&DVD
好評発売中!

**第2期**
15～26話
好評配信中!
BD&DVD
好評発売中!



続きは原作「第二部Ⅲ」へ

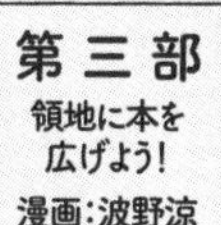

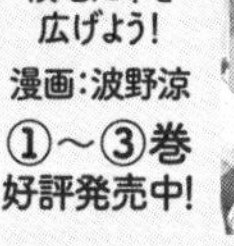

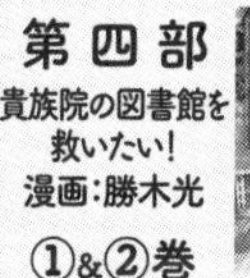

**2022年春**
**TVアニメ第3期放送決定!**

詳しくはアニメ公式HPへ
booklove-anime.jp



## コミカライズ

**第一部**
本がないなら
作ればいい!
漫画：鈴華
①～⑦巻
好評発売中!

**第二部**
本のためなら
巫女になる!
漫画：鈴華
①～④巻
好評発売中!

原作「第二部Ⅲ」をコミカライズ連載中!

**第三部**
領地に本を
広げよう!
漫画：波野涼
①～③巻
好評発売中!

原作「第三部Ⅱ」をコミカライズ連載中!

**第四部**
貴族院の図書館を
救いたい!
漫画：勝木光
①&②巻
好評発売中!

原作「第四部Ⅰ」をコミカライズ連載中!

## 原作小説

**第一部**
兵士の娘
Ⅰ～Ⅲ

**第二部**
神殿の
巫女見習い
Ⅰ～Ⅳ

**第三部**
領主の養女
Ⅰ～Ⅴ

**第四部**
貴族院の
自称図書委員
Ⅰ～Ⅸ

原作小説

**第五部 女神の化身**
**Ⅰ～Ⅵ 好評発売中!**

著：香月美夜 イラスト：椎名優

貴族院外伝
一年生

短編集1

COMIC コロナ CORONA TOcomics

**TOブックスが贈るWEBコミック**
ニコニコ静画、pixivコミックにて好評連載中!

ニコニコ静画 seiga.nicovideo.jp/manga/official/tocomics/
pixivコミック comic.pixiv.net/magazines/198

※2021年8月現在の情報です。

シオン・ソール・サンクランドが
若くして、死ぬ。
……って、
そうはさせませんわ！

特級ギルドへようこそ！8
～看板娘の愛されエルフはみんなの心を和ませる～

2021年9月1日　第1刷発行

著　者　阿井りいあ
編集協力　株式会社MARCOT
発行者　本田武市
発行所　TOブックス
〒150-0002
東京都渋谷区渋谷三丁目1番1号　PMO渋谷Ⅱ　11階
TEL 0120-933-772（営業フリーダイヤル）
FAX 050-3156-0508

印刷・製本　中央精版印刷株式会社



ISBN978-4-86699-306-5